U0869566

# 吾国吾乡

田千武 著

天津出版传媒集团
百花文艺出版社

**图书在版编目（CIP）数据**

吾国吾乡 / 田千武著 . -- 天津 : 百花文艺出版社 ,
2024.2
ISBN 978-7-5306-8772-7

Ⅰ . ①吾… Ⅱ . ①田… Ⅲ . ①长篇小说—中国—当代
Ⅳ . ① I247.5

中国国家版本馆 CIP 数据核字 (2024) 第 037038 号

**吾国吾乡**
**WUGUO WUXIANG**
田千武　著

**出 版 人：**薛印胜
**选题策划：**郑　爽
**责任编辑：**由高峰
**装帧设计：**百悦兰棠 [BAIYUE LANTANG]
**出版发行：**百花文艺出版社
**地址：**天津市和平区西康路 35 号　　　**邮编：**300051
**电话传真：**+86-22-23332651（发行部）
+86-22-23332656（总编室）
+86-22-23332478（邮购部）
**网址：**http://www.baihuawenyi.com
**印刷：**廊坊市海涛印刷有限公司
**开本：**787 毫米 ×1092 毫米　1/16
**字数：**228 千字
**印张：**16
**版次：**2024 年 2 月第 1 版
**印次：**2024 年 2 月第 1 次印刷
**定价：**68.00 元

如有印装质量问题，请与廊坊市海涛印刷有限公司联系调换
地址：河北省廊坊市安次区码头镇金官屯村海涛印刷有限公司
电话：（0316）2516002　邮编：065000

版权所有　侵权必究

# 把真实的生活“变形”为文学（自序）

十几年前，我在一部电视纪录片中看到这样的一个真实故事：第二次世界大战后，一个五岁的意大利小男孩跟随母亲和中国继父来到了继父的家乡——中国浙江瑞安。继父是被他父亲以生病为由骗回来的，目的是让继父这个家中独子继承香火。继父回来后发现被骗很生气，打算一家人在中国生活一段时间便返回意大利，结果因种种原因没能回去，这个五岁的小男孩便留在了中国生活，最后成了地地道道的中国人，小男孩的母亲于20世纪50年代初去世，小男孩一直和中国继父一起生活。五十多年来他和意大利那边通信中断和所有的亲属失去了联系，他不知道自己详细身世，直到继父临终前告诉了他所有秘密。后来通过努力，他联系到了意大利的部分亲属取得到意大利的探亲签证。21世纪初，年近六旬的他终于到意大利见了亲属，本来他可以申请在意大利的居住证，但他放弃了。一个月的签证期他仅待了十天就离开意大利回中国了……总之，这部纪录片给我留下了很深的印象。去年一个春日的晚上，我刷抖音视频时又刷到了这个人的信息，与十几年前相比，他已七十多岁了，头发全白，苍老异常，体弱多病，但西方人的面孔依然没变。他的抖音视频是由他的女儿制作的，此时他的女儿是一家鞋厂的老板，常在抖音上展示父亲的生活片断。当时我便产生了一个想法：要把这件事以文学的形式表现出来。虽然这是一个中国普通农民的故事，却也有不一样的地方，他是在意大利出生却自小在中国生活，后来有机会回意大利定居却放弃了，决心一直留在中国生活，究竟中国对于他来说吸引力在哪儿？这引起了我的兴趣，我决心以此为基础写一篇长一点的小说，开始并没想到要写成一部长篇小说，虽然此前已有两部长篇小说写作的基础，每部二十万字左右。按照叶兆言老师的说法，要成为职业作家，必须得有一百万字来打底，这是一个量变到质变的过程。我算了算从开始写作至今各种题材加起来也没有到一百万字。对于我来说，写作只能算个副业，我不可能成为职业作家……

小说的主人公丹尼尔的身世复杂，这也来源于真实故事。在解决真实与虚构的问题上，我想到以前在北京师范大学读研究生时听张清华老师讲过，把真实的历史事件植于一个虚构的故事中，也就是写作中的人移问题，重点是要做好艺术的加工，不能只是真实的记录，这样便失去了文学的意义。西川老师在提到文学与真实性的问题时对真实下了这样的定义：真实包括存在的真实和叙事的真实，关键要处理好两者的关系，在叙事上要有更大的自由度，在伦理、道德上要更多尊重传统。

人物、情节、环境是构成小说的要素。在设置这篇小说的情节时，我将其分为两大部分，即主人公丹尼尔一家在意大利发生的故事和在中国发生的故事，以此叙述这个家庭各人物的命运变化。第一部分包括丹尼尔母亲洛蒂如何与前夫保罗相遇相爱，洛蒂在保罗阵亡后如何与卡洛也就是徐祥瑞相识相爱的故事。在这一部分中，只简单写了丹尼尔的童年生活片断。第二部分写丹尼尔一家在中国的生活，这是故事的重要组成部分，着墨最多。在中国，丹尼尔改为中国名字徐福顺，他的家庭发生了重大变故，从意大利去中国途中弟弟安东尼病逝，随着中国发生了一系列重大事件，徐福顺一家的生活也随之发生了翻天覆地的变化。大概受魔幻现实主义创作的影响，小说中一些内容不按常规叙事，充满想象，大胆创新，对本人写作来说也是个突破。张莉老师说，语言是小说的内分泌，小说语言也是区分不同作者风格的最显著的标志。我尽管写了多年小说，但惭愧的是依然没有形成自己的语言风格，我想这就是写作能力不足的体现吧。

这个真实故事发生在浙江瑞安，而小说中的故事发生地为淮江，这也是我的文学地理，当然我这个文学地理也是故乡的范围，只是这不是一个真正的地理名称。淮江是我故乡所处江淮一带的统称，这里有一些特定的风俗，如婚丧嫁娶，几千年留下的传统有别于其他地域。如徐祥瑞从意大利回国后，父亲要为他再举办一个婚礼，其实他们在意大利已举行过婚礼。本来女方出嫁要在娘家出嫁，只是女方娘家在意大利也不好回去意大利再出嫁，便放在徐家祠堂里出嫁，出嫁中的禁食习俗也在小说中得以表现。小说中对徐老爷接纳洛蒂母子似乎也出人意料，其实我的故乡过去封建思想还是比较严重的，尤其对出生血统非常重视，老爷子能够把丹尼尔列入族谱当作自己的孙子，足见他有多么开明。徐老爷子以生病为由把儿子徐祥瑞从意大利骗回来，目的就是为了继承香火，而带回来的徐福顺不是亲孙子不说，还是个洋孩子，在当时的中国农村排外思想还是很严重的情况下，徐福顺被当作亲生的孩子一样看待，这倒不是专门设置出人意料的地方，真实的故事就有这样的情节，只是主人公并不是出生于大地主的家庭而已。洋孩子徐福顺感受到家庭的温暖、周边的亲情以及政府的关怀，这也成为后来他有机会回意大利而不愿留下的原因之一，中国对于他来说有着不一般的吸引力。

文学之所以成为文学，就是讲述的故事具有文学性。文学来自于生活而又高于生活，是对生活的“变形”。我想如果是单纯的记录生活、讲故事并不是文学，文学需要加工提炼。正如卡夫卡《变形记》，故事中主人公格里高尔出现了变形，成了多足的大甲虫，这就是文学的想象力。还有《百年孤独》中的梅尔基亚德斯，这个吉卜赛老人喜欢周游世界各地，多次到马孔多，每次都带来新的发明，后来在新加坡的沙洲上死于热病，被丢到了爪哇海的最深处。而当马孔多人出现严重的失眠症的时候，他又神奇般地回到了马孔多并治好了他们的失眠症，死而复生的原因是他难以忍受孤独便重返人世。死而复生在现实生活中几乎不可能，而在文学中却成为可能，这就是文学的魅力。在处理《吾国吾乡》时对一些情节我同样采取了“变形”，比如保罗中弹时描写，保罗脑海中浮现出的一些奇怪画面，如看到已去世的父亲摸着他的头，看到洛蒂牵着丹尼尔向自己跑来。这些描写似乎有些魔幻，同样是对现实的“变形”。

感谢鲁迅文学奖获得者、著名作家周晓枫在2023年国庆期间牺牲整个假期的时间认真阅读我这部小说文本，并提出了许多中肯的合理化修改意见。

田千武

2023年12月6日于江苏泗阳

# 目 录

# 米兰大教堂

## 一

2001年10月，意大利米兰大教堂。

五十九岁的徐福顺久久望着眼前这座高大庄严的大教堂，他的眼泪不由自主地流了下来，五十多年来他无数次梦到这座模糊却又真实存在的大教堂。此刻他想到了自己的母亲洛蒂，母亲身形娇小有着黄金一样的发色、蓝宝石一样的眼睛，他仿佛偎依在母亲的怀里。

母亲的形象同样是模糊的，却又是温暖的。

大教堂前面是一个大广场，游人众多，有的在拍照，有的在欣赏景色，有的在交谈。有许多鸽子在空中盘旋，也有许多鸽子在地面上啄食。一个四五岁的小男孩在广场上喂鸽子。他微笑着，从一个小塑料袋里抓起食物撒向地面，一群鸽子立即聚拢过来争抢食物，发出“咕咕”的声音。小男孩试图走近面前啄食的鸽子，他蹲下身想用手摸离自己最近的那只鸽子，它却一下子就飞走了，飞到不远处又轻轻地落在地面上寻找食物。小男孩似乎有些失望，一个年轻的母亲站在小男孩不远处，左手提着一只精致的乳白色皮包，微笑地看着小男孩。

徐福顺的目光从大教堂高高的塔尖移开，他看到了那个喂鸽子的小男孩和小男孩身后的母亲，一种似曾相识的画面在脑海中出现，这个小男孩仿佛就是五十多年前的自己，当年他也曾和母亲站在这儿喂鸽子，母亲也是这样慈爱地看着他。

当小男孩把袋子里的食物全部喂了鸽子后，他从妈妈那儿拿了皮球玩了起来，一会儿在地上拍，一会儿用脚在地上踢。

突然球滚到了徐福顺的脚下，徐福顺捡起球轻轻地递给跑过来的小男孩，小男孩扬起头对着徐福顺说了一句："Grazie！"（谢谢！）徐福顺一时不知所措，他听不懂孩子在说什么，对于意大利语他基本上忘记了，对意大利语的认知还只停留在五岁以前，也就是离开意大利之前。现在他甚至说不出一个意大利词语，脑海中只有那种语调了。徐福顺微笑着摸了一下小男孩的头，那个小男孩吃惊地望着徐福顺，又转过头望了一眼自己的母亲，飞快地跑到母亲的怀里，又扭过头看着徐福顺。

"这孩子以为你会意大利语呢。"陪徐福顺一起过来的儿子徐晓光对他说。

"唉！"徐福顺无奈地摇了摇头，又把目光转移到教堂的顶上。太阳刚好处于塔尖之上，好像把太阳顶在塔尖一般，整个教堂愈加显得光芒万丈。

徐福顺模糊地记得母亲经常拿这个教堂的照片出来仔细地看，用手轻轻抚摸着，有时还流下眼泪。

徐福顺清楚记得母亲去世的那个春天的下午，当时他十岁，父亲对他说，下午不要上学了，好好陪陪母亲。许多年以后，徐福顺感觉那个下午是他人生中最难以忘怀的一个下午，他隐隐的感觉母亲要死了，甚至好多天前就有这种感觉。他感觉人一旦不吃饭就会死，就像家里养的那只小花猫生病不吃食，最后饿死了一样，而母亲好多天不吃饭了，只喝一点水。他看到父亲把饭端到母亲的床前时，母亲只是摇摇头表示拒绝，她说话渐渐地变少，有时一天都不说一句话。

父亲让徐福顺搬来一个小板凳放在母亲的床边坐下，他自己到院子里忙活去了，母亲紧紧地闭着眼睛。

路边的各色野花你争我抢地竞相开放，蜜蜂和蝴蝶飞来飞去，有时停在野花上，过一会儿又飞走了。天气暖洋洋的，前些日子还是阴雨绵绵的，只是最近两日才放晴，气温上升很快，感觉棉衣刚换为单衣不久。一座座山峰已完全被绿色包围，几乎看不到石头，山间的溪水也多了起来，最近放学后徐福顺经常约小伙伴到山里玩，到溪水中捉小鱼，爬到树上掏鸟巢里的鸟蛋，或在山里玩捉迷藏，每次都是被爷爷或奶奶上山找回家吃饭，父亲没有来找过，他太忙了，一边干地里的农活一边照顾母亲，母亲卧病在床将近半年了。

母亲微微睁开眼，看到徐福顺坐在面前，母亲的目光一直停留在徐福顺脸上。

“福顺，你不要忘了意大利亲人，长大了早些回去，找外婆、姨妈，就说妈妈想念她们、爱她们，所有证件都由你爸爸收藏着，一定要记住啊……”

福顺从来没有想到母亲会死，甚至没想过人为什么会死。他有时一个人静静地躺在向着太阳的山坡上，听着山间的鸟鸣，看着鸟儿从空中飞过，会想好多稀奇古怪的事情，有时也幻想能够突然听到母亲喊自己的名字，上山来找他。

母亲说故乡在很远的意大利，福顺依稀记得自己和父亲母亲从那个遥远的地方来到这儿，也许那个遥远的地方就是故乡。在那个叫作故乡的地方，男人都长着高高的鼻梁、深蓝色海水一样的眼睛，女人有着像妈妈一样金黄色的头发、蓝色的眼睛、雪白的肤色。福顺记清从故乡来要坐船，记不清在大海上航行了多少天，只记得每天都看到海天一色的相同景观。

“福顺，你把我枕头下的照片取出来。”母亲似乎没有一点力气了，嘴唇苍白干裂，声音很低，她脸色苍白像一张白纸，没有一丝血色。

福顺忙从母亲枕头下面取出照片，那是一张黑白照片，他记得母亲多次把这张照片拿出来看，给他讲这张照片的故事。

照片上母亲手拉着自己在一座教堂前的广场上，广场上有许多鸽子，母亲露出笑容，福顺也开心地笑着。

母亲没有力气接照片，福顺把照片放在母亲的眼前，母亲眼睛直直地盯着照片，两行泪水从眼角慢慢地流了下来。她想说什么却没有说出来，只是嘴角动了几下。

突然，母亲头一歪一动不动，眼却还是睁着。

福顺吃惊地望着母亲，他不明白母亲为何出现这种表情。

“妈妈，妈妈——”徐福顺大声喊了母亲两声，母亲依然没有反应，还是保持刚才的姿态，一动也不动。

“爸爸，爸爸，快来看，妈妈这是怎么了！”

正在院子里忙活的徐祥瑞听到福顺的叫唤声忙跑到屋里，他见到洛蒂的样子，仿佛意识到了什么，脸色苍白，手也有些颤抖。

“洛蒂，洛蒂——”父亲俯下身子，握住母亲的双手，“你醒醒，洛蒂，我们不是说好了过些日子等你身体好了一起回意大利吗？”

母亲还是一动不动，父亲用右手食指放到母亲的鼻孔前，他摇了摇头，把头伏在母亲身上大声痛哭。

福顺意识到母亲死了，想到今后再也看不到母亲了，开始大哭。

“妈妈，妈妈——”

正在院子里玩耍的妹妹福霖听到屋里的哭声，跑到门口看到父亲和哥哥围着母亲哭，她茫然地望着他们不知所措。

院子里一棵玫瑰树开满了玫瑰花，红红的像火一样，整个院里都弥漫着玫瑰花的香味，甚至飘到了屋里，满屋子都是玫瑰花香。

母亲很喜欢这棵玫瑰树，常常静静站在玫瑰树的旁边。每年花开的季节，她每天都要把鼻子凑到花前轻轻嗅着。

今年花开时她已无法起床了，只能远远地望着玫瑰树，常常念叨：“花要开了，花要开了。”

父亲用他那粗糙的右手在母亲两眼上分别抹了一下，母亲终于闭上了眼睛。

或许母亲可以闻到玫瑰花的香味呢。福顺心里想。

母亲还是一动不动，福顺意识到母亲真的死了，这是他第二次面对亲人的死亡。第一次面对亲人的死是在大海上，他那时已有了模糊的记忆。那是父亲母亲带着他和弟弟从那个叫意大利的故乡来现在的家乡，他们一家在一艘巨大邮轮上拥挤的船舱里，臭味、骚味、汗味充斥着整个船舱。每天福顺都感觉到船在剧烈摇晃，晃得他难受，父亲还好，母亲总是捂住嘴使劲地咳嗽想吐却又吐不出。

福顺感到天地总是在转的，父亲将他紧紧地抱在怀里，周围没有笑声，大家都沉默着，船舱外风太大，没有人出去。海水拍打着船舷发出有节奏的怒吼，让人听得心惊肉跳。

母亲抱着三岁的弟弟安东尼闭着眼睛坐在椅子上，她脸色苍白，安东尼躺在母亲的怀里仿佛睡着了一般。他已经好多天不吃东西了，他平时爱喝的牛奶早就喝完了，能吃的只剩下些干面包，一家人就吃着干面包喝点热水。

安东尼病了，发着高烧，母亲不停地抹眼泪，她的头发凌乱，在徐福顺的眼中母亲是一个爱干净的人，每天都要洗澡，自从上船后她就没洗过澡。母亲是一个性格开朗的人，在徐福顺的印象中她是一个爱说爱笑的人，每天做事的时候会不停地哼着歌，自从上船后她很少说话，甚至一连好多天也不说一句话。父亲和她说话的时候，她也只是点点头或摇摇头。

每一天都是这样煎熬地度过。弟弟安东尼的病更加严重了，他只是偶尔发出一两声轻微的咳嗽声，母亲露出绝望的神色，不再流泪。父亲问遍整个船舱哪位乘客做过医生，结果没有一个做过医生，父亲失望了，每天只是呆呆地坐着。

又一个夜晚来临了，海面上刮起了大风，吹得船舷好像婴儿发出的哭声，徐福顺感觉就像弟弟安东尼的哭声。他望了望母亲怀中的安东尼，他还是和平时一样安静得无一丝生息。

“哇”母亲一声大哭，福顺吃惊地望着她。父亲连忙把手放在弟弟的额头上，又用食指放在他的鼻孔前试了试，脸上立即浮现出悲哀的神色，他把抱着弟弟的母亲紧紧拥在怀里。

后来徐福顺在迷迷糊糊的状态中睡着了，第二天他醒来看到母亲木然地坐在那里，怀里不见了弟弟。

“弟弟呢？”徐福顺问。

母亲依然木然地坐在那儿也不回应，周围的乘客向她投以怜悯的目光。

父亲不见了。

徐福顺实在不想待在这沉闷的船舱里，也想找一下父亲便走出船舱，他感到身体很虚，迈开腿都非常吃力。

甲板上风刮得人几乎站不住，一个个巨浪排山倒海似的向船扑过来，船如同漂浮在水中的一枚树叶，海水的颜色也几乎成了黑色。徐福顺心里有点害怕，他向甲板上扫视一下，有一个人蹲在船头的甲板上，埋着头，是父亲，徐福顺凭感觉一下子就认出了父亲。他迎着风跑向父亲，风太大，跑不动，他只好慢慢走向父亲。

父亲没有觉察福徐顺的到来，他慢慢地蹲在父亲身边。

“爸爸。”

父亲发现了福顺，抬起头，一脸悲戚，他伸出右手摸了摸福顺的头。

“弟弟呢？”

父亲沉默良久，慢慢地说：“弟弟去了遥远的地方，一个没有痛苦的地方，今后你再也见不到他了。”

“为什么呢？”

父亲不再言语，只是默默地看着远处向一座座大山似的不断压过来的巨浪。

## 二

徐福顺感觉自己快要死了。

他躺在母亲的怀里，不想动，也不想吃干面包甚至不想喝水，他不停地呕吐直到把先前吃的东西全吐出来，他不知道爸爸妈妈为何一直带着自己漂在这大海上。

“快到了，快到了。”父亲满脸愁云地说。母亲还是不说话，整天闭着眼睛。

徐福顺感觉自己一直在梦中：他又在家里了，他和许多小伙伴在父亲的皮具店捉迷藏、打架，把店里的皮具弄得乱七八糟，父亲却并不生气，依然围着大围裙不停地干着活，偶尔也抬头面带微笑看着这一群孩子。

母亲很开心，边帮做事边哼着歌。

“下午带你去教堂玩。”母亲突然扭过头来对徐福顺说，“今天的天气很好。”

“好啊，好啊。”徐福顺高兴地跳了起来，不小心碰落了一只花瓶。那只花瓶掉到地上，“当”的一声碎成了好多块。花瓶里有一支鲜艳的红玫瑰也随之掉到了地上，依然散发着迷人的香气。这支玫瑰是母亲前天从街上的花坛里摘的，她摘的时候很紧张，像做贼一样，担心别人说她乱摘花。她一到家便把这支红玫瑰插到这个黑色的高脖子的花瓶里，红色的花与黑色的瓶子搭配起来非常好看，显得高贵而典雅。

“你店里不是卖红玫瑰？干吗还要从街上的花坛里摘？”父亲问。

“我觉得花坛里的玫瑰有一种野性的美，更喜欢。”

现在这个花瓶碎了，这可是母亲最喜爱的花瓶啊。徐福顺感觉自己做错了事，低着头站着不动。

母亲走过来，用手摸了下徐福顺的头说：“没事的，下次小心点啊。”

小伙伴们便拉着徐福顺出去玩了。

下午，教堂里的人依然很多，进进出出。母亲做完祷告后便带着徐福顺来到教堂前的广场上。

成群的鸽子有的在空中盘旋，有的落到地面啄食，许多人在悠闲地喂鸽子。太阳已落到教堂上尖尖的塔尖上方，一点也不耀眼。

母亲也为徐福顺买了一包鸽子食，那是一包红褐色的粒状小米。鸽子食被徐福顺撒向空中，然后又落到地面上，一群鸽子立即从空中落到地面上，开始啄地面上的食物。

一个高个子女人牵着一只高大的狗在广场上溜达，那只狗似乎不太安分，不时地用鼻子嗅着地面。当那个女人经过徐福顺的身边时，那只狗突然挣脱了女主人牵在手中的绳子，扑向了正在地面啄食的鸽子群。

眼看狗就要扑到一只鸽子，徐福顺吓得大叫。

这时徐福顺惊醒了，原来是一场梦。

此时夜幕降临了，船舱里一片漆黑，前些天夜里船舱里还有一只小灯，现在这只小灯也坏了。

狂风吹着船舷发出骇人的声音，有的旅客已进入梦乡，发出高低不同的鼾声。徐福顺已毫无睡意，凭感觉他知道父亲和母亲也没有入睡，他听到了他们的叹息声，这种叹息声与海浪声相应和着，仿佛大海也在叹息。

徐福顺不知道前方还有多远，父母将带着他去何方。

# 佛罗伦萨的玫瑰

## 一

福顺的母亲洛蒂十八岁那年离开了家乡的小城波多浓内，那一年她中学刚毕业，本来可以读威尼斯大学会计专业，只是她有些叛逆，不想继续读书了，她想自由，不受任何人约束。她想到外面的世界闯荡一番，领略各地的风土人情，说不定还能遇上心目中的白马王子。父亲几年前去世了，父亲在世的时候很疼爱她，只要洛蒂想要什么父亲都会满足她，母亲虽然也很疼爱她但不像父亲那样明显。

当洛蒂决定放弃读大学时，母亲强烈表示反对，她不明白洛蒂为什么放着好好的大学不上，那么多人想上还没机会呢。这件事也让洛蒂和母亲感情上有了裂痕。洛蒂清楚地记得当她离开家的时候母亲流了泪，但没有送她。

洛蒂不知道自己要去何方，她口袋里也没装多少钱，仅有的一点钱还是母亲平时给的零花钱攒下来的，她走的时候没有向母亲要钱，母亲也没有主动给她。多年后母亲才对她说，当时不给钱就是考虑她没钱了也许就会主动回家。

到车站后洛蒂决定去佛罗伦萨，主要考虑佛罗伦萨也不远，自己也从来没有去过，万一适应不了还可以回来。

洛蒂在佛罗伦萨待了三天，参观了当地维琪奥王宫等一些景点后，口袋里的钱也花得差不多了，洛蒂不想就这么灰溜溜地回家，她想找一份工作，先站住脚。就在她漫无目的在街上转悠的时候，发现了一家咖啡馆张贴着招人告示，她决定试一试，她直接找到了咖啡馆老板。

“你是哪儿人？”

“波多浓内。”

“为何要到佛罗伦萨来工作。”

“我走到这儿没钱了想找一份工作养活自己。”

老板哈哈一笑。

“你打算干多久？”

“没想过。”

没想到还被录用了，洛蒂成了咖啡馆的服务生。

## 二

这家咖啡馆不大，平日客人也不多，上午几乎看不到客人，下午客人多一些。

不知不觉一个月过去了，洛蒂领到了人生当中的第一份薪水。这一个月洛蒂过得很充实，她学会了磨咖啡，基本学会了不同咖啡的调配。

一个慵懒的午后，咖啡馆一个客人也没有。

洛蒂有些睡意，她坐在一张椅子上打着瞌睡。正当她似睡非睡之时感觉有人进了店，她抬起头。

果真有一位男士进入咖啡馆，在靠近窗户旁的一张桌子旁边坐下了。

“请问您要喝点什么？”洛蒂起身走到这位男士旁边。

“一杯猫屎咖啡。”

“好的，请稍等。”

洛蒂看清了这位男士，他一身军装梳着背头，金黄色的头发，梳得很整齐。一脸的络腮胡子好像刻意留的，高高的鼻梁，一双明亮的蓝眼睛，他面带微笑。

咖啡做好后，洛蒂把咖啡端到这位男士面前。

“先生请慢用！”这位男士望了一眼洛蒂，目光没有离开，盯着洛蒂看，看得洛蒂有些不好意思了。

“先生如有其他需要，请尽管吩咐。”洛蒂微笑着问。

“你是威尼斯人？”这位男士问。

“不是。”洛蒂一脸惊讶。

“听你的口音感觉像。”这位男士笑了笑。

“我是威尼斯旁边小城波多浓内。”洛蒂说。

“哦，波多浓内，我去过的，没参军前我经常去那儿玩，那儿有我一个非常要好的朋友。”这位男士笑着说，“我感觉在哪儿见过你，只是一下子又想不起来。”

“梦里见过吧。”洛蒂咯咯地笑起来。

“或许吧。哦，对了，还没问你叫什么名字呢？我叫保罗。”

“洛蒂。”

一束阳光从窗户斜照进来，刚好照到洛蒂的白色侍者服上，呈现出金色，甚至她的脸也成了金色，她宛如一个天使，微笑着，转身离开。

第二天下午，保罗又来到这家咖啡馆，他购买了一支鲜艳的红玫瑰。

见到洛蒂，保罗递上了红玫瑰。

“真漂亮！”

洛蒂把红玫瑰放在鼻子边嗅了嗅。

“真香！”

保罗微微一笑，他一眼瞥见吧台旁边放着一台钢琴。

“你会弹钢琴吗？”

“会一点。”

“你喜欢哪位钢琴家？贝多芬？莫扎特？肖邦？”

“我比较喜欢小约翰·施特劳斯。”

“《蓝色多瑙河》？”

“我也喜欢这首。”

“你能为我弹这首吗？”

“好！”

洛蒂大方地走到钢琴旁边坐下来。

随即钢琴声响了起来，优美，舒缓，如流水般，每一个音符都是如此动听。

保罗似乎已沉醉其中，手中端起的咖啡杯一直保持着那个姿势。

琴声停止，保罗缓过神来，把杯子放到桌子上，鼓起掌来。店里依旧只有他一名顾客，一个人的掌声似乎有些单调。

洛蒂站起身来，似乎有点害羞，脸上泛起晚霞般的红晕。

“弹得太好了，真没想到。”

“小时候练过一段时间，有些生疏了。”

“不，弹得确实好。”

一阵丁香花的味道从窗户外边飘进来，沁人心脾。路上的行人不多，偶尔有人路过，都是低着头慢慢地走着。

这时一个客人走了进来，洛蒂开始忙着为客人做咖啡。

保罗离开后，洛蒂望着他的背影有些发呆。

## 三

第二天午后，保罗又来到了这家咖啡馆。

见到洛蒂后，保罗微笑着冲她点点头。

“来一杯猫屎咖啡。”

此时店里有几个顾客在喝咖啡，其中一对情侣在窃窃私语。留声机放着轻音乐，整个咖啡馆显得温馨而浪漫。

咖啡上来后，保罗慢慢地享用咖啡。

洛蒂在店里忙碌着。

天空似乎传来了雷声，轰隆隆的。

喝完咖啡的保罗站起身来，向外面走去。

“不好意思，今天有些忙。”洛蒂走了过来。

“没事，晚上你有空吗？一起出去走走。”保罗问。

洛蒂微笑着摇了摇头。

“现在到晚上店里只有我一个服务员，走不开。”

第三天午后，洛蒂在咖啡馆显得有些心神不宁。

“保罗还会来吗？”

她不时地望着店门口，希望那个熟悉的身影再次出现。

终于那个熟悉的身影又出现了。

这次保罗换去了军装，穿上了一身笔挺的西装，显得英俊潇洒。

此时店里没有一个顾客，保罗依然选择第一次来的座位，依然要了一杯猫屎咖啡。

洛蒂坐在保罗对面，微笑看着他喝咖啡。

“今晚有空吗？”保罗问。

洛蒂点点头。

见面地点是一个风景秀丽的小湖边。

夜晚的湖边微风习习，月光洒到湖面上泛起粼粼波光，有夏虫在草丛中呢喃，等到人走近便安静了下来。

他们俩并排在湖边漫步。

“你喜欢军人吗？”保罗问。

“我小时候就崇拜军人，我爸爸也当过兵。”

“军人很危险，战争时期随时都有可能阵亡。”

洛蒂突然抬起头，“你们正在打战，怎么有空在这儿呢？”

保罗仰起头哈哈大笑，“你不会把我看成逃兵吧！”

洛蒂笑了，“你想多了吧。”

“你想听我的故事吗？故事里会有答案。”

“想啊，你说吧。”

保罗说他自小就崇拜军人，因为家乡在威尼斯，所以他想成为一名海军。父亲是一名海军军官，保罗印象中很少见到父亲，一年也只有一次而已。父亲穿纯白的海军军官服，身材高大。父亲每次进家门第一件事就是大声问：儿子在哪儿？见到后会紧紧抱住保罗然后高高举起。保罗也想长大后成为父亲那样的海军军官，可长大后却成了一名陆军，原因是那一年海军没有在他的家乡招兵，这让他有些失望，不过到部队时间不长就适应了。军营位于里窝那，其实也只是个临时驻地，称不上铁打的营盘。这几年部队总是在不停地移动，甚至没有作战任务也是如此，保罗甚至怀疑上级是别有用心，不想让官兵们安稳。

里窝那靠近大海，出了军营就可以看见深蓝色的大海，有海鸥在水面低低地飞翔。甚至隐隐约约还能看见风浪里的船只。保罗感觉这里的海与家乡的海一样，风里都飘荡着咸味，是大海特有的味道。晴朗的日子他会一个人来到海边，坐在一块岩石上，吹着海风，想念着家乡。他已经有三年没有回家了，上次回家还是母亲病重，他收到电报匆匆回去了一次。

参军的第二年战争爆发了，保罗早就期望这一天的到来。他听到远方传来的炮声就有一种莫名的兴奋感，他认为作为一名军人就要上战场，就要杀敌。

父亲战死的消息传来让保罗一度难以接受，他从来没有想到父亲会死，打仗会死人这个道理他不是不懂，只是接受不了父亲会死去的现实。随着时间流逝，他慢慢也接受了这个现实。保罗从此恨透了英国人，因为父亲就是去埃塞俄比亚途中所乘舰船被英国海军击沉而丧生的。

战火迟迟没有燃烧到意大利本土，他甚至有些急不可耐了。

保罗心里一直想着为父亲报仇，他每天都在等上司开赴前线的命令。

保罗有时候也会静静地想，人类为何不能和谐共处呢？如果没有战争父亲就不会死，在父亲未战死之前，保罗就在思考意大利人为何要与德国人联合一起，德国人到处侵略别的国家，意大利为何要做帮凶？直到父亲战死后他认为自己是为父亲而战。

“影子，你看影子，咱俩合到一块儿了。”洛蒂低头望着地面说，“我们明明是分开的啊。”

“我们合到一块儿了，瞧瞧。”保罗说着轻轻地把洛蒂拥入怀中，洛蒂也没有拒绝。保罗亲吻洛蒂的额头，有飞鸟从头顶“嗖”地飞过，月亮慢慢地躲入了云的背后，安静下来的夏虫又开始了鸣叫。

保罗说随着战事的推进，士兵厌战的情绪越来越高涨，在战前动员会上，上校传达首相指示，最后一起喊口号时，竟然没有几人跟着一起喊。

“我们为什么要去当炮灰？为国王为首相而战？”经常有士兵议论。

“你为何要去参军？”洛蒂问。

“我不是为国王也不是为首相，我是为了保卫意大利。”

“假如有士兵当面问你呢？”

“我依然会这么回答。”

## 四

保罗给洛蒂讲述了一次战斗的历程。

那是一个没有星星的夜晚。

一声声刺耳的集合号声划破夜空。

“集合！集合！”

上校在营地宿舍门前大喊，边喊边骂着粗话。

一个个房间里的灯亮了起来。打着哈欠的士兵骂骂咧咧，开始慢腾腾地穿衣服。有的士兵依然躺在床上一动不动。

过了好一会儿，官兵们才陆续走出宿舍，稀稀拉拉出现在操场上。

“这才夜里 2 点，离出早操的时间还早呢，神经病！”有的士兵边走边嚷嚷。

上校站在操场中间，对着几个部下发着火，让各人迅速把部属集中起来，层层通知折腾了半天，总算人到得差不多了。

“大家都给我听好了，从现在起我们马上要投入战斗了。”上校大声训话，“我已接到上级命令，现在立即转移！”

“战斗！怎么可能？战争已经持续几年了，我们连一个敌人的影子都没看见！”有的士兵开始在队伍里小声说。

“现在不转移，我们有可能被包围！”上校说。

“这半夜三更转移到哪儿呢？还让不让人睡觉？”

一声刺耳的声音从军营上空划过，接着“轰”的一声爆炸了，大地震动了一下。不少士兵下意识地蹲在地上，双手捂住耳朵。

原先嘈嘈嚷嚷的队伍一下子安静了。

“各人迅速准备一下，二十分钟后出发！”上校下达了命令。

“我们的敌人是美国人？还是英国人呢？要是英国人就好了，我一定为父亲报仇！”

“你们连自己的敌人都不知道啊？”洛蒂打断了正在讲话的保罗。

“是啊，我确实不知道对方是美国人还是英国人。”保罗说。

“在任务分工上，我所在连队走在最后，主要任务是负责掩护大部队。部队在夜色中出发了，密林中穿行很困难，炮声越来越近。”

“有月光吗？”洛蒂问。

保罗笑了，回答说：“伸手不见五指，哪有月光啊，你以为像今晚的月光一样啊。”

洛蒂不再插话，静静地听保罗讲述。

“浓雾渐渐散开，大家似乎都很疲惫，走得越来越慢，这时突然远处传来了枪炮声，我命令部队停止前进，子弹上膛，随时准备投入战斗。不一会儿前面传来消息，先头部队已与敌人交火。枪炮声似乎越来越激烈，有伤兵从前方抬下来，发出痛苦地呻吟。伤兵越来越多，有的胳膊被炸掉，有的腿被炸掉……”

“你害怕吗？”洛蒂问。

“不害怕，当看到熟悉的战友阵亡或受伤就想去拼命。”

这时月光黯淡了下来，晚风轻轻吹起，湖边的柳枝轻轻摆动。

“不断有伤兵从前方撤下来，开始是一两人，后来是一个班，再后来出现了排连规模，我拦住一名退下来的伤兵问怎么回事。”

“怎么回事？”洛蒂好奇地问。

“我们中埋伏了，打不过对方，对方是美国人，太厉害了，其实我很想和英国人好好打一仗。局面失控了，前方的人拼命往后撤。我连队的士兵们也跟着往后跑，我想阻止但也阻止不住。”

“那怎么办？”洛蒂忍不住问。

“还能怎么办，撤就撤呗。当时情况一团糟，我想找上校也不知道他在哪儿。我们在后撤的过程中，又发生了交火。整个部队似乎又钻进了敌人的口袋，被包围了。”

保罗似乎还沉浸在那场战斗的回忆中。

“必须要冲出去，否则就会成为俘虏。我带领士兵们向前冲，试图撕开一个缺口。

对方似乎知道了我的意图，组织了猛烈的炮火打击。一个个士兵倒下了，后面的人接着上去。当冲出了包围圈后，我一看身后仅剩十来个士兵，前面再也没有敌人的枪声，我决定停下来休息一下。当时又累又饿又冷，有士兵建议燃起一堆火驱寒，我不同意，因为那样做容易暴露目标。我们背靠大树坐着，有人从背包里取出干粮慢慢吃着。我想总这样坐着也不是办法，眼下这情景不仅打不过敌人，而且队伍也散了，索性将所剩的士兵就地遣散，分散目标，让大家回家等候通知。众人表示赞成。于是我也就回来了，路过佛罗伦萨时我决定停下来玩几天，我没来过这里。”

故事讲完了，两人都没有说话，好一阵沉默。

月光依旧明黯淡，夏虫依旧在草丛中呢喃。

保罗说：“你看咱俩的影子又变成一个了，影子告诉我，你不能离开洛蒂了。”

“是吗？我试着离开。”洛蒂笑着边向前跑去，影子分开了，保罗追过去，牵着洛蒂的手一起向前跑去，影子又复合在了一起。

“你和我一起回威尼斯好吗？”

“好啊，我明天向老板请一下假，好久没有回家了，我很想我的妈妈。我还想去米兰，我有个姑妈在那里，姑妈很爱我，我要去看看她，妈妈来信说姑妈的身体不好，我更要去看她了。”

“是这样啊，我们在米兰见面吧，今天是 6 月 8 日，一个星期后也就是6月15日上午9点我们在米兰大教堂见面吧。”

“好吧，明天老板同意我请假的话，我们一起出发。”

保罗点点头把洛蒂拥入怀中。

老板同意了洛蒂的请假，洛蒂很开心。保罗很早就等在咖啡馆外，看到洛蒂面带笑容走过来，他知道一定是老板同意了。

下午他们一起坐上了开往威尼斯的公共汽车，洛蒂把头靠在保罗的怀里，望着车窗外的风景。从佛罗伦萨到威尼斯的公路路况很不好，车颠簸得厉害，洛蒂有了睡意，不一会儿睡着了。保罗毫无睡意，他很兴奋，这几年在军营中只有紧张和不安，作为一名军人他不怕死，只是他不明白究竟为谁而战，为祖国意大利，似乎意大利也没有遭到侵犯。现在放松下来，他竟有些失落之感，好在有一个自己喜爱的姑娘躺在怀里，他自己也没有想到爱情会来得这么多快。

## 五

6月15日上午，高大雄伟的米兰大教堂广场上游人稀少，战争的阴影笼罩着这座古城，匆匆而过的行人眉宇间流露出一丝忧虑与不安。

太阳刚刚从东方升起，气温便迅速升高，以至于广场变得热腾腾的，好像火炉炙烤着广场地面上的每一块石头。

8点半，保罗已出现在广场上，他手持一束像火焰一样的红玫瑰。为保持鲜艳，玫瑰上洒了清水，花瓣上有许多水珠，如珍珠一般晶莹剔透。保罗向广场的入口处张望，希望看到那个熟悉的身影出现。9点过了，那个身影还是没有出现，保罗似乎有些失望，他沿着广场转了一圈又一圈。

广场上有成群结对的鸽子飞起来又落下，给鸽子喂食的人很少，只有一个母亲带着一个四五岁的小男孩在喂食。

小男孩在广场上笑着跑着，他跑向聚集在一起啄食的鸽子，鸽子一下子就飞离了地面，接着又陆续落到地面上“咕咕”地叫着。小男孩又跑过去，鸽子又飞开了，他转身跑到母亲的身边，抓起一把鸽子食又跑到广场中间把鸽子食撒向空中，空中缓慢飞行的鸽子立即落下来啄食。

教堂里的钟声再次响起，一共响了十下。

就在保罗想要离开广场的时候，身后传来了熟悉的声音。

“保罗，非常对不起，我来晚了。”

保罗转过身去，看到洛蒂身着白色的连衣裙站在他的身后，她面容憔悴，脸上似乎还有泪痕。

“我姑妈去世了，我赶快过去看了她最后一眼，昨天刚下葬，我今天一大早赶过来的。”

“哦。没关系，听到这个消息我感到非常难过。”

洛蒂眼泪止不住流了下来。

保罗轻轻把洛蒂拥入怀中。

过了一会儿，他单膝献上玫瑰花，说：“洛蒂小姐，我的生命不能没有你，今天正式向你求婚，你愿意和我在一起吗？”

洛蒂使劲点了点头，把保罗扶了起来。

“我们到教堂里看看吧。”洛蒂提议。

“好的，我也好多年没进去了。”保罗挽起了洛蒂的胳膊向教堂里面走去。

教堂金碧辉煌，高大的立柱从空中直插下来，巨大的人物画充满着神秘感。大厅的墙壁上有着形态各异的浮雕。

一对新人正在举行婚礼，新娘身穿洁白的结婚礼服，手持一束鲜花，脸上洋溢着幸福的笑容。新郎一身黑色的礼服，打着黑色的领结，金黄色的头发微微卷曲，他挽着新娘的手臂，缓缓走向主持人，众多亲友跟在新郎新娘的身后。

保罗和洛蒂也跟在亲友的队伍中见证这一对新人的幸福时刻。

主持人开始大声念着主持词：“婚姻是爱情的升华，不仅需要双方一生一世的相亲相爱，更需要双方一生一世的相互信赖……”

新郎和新娘先后宣读爱情誓言。

当双方相互戴上结婚戒指时，洛蒂把头轻轻靠在保罗的肩上。她能感受到眼前这一对新人的幸福同时也沉浸在自己的幸福之中。

"我们将来也在这里举行婚礼。"保罗望着洛蒂说。

"我也是这样想的，这将是多么幸福的一件事啊。"洛蒂说。

"我已收到军队的通知，让我火速返回部队。"

"我的假期也到期了，明天就要返回佛罗伦萨。"

"下次我休假时我们就结婚好吗？我们就在威尼斯生活，结婚后我就申请退役。"

"我也辞去咖啡馆的工作。"

他们幻想着婚后的幸福生活。

## 六

好多年过去以后，洛蒂都以为这是个梦。

她身穿洁白的结婚礼服与保罗在米兰大教堂举行婚礼。那是一个童话般的金秋，树叶是金黄的，教堂里的立柱是金黄的，墙壁是金黄的，项链是金黄的，戒指是金黄的，远处田野里的庄稼是金黄的，树上的果实是金黄的，甚至一些画的主体色调也是金黄色的。

保罗的母亲、洛蒂的母亲及亲戚朋友都来参加了婚礼。

这是洛蒂梦想中的婚礼，她在很小的时候就梦想自己能够披上洁白的婚纱和心爱的白马王子走进婚姻的殿堂。

现在这个梦想实现了！

保罗身穿崭新军服显得高大英俊帅气，他挽着洛蒂缓缓走向人群。两个小花童提着花篮撒着花瓣，一股沁人心脾的花香随之在教堂弥漫开。

四位伴娘身着一样款式粉红色的长裙，她们都是洛蒂请来的中学时代的好朋友。四位伴郎一色黑色西装、白色的衬衫，打着黑色的领结，他们都是保罗的好朋友。

婚礼按固定的程序进行着，主持人浑厚的声音回荡在教堂内。

当主持人高声说："新郎请亲吻你美丽的新娘！朋友们，让我们用掌声祝福他们。”全场响起了热烈的掌声。

保罗亲吻了洛蒂的额头。

洛蒂泪流满面，这幸福的泪水承载了她多少梦想啊……

婚后他们住在威尼斯。

保罗和洛蒂经常划着小船在威尼斯纵横交错的河里玩，时光好像一下子又回到了童年，无忧无虑的生活总是过得很快，一晃半年就过去了。

“我还想到米兰过一段时间。”一个慵懒的午后洛蒂躺在睡椅里对旁边的保罗说，她的眼睛都没有睁开。

“好啊，我们明天就出发吧。”保罗说。

“真的？”洛蒂睁开眼睛吃惊地望着保罗。

“当然。”保罗舒展了一下，“我待在这地方时间也长了，换个地方，况且我以前就答应过你。”

洛蒂很小的时候便有一梦想——开一个属于自己的花店，没想到这个梦想要实现了。

保罗在米兰大教堂附近的街区租到了一间房子，在保罗的帮助下花店就这样开了起来，花店的名字是洛蒂取的，名字叫“浪漫一生”。

花店里摆满了各色花草，有洁白的百合、大红的玫瑰，辫子状的幸福树……

洛蒂每天就在店里侍弄这些花花草草，她沉浸在一种幸福之中。保罗也经常来店里帮忙，他也学会了修剪、插花。

“你要做爸爸了。”一天晚上，洛蒂躺在保罗的怀里闭着眼睛轻轻说。

“你说什么？再说一遍！”

“你要做爸爸了。”

“真的？”

保罗一下子坐了起来，像孩子一样高兴得手舞足蹈。

这一夜他似乎都没有睡好，而洛蒂却睡得很沉，她的脸上露出了幸福的笑容。

当洛蒂去花店时，保罗会把家里好好打扫一下。租的这间小房子虽然小了点，但保罗和洛蒂都感到很满足。

一天上午保罗正在打扫房间时，他接到了一封电报，内容是让他速归军队。他拿着电报发了一会儿呆，没有心思继续打扫房间。他本来不想告诉洛蒂，那样对她来说也太残忍了，但一想不告诉她也不行，毕竟自己要离开的，军人以服从命令为天职。

洛蒂正在修剪一束红玫瑰，她把玫瑰放在鼻子前闻了闻，一副陶醉的样子。一束阳光从玻璃窗射进来，她包围在阳光里，金色的、微微卷起的长发在光圈里如同瀑布一般。

保罗走进门来，洛蒂温和地看着他，露出微笑。保罗欲言又止，他望向窗外。

“怎么了，遇到了什么事？”洛蒂歪着头望着保罗。

保罗就把接到电报的事说了出来。

在保罗说的过程中，洛蒂一直在修剪那束红玫瑰，她一不小心被玫瑰枝上的刺扎了一下，鲜血一下子流了出来，与红玫瑰的颜色一样，她用嘴吮吸了一下。

保罗连忙在店里找布条帮洛蒂包扎。

两人都没有说话。

保罗离开家的时候天还没亮，洛蒂还在睡梦中，他轻轻地吻了一下洛蒂的额头，走到窗前望着繁星点点的夜空，呆呆地站了一会儿，然后背上了行李悄悄地走了。

## 七

当保罗再次站在洛蒂的花店门口时已是两年以后了，他不敢迈进门。那是一个夏日的黄昏，火烧云布满了天空，空气几乎是停滞的，树叶一动也不动，路上少有行人走动。

这两年多时间保罗在枪林弹雨间穿梭，他一直在心中祈祷，一定不能死，倒不是自己怕死，只是想在死之前见见自己孩子，哪怕只看一眼也死而无憾了。作战频繁，邮路断了，保罗与洛蒂彻底失去了联系。

一个小男孩蹒跚地向门口走来，他扶着门望着保罗，笑了。

保罗一下子有一种熟悉的感觉，那是一种久违的熟悉的感觉，他想上去把孩子抱在怀里，这时屋里传出一个女人的声音。

“丹尼尔，你在干吗？抓紧到妈妈身边。”

“洛蒂，这是洛蒂的声音，亲爱的洛蒂，我在梦里都想听到这声音。这孩子应该是我的孩子。”保罗情不自禁地走上前一把把孩子抱在怀里。

孩子想挣脱保罗，大哭了起来。

洛蒂慌忙从屋里走出来，在见到保罗的那一刻呆住了。

“保罗，保罗……”

洛蒂跑上去抱住了保罗，三个人就这样紧紧地抱在了一起。

“你知道吗？这就是咱们的儿子，丹尼尔，已快两岁了。”洛蒂流着泪望着保罗，“我给你写了好多封信，却没有接到你一封回信。”

“战争中我们地点变动快，接收不到啊，我也时刻想念你们。”保罗自责地说。

当保罗走进这间熟悉的花店时，看到一切都如以前的样子，而离开这里已经两年了，这该死的战争，他不由得心生感慨。

孩子一直盯着保罗看，过一会儿他到桌子边拿起桌子上的一支玫瑰花送给保罗，保罗微笑着接过了玫瑰花并放到鼻子边闻了闻。

“好香！”

保罗俯下身子亲了下孩子。

不一会儿孩子就似乎和保罗熟悉了，缠着他不放。

洛蒂笑了。

“父亲与儿子之间就是不一样，店里来来往往那么多男顾客也没见丹尼尔这样。”

“那当然了，父子之间血脉相连。”

快乐的日子总是感觉很短暂，保罗希望这种感觉一直持续下去。白天在店里，晚上在家里，三个人形影不离。

眼看假期就要结束了，保罗又要返回部队。在返回部队的前一天下午，保罗让洛蒂关了店门，一家三口来到了米兰大教堂。

大教堂前的广场上人很多，一群群鸽子或起或落，一些喂食的人把手中的食物撒向鸽子。“咕咕，咕咕。”鸽子叫着，好像唱着一首曲子。

丹尼尔在追逐落在地上的鸽子，当他接近正在啄食的鸽子时，鸽子一下子就飞走了，他笑着，金黄色的阳光照在他的小脸上像是给他的小脸镀上了一层金。

远处似乎响起了打雷的声音又像炮声。

洛蒂发现自己又怀孕了。

这是在保罗离开后才发现的，她感到惊喜又感到担忧。惊喜的是保罗回来两个月自己就怀上了，担忧的是保罗不在身边，又身处战场，万一出了意外可咋办呢？亲爱的保罗还不知道自己又要当上爸爸了。

保罗离开家后的第一天夜里洛蒂就做了一个噩梦，梦见保罗在战场上阵亡了，她很悲伤无助。

洛蒂整个人生活在恐惧和不安之中，她在不安中度过每一天，每一天对她来说都很煎熬，都很漫长。

以往从不关心时事的洛蒂每天购买报纸，关注着战争的进展。她希望战争立即结束，亲爱的保罗就可以回家了。

墨索里尼政府倒台了！洛蒂从报纸上看到了这一爆炸性的消息，她简直不相信自己的眼睛，而事实却又如此！意大利加入了同盟国，原来的敌人变成了盟友，原来的盟友变成了敌人。这一百八十度的大转弯，简直太不可思议了。

洛蒂感觉这场持续好多年的战争马上就会结束，她从报纸上得知德国和日本正在不断溃败。

看着渐渐隆起的肚子，洛蒂祈祷亲爱的保罗能尽快平安回家。

# 八

保罗已升为少校。

一场战斗开始了，保罗是这场战斗的指挥官。

这是一场丛林战，保罗的队伍和敌人同处密林之中，看似平静实则危机四伏。

预定进攻的时间到了。

炮声鸣，大地震动，敌人阵地一片火海。似乎有惨叫声穿过树林，也有断了的手臂、腿脚、人头飞过树梢。

黑夜在炮火的照耀下如同白昼。

炮火覆盖过后，保罗带领部下向敌方阵地突进。

子弹从身旁“嗖嗖”地飞过，不断有士兵中弹了无生息地倒下，也有受伤的士兵呻吟不止。

保罗看见了敌人，敌人也看到了他，随即相互射击。

那是一个惊恐的面孔，保罗看到那个面孔在自己枪响后变得扭曲。

敌人死了，保罗继续前行。

突然，保罗感到胸口被震了一下，随后觉得身体变得很轻，像一团棉花从空中慢慢地落了下来。

保罗脑海中浮现了一些奇怪的画面。他看见洛蒂牵着丹尼尔向自己跑来，她大声喊着他的名字，丹尼尔也喊着“爸爸”，这是保罗第一次听到儿子喊他。他想迎上去可是双腿软软地，一点力气也没有。

父亲也出现了，他摸着保罗的头，微笑着，像小时候一样。保罗想撒娇，抱住父亲的脖子，可无论如何用力就是抱不住。

保罗看到米兰大教堂门前广场上的鸽子飞来了，他想撒一些食物可无论如何也找不到，他似乎听到了教堂里的钟声，钟声却慢慢远去，他听不到了……

“少校，少校，你醒醒！醒醒……”好像有战友喊他，保罗努力地想睁开眼，可再怎么努力也睁不开。他感到一阵黑暗从远处涌来，慢慢地包围了自己……

最近洛蒂总是感到紧张不安，夜里老是做梦，梦到保罗在战场上中枪或阵亡。她望着身边正在熟睡的丹尼尔，眼泪不知不觉就流了下来。

噩耗还是传来了。

当洛蒂接到保罗的阵亡通知时，感觉天一直在转，她倒在了花店里。

“妈妈，妈，妈……”

耳边传来了丹尼尔的喊声。

洛蒂泪流满面。

## 九

当一声啼哭传来，洛蒂感到一下子轻松了，撕心裂肺的疼痛似乎也减轻了不少。她睁开了眼睛，这里仿佛是一个白色的世界，白色的屋顶、墙面、床单、被子、医生和护士的衣服……

母亲坐在床边关切地望着洛蒂，看到洛蒂醒来，她露出了笑容。

洛蒂和母亲就这么相互望着，谁也没有说话。洛蒂自从接到保罗阵亡的消息以来就很少说话，这半年来她做了好多个梦，梦见保罗还和以前一样，微笑着手拿一束红玫瑰走进佛罗伦萨的那家咖啡馆，她还和初恋一样和保罗在月光下的湖边漫步。

洛蒂为第二个孩子取名：安东尼。其实这个名字被好多人用过，包括她读的好多文学作品中都有出现过，洛蒂喜欢。只是让她悲哀的是，保罗生前还不知道有这个孩子的存在，如果他知道该是多么高兴啊，他是那么爱孩子。

丹尼尔越来越调皮了，一不留神就会从花店跑出去，跑到马路上，马路上有着来来往往的车辆，非常危险。

洛蒂的母亲只好待在这里照顾两个外孙，洛蒂雇不起佣人，她甚至连自己和孩子都养活不起了。

花店正常开着，母亲曾劝她把花店关了，战争时期也赚不了几个钱，洛蒂不同意，她很享受周围都是花的世界，那种花的香味让她陶醉，能让她忘记痛苦和不快。

一个秋日的黄昏，街道两边树上枯黄的树叶一片一片无声地落下。洛蒂抱着安东尼在花店里来回踱步，不知是天气或者其他什么缘故，孩子哭闹得非常厉害。丹尼尔和外婆待在家里，天气不好，外婆不让丹尼尔到店里去。

天空似乎飘起了雨丝，阴沉沉的，有些冷。

店里渐渐暗了来，洛蒂想关了店门回家去。这时她看见一个人似乎向店里跑来，那个人在雨中没有打伞，而是缩着头，衣服领子高高竖起包住了耳朵。

那个人闪到店里把衣领放下，洛蒂这才看清了来人的模样。这是一个东方面孔的男人，黄白皮肤，黑头发，黑眼睛。

“我要买一束花。”

“买什么花？”

“我也不知道，以红玫瑰为主点缀一些百合。”

那个男人回答的同时用目光扫了一下店内的各种花。

洛蒂把安东尼放在婴儿车里，开始为那个男人做手捧花。在做花的过程中那个男人就这么看着洛蒂从一堆玫瑰花中取出九朵火焰一样的红玫瑰，用剪刀开始对花枝的长短进行修剪，玫瑰修好后她又取出几支百合，那几支白色的百合有的含苞待放，有的已完全开放。

“你的手艺真好。”那个男人付着钱说。

“谢谢！”洛蒂回答。

第二天上午，洛蒂刚开店门不久，昨天下午那个买花的男人又来了，又买了同样的花便匆匆地走了。

第三天，依然如此。

第四天，那个男人又来到了店里又购买了和前三天一样的花，这一次洛蒂忍不住问：“先生，你买这花是送给谁啊，每天都来买。”

那个男人对洛蒂的问话显然吃了一惊，不过他的表情很快恢复了正常。

“给女朋友买的，现在她躺在医院里。”

“病了？”

“被炸伤的。”

“哦。”

洛蒂脑海中一下子就想到了保罗，她脸上浮现出悲伤的神色，一不小心，她的剪刀剪到了自己的手。血一下子就流了出来，鲜红鲜红的，和手中的玫瑰一样的颜色。

那个男人显然吃了一惊。

“小心一点啊。店里有纱布吗？我帮你包一下。”

洛蒂找到一块纱布，由于是右手受的伤不方便自己包扎，那个男人便主动帮洛蒂包扎。

从聊天过程中洛蒂知道这个男人来自遥远的东方——中国，六年前来到了意大利。目前在米兰开了一家皮具店。两年前和一位同样来自中国的女孩子相识相恋，女孩的父亲也在米兰开皮具店，他们来自中国的同一个地方——淮江。他很爱这个女孩并打算下个月订婚，谁知道出了这事。

洛蒂知道这个男人的意大利名字叫卡洛，她仔细打量了眼前这位痴情的男子，他二十五六岁，浓眉大眼，一身黑色西服显得很有绅士风度。

卡洛说她深爱的女孩依然没有醒来，伤得很重，女孩非常爱花，于是他每天给她送去一束鲜花，希望花香能够唤醒她。

洛蒂说，她会醒来的。

卡洛点点头，但愿如此。

过了一天，卡洛没有出现在店里。

又过了一天，卡洛依然没有出现在店里。

直到几天后的一个黄昏，卡洛又出现在店里。

他神情哀伤，一言不发。

洛蒂拿过来一只凳子，让他坐，他摆摆手。

“感觉你今天有些不开心。”洛蒂说。

"我的女友走了，永远走了，她去了天堂。"卡洛盯着店里插在花瓶中的一支红玫瑰轻轻地说。

"哦。这该死的战争！"洛蒂露出同情的神情，她把安东尼放到婴儿车里为卡洛倒了一杯茶。

他们一时变得沉默，不再说话，洛蒂本来想安慰卡洛但不知说什么好。

"你的丈夫呢？怎么一直没有见到他呢？"卡洛打破了沉默。

"他是一名军人，在战场阵亡了。"洛蒂低着头看着婴儿车里的安东尼说，"也就是几个月前的事。"

"该死的战争。"卡洛重复了刚才洛蒂所说的话。

安东尼在婴儿车里哭闹了起来，洛蒂连忙把他从婴儿车里抱了起来。

有一个顾客从店外走了进来，卡洛冲着洛蒂点了点头，转身出去了。

过了几天，卡洛又出现在了店里。

丹尼尔和外婆也在店里，丹尼尔见到卡洛似乎有着与生俱来的亲和感。卡洛带着丹尼尔走出店门到一个水果店里，丹尼尔挑选了好几样水果，卡洛付过钱后带着丹尼尔返回店里。丹尼尔把水果一一拿给外婆、洛蒂、卡洛。众人看着丹尼尔笑着，甚至安东尼都露出了笑容。

"我想把丹尼尔带到我的店里玩，可以吗？"卡洛望着洛蒂。

"当然可以。"洛蒂笑着回答。

当卡洛带着丹尼尔走出店门后，丹尼尔的外婆问洛蒂："他的店离这儿远吗？"

"不远，走十几分钟就到了。"

"他靠得住吗？"

"没事，他经常来店里，很熟悉了。"

丹尼尔的外婆点点头。

# 远方的呼唤

## 一

卡洛来洛蒂的花店越来越频繁。

当他来店里发现洛蒂不忙时，便和她聊天，给她讲中国家乡的风土人情和好多有趣的故事。

洛蒂饶有兴致地听着，并对遥远东方古国——中国产生了浓厚的兴趣。

卡洛说，他的中国名字叫徐祥瑞，他教洛蒂用中文读“徐—祥—瑞”，洛蒂浓重的意大利腔引得卡洛哈哈大笑。

为了让洛蒂掌握最基本的中文，卡洛从数字开始教她。

“一……二……三……”

洛蒂说：“中文比意大利文难学多了。”

卡洛说：“我到意大利一年便基本上掌握了意大利日常用语，你看我现在和你正常交流基本没有问题。”

洛蒂笑了笑：“那是，在这环境中不得已被迫学就是快，我要是在你们中国也学得快啊。”

以前经常听到的炮声渐渐远去，飞机来米兰轰炸的次数也越来越少。

一天午后，安东尼在洛蒂的怀中已安静地睡着了，洛蒂把安东尼放在婴儿车里并盖上薄被子。

有顾客进店，要买花。

洛蒂忙给他挑选，修剪，包装。

顾客说："德国人马上要打到米兰了。"

洛蒂惊讶地望着那个人，手有些发抖。

"真的吗？这消息是真的吗？"她心里有些害怕。

顾客说："我也是听说的，德国人报复意大利，要对意大利进行攻击。英国、美国等盟国抵挡不住正往后撤呢。"

顾客走了后，洛蒂呆呆地坐着，头脑不时浮现出保罗的样子，还有那些短暂的相聚的日子。

下午，母亲带着丹尼尔到店里，整个下午洛蒂都处于心不在焉的状态，总是想着那个顾客所说的话。假如德国人攻入米兰怎么办？自己和两个孩子到哪儿去呢？

母亲看到洛蒂精神不太好，几乎不怎么说话。她在店里待了一会儿便抱着安东尼并带着丹尼尔回家了。

没有人的时候洛蒂就在店里呆呆地坐着，快要关店门的时候卡洛来到了店里，他发现洛蒂的些异常。

"发生什么事了吗？"

"没有。"

洛蒂把那个顾客的话和卡洛讲了一遍。

"怎么可能呢？我听到的消息是盟军进攻顺利，并且打到了德国本土了。"卡洛笑了笑说，"你听到的那些消息是假的。"

洛蒂说："我痛恨战争，战争让我失去了保罗。"

卡洛说："我也是，失去了最爱的人。"

"假如德国人真的打到了米兰怎么办？我们母子三人——"

没等洛蒂说完，卡洛便打断了她。

"我保护你们！"

洛蒂充满感激地望着卡洛，卡洛把洛蒂轻轻地拥入怀中。

店外的黑暗涌入店里，天黑了。

卡洛轻轻地吻了一下洛蒂的额头，洛蒂的眼中一下子涌出了泪水。

## 二

“德国法西斯失败了，盟国攻入了柏林，希特勒死了。”

米兰大街小巷沸腾了，人们奔走相告。

人们举着意大利国旗到街上进行胜利游行，洛蒂也加入到游行的队伍中，她牵着丹尼尔，丹尼尔手里也拿着一面小国旗，他走在人群中显得很开心，蹦蹦跳跳地跟在人群中。

“妈妈，我们这是去哪儿啊？”丹尼尔边走边兴奋地望着母亲。

“我们是去一起狂欢啊。”

“什么是狂欢啊？”

“就是一起高兴。”

突然，丹尼尔对洛蒂说：“叔叔，叔叔。”

洛蒂向前一看，卡洛微笑着挤过人群向她们走来，他手里也拿着一面小国旗。

卡洛把丹尼尔高高举起，并让丹尼尔骑到自己的脖子上，他把自己手中的国旗给了丹尼尔，丹尼尔两只手分别拿着小国旗，开心地大叫：“我是最高的人啦，好多人啊。”

游行的队伍前后望不到头，蜿蜒如一条长龙，人们欢呼着。沿街的商铺的门前、住宅的窗户里也伸出了大大小小的国旗，整个米兰沉浸在欢乐之中。

一天上午，洛蒂正在整理花店，卡洛出现在店里，他身着一身黑色的笔挺的西装，头发似乎被精心地修剪过，梳着背头，甚至还上了油，显得很光亮。他两只手背在身后，微笑地看着洛蒂。

“你背着手干吗？”洛蒂问。

“我要送你一样东西？”

“什么东西？”

“你猜！”

“猜不着！”

卡洛把右手从背后转到面前，呈现在洛蒂面前的是一大束火红的玫瑰。

洛蒂脸红了，她有些不好意思地望着卡洛。

“我就是卖花的，你怎么还送我这个？”

“你卖花是你的职业，我买花送你是我的心情。”

洛蒂低头不语。

“我特意从别的花店买的，你闻一下，好香，与你店里的玫瑰有着不一样的感觉。”

“让你破费了。”

“丹尼尔他们呢？”

“和他们的外婆一起在家里了。”

卡洛的脸有些红，似乎鼓足了勇气对洛蒂说：“今后我想和你一起照顾两个孩子。”

洛蒂的脸也红了，她抬起头惊讶地望着卡洛。

“你还没结过婚，我这样的情况对于你来说或许是个负担。”

“我早就考虑过了，没事，我爱你，我就要照顾你们。”

洛蒂望着卡洛，她似乎有点不相信眼前这个东方男人。

几天后的一个下午，店里的客人不多，洛蒂让母亲带着孩子在店里看着，自己出去走走。

她顺着店门前的路向左前行，她想前往不远处的米兰大教堂。

有成群的鸽子在天空中盘旋，路上的人也慢慢多了起来。她无意间瞟了一眼街边的店铺，一个名为“东方皮具店”的店铺让她停下了脚步。

“这个名字好熟悉，对了，卡洛的店名好像就是这个，听他说过。”

卡洛邀请了洛蒂好多次去他的店里玩，洛蒂都以忙为由从没去过他的店，这次路过她决定进去看看。

进到店里，店面也不大，墙上挂满了各式皮具，有皮带、皮鞋、皮背心等。进门迎面是玻璃柜子，玻璃柜子里摆满了各式皮钱包、皮带、皮鞋等。颜色以黑色为主，也有棕色、紫色等。

一个约二十来岁的东方面孔的小伙子走了过来。

“请问您需要什么？”

尽管他的意大利语还不算太流利，但洛蒂还是听明白了。

“我随便看看，请问卡洛先生在吗？”

“哦，是要找老板吗？他在后面，我去喊他还是你和我一起过去？”

“我和你一起过去吧。”

店里面的墙上开着一个门，洛蒂随那个小伙子向那扇门走去。

打开门后，又是一番天地。成品、半成品的各种动物的毛皮一堆又一堆，有巨大的牛皮，也有羊皮、狗皮、狐狸皮等，洛蒂从毛发和形状上大概可以判断出是什么动物，这些毛皮有的浸泡在发出刺鼻气味的溶液里。她受不了这气味，捂住了鼻子。

几个工人围着围裙正在忙碌着，有的在去毛，有的在划皮，有的用铁锤叮叮当当地在敲着。

他们看到一个时尚的女人进来，都停止了手中的活计望着洛蒂。

“啊？洛蒂！洛蒂！”

从人群中走出一个人脱去手套来握着洛蒂的手。

“卡洛！”洛蒂望着卡洛，微微一笑。

“我们到前面坐，这是生产车间。”

洛蒂和卡洛一起走到店里，车间里的工人们望着他们离去的背影会心地一笑，又开始了干活。

“我邀请你不过来，没想到自己却来了。”

“怎么？不欢迎？”

“怎么可能呢？只是感到意外而已。”

卡洛在店内为洛蒂介绍各种皮制品的特点及适合人群，最后他从货架上取下一件紫色的上衣，这件上衣还带着毛领。

“这是一件水貂皮的上衣，你穿上试一试，感觉挺适合你的。”

洛蒂脱去外衣穿上了这件水貂皮上衣，对着镜子看了一下。

“太适合你了，真的漂亮，送给你。”

“不！不！我不能平白无故接受别人的东西。”

洛蒂说着把水貂皮上衣脱了下来交给卡洛，卡洛显得有些尴尬，但马上恢复了正常。他微笑着对洛蒂说：“看来我这件衣服送不出去了，什么时候才能送出去呢？”

洛蒂脸红了，说：“我现在去广场上转一转，好久没去了。”

“我陪你一起去吧。”

洛蒂点点头。

当卡洛和洛蒂在广场上转了一圈后，卡洛提议到教堂看一下，他也好久没去了。

教堂里正在举行一场婚礼，新娘身披洁白的婚纱，脸上洋溢着幸福的微笑，新郎身着一身黑色的礼服，高大英俊。

他们面对神父，众多亲友站在两侧。

教堂顶上垂下长长的大吊灯，微黄的灯光照亮了高大的教堂，一些男女浮雕在灯光的照射下，轮廓分明，栩栩如生。

“你愿意嫁给这位先生吗？”神父高声问。

“我愿意！”新娘答。

神父继续进行婚礼仪式的见证。

洛蒂望着他们，眼中涌出了泪水。此刻她想起了好多往事，几年前也是在这里，她和保罗举行了婚礼，如今却天人永隔。

卡洛拉着洛蒂的手静静地望着这一切。

“我们也要举行一场婚礼。”卡洛深情地望着洛蒂说，“我要让你做一个美丽的新娘。”

## 三

洛蒂自己都没想到自己还会披上洁白的婚纱再次结婚，更没想到的是她还会和一个来自东方的中国人结婚。

婚礼依然在米兰大教堂举行，也就是她上一次结婚的地方。

神父依然重复着同样的问话，卡洛和洛蒂机械地回答，当洛蒂听到卡洛的表白：“我娶你，做我的妻子，从今以后，无论是顺境或逆境，富足或贫穷，健康或疾病，我都将爱护你、珍惜你，直到天长地久！我承诺一生一世，对你忠心到底！”她泪流满面。

卡洛身穿黑色的结婚礼服，打着黑色的领结，头发经过精心修理，上了油。在教堂灯光的照射下油光发亮。丹尼尔和安东尼也穿上和卡洛一样的小礼服，丹尼尔牵着母亲的手，安东尼由外婆抱在怀里。外婆身穿紫红色的套装，脸上洋溢着幸福的笑容。

洛蒂的几个堂姐妹参加了婚礼，她们是阿德丽亚娜、奥罗拉、安布拉、弗兰切丝卡，其中大姐阿德丽亚娜是洛蒂大伯的女儿，已结了婚并有了孩子，奥罗拉和安布拉是二伯家的两个女儿，一个十八岁，一个十六岁，弗兰切丝卡是四叔家的孩子，刚满十二岁。洛蒂的父亲排行老三。

卡洛这一方的代表就是店内的几个伙计，他们也穿上了一色的西装，个个精神抖擞，也许这是他们第一次出席这样的婚礼。

弗兰切丝卡有着一头金黄色的头发，弯弯的眉毛向上翘着，金黄色的眸子镶嵌在水晶一样的眼球中，她面带微笑，嘴角微微上扬。

丹尼尔一只手牵着母亲的手，一只手牵着紧挨着的弗兰切丝卡的手。或许年龄的原因，十二岁的弗兰切丝卡还是个孩子，孩子们之间总是亲热的，仪式刚结束，丹尼尔便拉着弗兰切丝卡在教堂里到处玩，两个人说说笑笑，一会儿就离开了大人们的视野，让洛蒂一阵好找。

卡洛租了一所大房子，房子离市区有些远，属于郊区，但房租便宜，只是到店里有些不方便，原来卡洛和洛蒂租的房子都太小住不了这么多人，搬到大房子后两人把原先的房子全退了。洛蒂在搬家时有些伤感，在这所房子里，她回忆起和保罗在一起生活的点点滴滴，满屋子都是保罗的味道和他的身影。在这所小房子里他们共同孕育了两个孩子，这里是他们爱的见证。当屋子里最后一件物品被搬到车上后，她一个人又返回了屋子，把门反锁上，倚在门上放声痛哭，她是向这里告别，向保罗告别，向过去的一切告别。

新租的房子有一个很大的花园，花园里栽着各种花木，有蔷薇、海棠等，还有一个很大的鱼池，鱼池里各色锦鲤，其中以金黄色的居多。丹尼尔和安东尼经常趴在鱼池边上看锦鲤，有时兄弟俩还给锦鲤喂食。

外婆搬来一张椅子坐在大杨树下，静静地看两个孩子在院子里玩，有一只云雀停在枝头叫个不停，另有几只鸟从空中飞过，一切似乎都很安静。

这座大宅的外面是一个农场，有大片农田，此时农田里的小麦成熟了，金灿灿的，像铺了一层黄金，空气中流淌着丰收的味道。

外婆坐在院中的椅子上打起了盹，丹尼尔牵着蹒跚学步的安东尼钻进了麦田里。外婆睡来睁眼一看，两个孩子不见了，连忙喊，也不见有回应。她很着急，这可怎么办？她走出院子，围绕院子周围找了一圈还是没找到，还能被狼叼走了？也不会啊，这里也没听过有狼的出现。还能被人贩子带走吗？也不可能啊，战争时遗留下大量孤儿都没有人收养怎么可能有人偷孩子？

起风了，风吹起麦浪，金黄色的麦子随风伏下。外婆看到隐隐约约有两个小脑袋在起伏不定的麦田里。

“是他们？”外婆来不及多想，便向麦田里跑去。

“真的是他们！”当孩子们的面容清晰地出现时，外婆飞奔过去，紧紧搂住两个孩子。

两个孩子脸上被泪水抹成了花脸。丹尼尔说：“我们在麦田里迷失了方向，找不到家了。”外婆心疼得掉下了眼泪，一只手抱起安东尼，另一只手牵着丹尼尔往家的方向走去。

战后的一切仿佛都复苏了过来，如雨后春笋一般。米兰的街道上行人也明显多了起来，沿街商铺的生意开始慢慢变好，一切都如战前的样子。

卡洛的皮具店生意好，有些忙不过来，他不得不又增加了人手，他甚至想扩大经营，找一个更大的店面。洛蒂的花店生意也好了很多，店里的顾客多了起来，有时她不得不利用晚上去花卉基地进花，而以前进花都在白天进行。

世界各地的游客涌入了米兰，一时间米兰的大街小巷人满为患，操着世界各地口音的人来这里观光购物。米兰大教堂作为米兰的标志性景点，游客更多，教堂前的广场上站满了人，甚至连鸽子都没办法落脚，只好在空中盘旋。

卡洛和洛蒂商量着要在城区买房，眼看丹尼尔就要上学了，住在郊区有些不方便，更主要的是洛蒂也希望有自己的房子，那是家的象征啊。

婚后一切似乎很平静，卡洛和洛蒂早出晚归，各开各的店，两个孩子由外婆带。他们希望这样的日子一直这样过下去，结果一封来信打破了生活的平静。

卡洛接到这封信时是在一个慵懒的午后，春天里的一切充满着生机，爬山虎顺着墙慢慢向上爬，蜻蜓也在院子里飞来飞去。几个伙计坐在凳子上打着盹儿。

“卡洛先生在吗？”一阵悦耳的自行车铃声在皮具店门前响起，车上的人向店内大声喊。

来人骑着一辆绿色自行车，车子绑着邮包，显然是一个邮递员。

店员赶紧出来问有什么事，见是一封信，想接过来，邮递员问是卡洛先生本人吗？店员说不是，老板在里面，邮递员说要本人来取。店员赶紧到店里面把正在椅子上打着盹的卡洛喊到店外取信。

卡洛签字后拿了信到店内，他知道这是一封家信，估计也没什么要紧的事。

当他随意地打开信时，只有一张信纸，内容也不多，也就几行毛笔字。但卡洛看了后却感到字字惊心。

祥瑞吾儿：

见字如面，你在意国可好？近来为父已因病卧床，恐来日不多，望接信后速归，否则难见最后一面。

父：徐学仁

一九四七年二月十五日

卡洛拿着信的手在微微发抖，他抬头看了看门外，街道上依旧是人来人往，没有人知道他内心的不安。他把信重新装进信封，放进内衣口袋里，他心里想如何把这件事告诉洛蒂。

晚上，吃过晚饭，两个孩子睡着了，卡洛欲言又止，洛蒂感到卡洛有心事，便问：“有什么事？”

卡洛皱起眉头，摇了摇头。

洛蒂眼一直盯着他看。

卡洛说：“我父亲病了，很重，让我回去，否则就见不到了。”

洛蒂还是盯着卡洛，她看到两颗泪珠从他大而明亮的眼中流了出来，洛蒂忙掏出手绢为卡洛拭去泪水。

“我父亲就我这一个儿子，我也有几年没有回去了，我回去了，你怎么办？”卡洛望着洛蒂，伸出双手握住她的双手。

“你回中国后还返回意大利吗？”

“回来啊，我怎能丢下你和孩子不管呢？”

洛蒂停顿了一下，说：“我和你一起回去不行吗？”

“中国离这儿很远很远，坐船要好多天，再说孩子还那么小。”卡洛吃惊地望着洛蒂。

“没事的，只当是出去旅游一次，我也没有去过中国，刚好去你的家乡看一下。”洛蒂把头转向一边，她不想让卡洛看到她的软弱，眼泪已不争气地流了出来。

卡洛皮具店的生意这些日子出奇的好，刚生产出来的皮具很快就卖光了，米兰的街头出现了皮具热，男人爱穿皮夹克，女人爱挎皮包。皮夹克多为黑色和棕色。那些五颜六色的皮包在女人们看来比吃饭还重要，仿佛出门不挎着皮包就是一件非常没面子的事。

战争结束了，人们仿佛在尽情享受生活，皮具成了身份的象征，男人必备四件皮具：皮鞋、皮带、皮衣、皮包。有的男人甚至还戴着皮帽，远远看上去，一身皮简直就像站立的狗一样。

卡洛抽了空去了一趟海边码头，去往中国上海的船半个月才能有一趟，并且船票早早就被卖光了。

没票了，只有等。

街道边花坛里的花开了，又谢了。等了漫长的两个月，在这两个月里，卡洛每天都是度日如年，他不知道父亲如何了，是否还在这世界上，他在内心里祈祷，一定要看父亲最后一眼。

好在皮具店的生意好，忙碌的生活冲淡了他的一些思念。店里收入增长并没有让卡洛开心，他只是机械般地进货，生产，卖货。

终于买到票了，他兴奋得像个孩子。他一路跑到洛蒂的花店把这个消息告诉了洛蒂。

两人抱在一起，哭着哭着又笑了。

等待启程的日子，洛蒂把花店转让了，她知道半年内自己是不可能回到这个店里的，母亲年龄也大了，身体又不好，不能让她守着店，再说她对花艺也不精通。

卡洛的皮具店没有转让，他苦心经营这么多年，现在生意刚好，实在舍不得丢了，再说他还会回来的。他让一个自己从江苏带来的伙计负责管理整个店，他对这个伙计十分信任，交给这个伙计管理比较放心。

1947 年 8 月 6 日是卡洛和洛蒂一家出发的日子。前一天，卡洛和洛蒂带着丹尼尔和安东尼去了一次米兰大教堂，米兰大教堂前广场上的鸽子有的在空中盘旋，有的在地面啄食，教堂高高的尖顶直插蔚蓝的天空。洛蒂在教堂里祷告完后一家人出了教堂，丹尼尔嚷着要喂鸽子，卡洛便买了一包鸽子粮。

丹尼尔把食物撒向空中，食物落地后鸽子从空中落下来，纷纷啄食。丹尼尔蹲下来，把食物放在手心。一只大胆的鸽子走到他的手边，啄他手心的食物，丹尼尔开心地笑着。

卡洛和洛蒂微笑着幸福地看着这一幕，安东尼在洛蒂的怀中也露出了笑容。

上船前，卡洛店里的全体伙计们都来到了码头送别卡洛一家，洛蒂的母亲也来了，她一直低头在哭泣。洛蒂的几个堂姐妹，阿德丽亚娜、奥罗拉、安布拉、弗兰切丝卡也都来了。她们与卡洛和洛蒂一家人一一拥抱，姐妹们眼中都含着泪水。弗兰切丝卡紧紧抱着丹尼尔，十分不舍，船快要开了，他们不得不分开。

轮船发出了长长的汽笛声，离开了岸边。

人们挥手告别，卡洛一家也在甲板上与亲人们告别。

别了意大利！别了米兰！

# 他乡故乡

## 一

又一个不眠之夜。

当硕大的圆圆的淡红色的太阳从海平面慢慢升起时，全船的人都到了甲板上，人们努力地望着远方。

“看到了，看到了，有个影子。”一个小女孩大声说，她穿着一件大红色的连衣裙，在人群中很显眼，像一团火。

“在哪儿呢？”小女孩旁边的一个妇人问，她顺着小女孩手指的方向极力向前望去。

“看不到啊。”母亲揉了揉眼睛。

其他的人也在向小女孩手指的方向看。

卡洛带着丹尼尔也在人群中。洛蒂则一个人在另一侧船舷边，她在人群的相反方向，海风吹起她金色的长发，她显得有些孤独。

“我看到了。”

“我也看见了。”

人群出现了一阵骚动。

“那是上海吗？”

“我的上海！”

远处的影子如海市蜃楼般，似乎真实也虚假的模糊的样子。

“真的是高楼！”人群中有人激动得掩面而泣。

洛蒂依然在安静地望着远处的海面，另一边的热闹似乎都与她无关。

卡洛离开人群来到了洛蒂的身边，他用手抚了抚洛蒂被海风吹起的长发，洛蒂依然保持着一动不动的姿势。

“今天我们终于到岸了，下午我们就到上海港了。”

两滴泪水从洛蒂的脸颊上流了下来，卡洛把洛蒂拥入怀中，用粗大的手拭去她脸上的泪水。

“我们马上就要到家了。”

丹尼尔在人群里到处找卡洛，焦急地喊着爸爸。

他稚嫩的意大利语引来了人群的注意，好多人望着他。

卡洛也隐约听到了丹尼尔的呼喊，他赶紧拉着洛蒂的手向人群走去。

“丹尼尔，丹尼尔！”卡洛边走边喊。

丹尼尔看到他们俩走过来，连忙跑过来扑在洛蒂的怀里。

远处高楼的轮廓渐渐变得清晰，甚至可以看见马路及马路上来来回回跑的车辆及行人。太阳高高地挂在空中，相当耀眼，阳光照在海面上，海面波光粼粼。虽已是秋天，但夏天的炎热并未褪去，近岸时海面一点风也没有，海面平静得像一面镜子。

下午3点多，船终于到岸了。

四十多天的旅程终于结束了。

洛蒂感觉这个旅程似乎经历了一生的漫长，她每天都是在煎熬中度过。她失去了儿子安东尼，她感到对不起保罗，虽然保罗从没看过这个儿子，他是那么小、那么可爱，还没有充分感受这世上的美好就死去了。她心里对卡洛有一些怨恨，如果不来中国，安东尼就不会死，可是没有假设。假设自己不和卡洛结婚这一切也不会发生，怪也只能怪自己了。

丹尼尔像一只刚出笼子的小鸟，一上岸就跑啊跳啊笑啊。洛蒂和卡洛默默地跟在后面，距离火车站还很远，码头上有很多人力车，等待下船的旅客。

“先生，去哪儿？用车吗？”几个车夫围了上来。

“一辆车可以吗？三个人和行李？”卡洛问。

“您行李这么多，一辆车不行，得要两辆车。”

谈好价钱后，一家三口上了两辆车，卡洛和行李一辆车，洛蒂和丹尼尔一辆车。从码头到火车站的路似乎很远，道路也从崎岖不平到平整，黄包车刚开始颠簸不停到逐渐平稳，街道两边的高楼也慢慢多了起来，行人渐渐增多。洛蒂感到这地方的繁华程度与米兰不相上下，并非像卡洛说的那样不堪。

丹尼尔显得很兴奋，两眼一直观望着街景，不断地问妈妈这样那样的问题，在他的眼里这些都是与米兰完全不一样的景致。

洛蒂发现一个奇怪的现象，这里的人们脸上看不到笑容，一个个满脸忧愁的样子，甚至孩子也如此，一个个面黄肌瘦，穿的衣服破破烂烂，有的孩子甚至不穿衣服。

一阵风吹来，洛蒂打了一哆嗦，她这才感觉到是秋天了，天变冷了。

火车站到了，售票大厅挤满了人，各个把头伸得像鹅一样望着那小小的窗口。靠墙的角落里一些蓬头垢面的人躺在地上，有的人身下还有破席子，有的人连破席子都没有，有的人头下枕着一个破口袋，还有的人则枕着一块断砖。

天黑的时候终于上火车了，车厢里弥漫着难闻的臭味，有脚臭味、汗臭味、口臭味、衣服臭味……

洛蒂忍不住用手捂住口鼻，只是那难闻的气味还是源源不断进入她的口鼻中，洛蒂感到胸闷难受。她用力推开车窗，刚推开一道缝，一股冷风便从外面直吹进来，洛蒂一下子感到舒服了很多。

“把窗户关起来，太冷了！”黑暗中一个人恶狠狠地喊道。

洛蒂听不懂这个人喊什么，但她感觉这个语气不是友好的语气。坐在身旁的卡洛用手抵了抵她。

“把窗户关起来吧，别人有意见了。”

洛蒂只好重新把窗户关起来。丹尼尔已进入梦乡，火车在黑夜里像一条蛇一样缓慢前行，“哐哧，哐哧”的声音单调得让人烦躁。

当太阳再一次升起的时候，火车终于到站了。洛蒂抬起疲惫的双眼，一缕阳光顺着车窗射了进来，她感觉如米兰的阳光一样暖暖的。周边的人纷纷起身整理行李，一时间车厢里乱糟糟的。

洛蒂下车后向远方一看，群山巍峨，山顶上霞光万丈，一座座山头都是金色的，壮观无比。

## 二

出站口停了好多车辆，有人力车，有马车，车夫们见到旅客出来立即围了上去，帮旅客提行李问到哪儿去。

卡洛跟着一个车夫到了一辆马车前，拉马车的马是一匹白马。

丹尼尔感到很好奇，站在马的面前望着那匹白马，那匹白马也在望着他。他试着走近并想用手抚摸白马光滑的毛，白马突然扭动着身体对丹尼尔靠近表示抗议。马夫见状连忙制止了马，并微笑着对丹尼尔摆摆手说："不能碰，不能碰啊。"

丹尼尔听不懂他说些什么，但从他的表情和动作应该能够看出来大致意思，卡洛忙用意大利语对丹尼尔说不能碰。

卡洛和马夫谈好价钱后，把行李搬上马车，一家三口坐上了马车，马车沿着崎岖的山路缓慢前行。

洛蒂平生第一次坐马车。

山里很静，有鸟的鸣叫声从山崖上的树上传过来，也有像雕一样的鸟张开巨大的翅膀在山顶上盘旋。有溪水流动的声音传过来，声音越来越大，马车转过弯，一条白练似的瀑布突然出现在大家面前，刚才的声音也是从瀑布这儿传出来的。

马车经过，瀑布飞溅起的水珠被风吹开，众人的脸上感到凉凉的，一阵风吹来，有黄叶从树上飘落，丹尼尔冷得一哆嗦，洛蒂忙从包里取出一件衣服披在丹尼尔的身上。丹尼尔一直在看山中的景致，他以前从来没有在山中玩过，山中的一切景致对他来说那么具有吸引力。

洛蒂依旧一言不发。

卡洛一路上不时地和马夫聊着天，洛蒂和丹尼尔听不懂他们说些什么也插不上嘴，只有欣赏沿途的风景。

快到徐庄时，卡洛有些坐立不安，有一种“近乡情更怯”的感觉。

接到父亲信的这段时间，他一直处于一种焦虑之中，有时整夜整夜睡不着觉。徐家只有他一个儿子，父亲病重，他却远在异国他乡，无法床前尽孝，想到这些他就很难过，尽管父亲也为难过他，给他找了一个他并不喜欢的媳妇，在国外这些年他对父亲这一做法早已原谅。可怜天下父母心，父母都是为儿女好，随着年龄增长他理解了父亲。

卡洛担心父亲已不在人世，那他会很难过，会为当年自己的出走而后悔一辈子。

马车到了徐家大院门口停下了，大门口空无一人，卡洛不敢下车，他的手有些发抖，父亲还在人世吗？他在心里祈祷父亲平安。

马夫说到家了下车吧，卡洛依然没有下车，洛蒂和丹尼尔望着卡洛，不知到了什么地方。

这时从大门里走出了一位五十岁左右的男子，黑脸膛，留着山羊胡子，齐耳短发，身穿蓝布长衫，脚穿黑皮鞋，双手背在身后，他见门口停着一辆马车，忙上前张望。

“啊？少爷！少爷回来了！”他惊得后退一步，“怎么不早说，我好派人去车站接你。”

“哦，麻叔。我爸爸他怎么样了？”

“老爷很好，他天天念叨你呢，这两位是？”

卡洛称为麻叔的人看到了洛蒂和丹尼尔，显然他见到两位外国模样的人很吃惊。

“哦，他们是我的媳妇和儿子。”

“媳妇和儿子？”

那个麻叔显得更为惊讶，不过他很快恢复了常态，显得谦恭热情。

“我去院里喊人过来帮忙。”麻叔边走边喊，“小玉、小草、老李快出来，少爷回来了。”

徐家少爷回来了，还带回了一个洋媳妇和一个洋小子的消息在徐庄传播开来，庄上不少人过来看热闹。

老李和小草、小玉从院子里跑出来忙着把车上的行李搬到屋里，卡洛把丹尼尔从车上抱下来，又搀扶着洛蒂从马车上下来。庄上的乡邻们像看怪物一样看着洛蒂母子，他们从来没有看到过外国人，洛蒂微笑着冲乡邻们点点头。

老爷和老夫人没有出来。

现在回到了中国，回到了家乡，卡洛再改回他的中国名字徐祥瑞。

徐祥瑞牵着丹尼尔和洛蒂一起走进大门，徐祥瑞对这大门既熟悉又陌生，他已离家七年了，朱漆大门还是和七年前一样，金黄色的门环在阳光下散发着黄金一样的光芒。

七年了，一切仿佛就在昨天，一切又似乎过去了很久。

对自己离家出走，徐祥瑞直到现在都不后悔，他认为当时虽年轻但做出的决定是正确的。自己接受过新式教育，读过小学和中学，中学毕业后报考大学但没有考上，父亲便想让他快点结婚，继承家业。

还在读中学时，便不断有人上门给徐祥瑞提亲，父亲看中了邻村乡绅郑家大小姐。说起这郑家和徐家还算是世交，同为大户人家，据说祖上在前清还中过同榜进士。两家都拥有数十顷田地，可谓是富甲一方，两家祖上都有结亲的想法，说来也巧，郑家除了这一代有个成年的大小姐外，上几代女孩还没有成年便夭折了，只剩下单传男孩。徐家也是三代单传，都是男孩。当地流行一种说法，越是有钱人家的苗越稀少，能不绝后就不错了。徐祥瑞的父亲见到郑家上门提亲便一口答应下来。

徐祥瑞早就听说郑家大小姐，小时出过天花导致成了麻子，对于同麻子大小姐成亲，徐祥瑞绝对不答应。徐祥瑞对父亲说：“我为什么要娶一个麻子？婚后让我如何带出去？”徐祥瑞父亲这位前清老秀才说：“女人只不过是传宗接代的工具罢了，对于长相不要太计较，女人嘛都是大门不出二门不迈的，能有几人看见？门当户对比什么都重要。”徐父甚至不顾徐祥瑞反对而定了亲，眼看一切无法改变，徐祥瑞便偷偷和同乡漂洋过海来到了意大利，逃避了这门亲事。

七年间家乡遭到了日寇侵犯，郑家大小姐在被日寇蹂躏后羞愤投井自杀，成为村里的一大惨案。徐祥瑞在意大利接到家信中提到这件事还难过了一阵，尽管他不承认郑家大小姐是自己的未婚妻，而事实上又确实如此，郑家大小姐被日寇害死也让徐祥瑞又成了单身状态。

徐祥瑞自小到大都有一种逆反心理，别人让他向东他偏要向西，让他去打狗他偏要去撵鸡。家中只有他这根独苗，上上下下都一直惯着他，直到去了异国他乡再也没有人惯着他了，一切都要靠自己。他刚到意大利时所带的钱不多，只好到中国人开的皮匠铺里当学徒混口饭吃，后来他和家里的关系也在慢慢改善。老父亲怕徐祥瑞在意大利受罪便经常汇款去，徐祥瑞皮匠技术也学得差不多了，在家里资助下便开始单干，开了一家皮具店，自己当了老板。后来他爱上了以前做学徒时的师傅的女儿，这个女孩很早就和父亲来到了意大利，她在意大利读了大学，热情开朗。受过中学教育的徐祥瑞和她有许多共同话题。

“或许我命该如此，我是多么爱她。”徐祥瑞常常这样想，女孩刚出事时他想总会有奇迹发生，他想以诚心感动上苍让女孩醒过来，家乡人许愿通常去寺庙，意大利没有寺庙，徐祥瑞就到米兰大教堂去许愿，他每天都去洛蒂的花店买一束花送给女孩，但女孩还是离开了这世界。这让他痛不欲生。

在花店第一次见到洛蒂他是没有任何感觉的，在他的心中无人能够替代那个女孩。女孩去世后，他想找一个倾诉对象，不倾诉闷在心里会生病的。在异国他乡，他通过买花和洛蒂熟悉了，洛蒂成了他的倾诉对象，不曾想他最后和洛蒂走到了一起。

## 三

面对高高的门槛，洛蒂迟疑了一下，徐祥瑞扶着她说：“迈过去。”

洛蒂抬起腿，一只脚迈进门，又把另一只脚也迈了进来。

“我爸爸在哪里？我现在先去见他？”他问身旁的麻叔。

“老爷在堂屋，少爷。”

进入大门，徐祥瑞看到父母端坐在堂屋正中的椅子上，父亲脸色红润，头戴礼帽，一身长袍，上身穿着紫红色马褂，马褂上绣着团寿图案。父亲手按着一根紫黑色的拐杖，手柄只露出龙头模样，屋内光线有些暗，龙须及长长的嘴巴还是清晰可辨。母亲身穿一身深蓝色的绸缎衣裤，盘起的头发蜷缩在发网内，部分白发还是从黑色的发网内露出来，她面带微笑看着他们。

屋内有一股檀香的味道，那种淡淡的若有若无的味道，也许是香樟木家具发出来的味道，也可能是母亲烧香拜佛的香味。在徐祥瑞印象中母亲是信佛的，家中专门有一间佛堂，供着一尊佛像，母亲经常跪在佛像前的蒲垫上，微闭着眼，双手合十，口中念念有词。

正中挂着一幅巨大的松鹤延年图，由于年代久远，丹顶鹤红顶的红色已看不出来了。画的两边是副字，字苍劲有力。父亲曾说过，这幅画有年头了，有上百年历史，画这幅画的人是江南才子，也是徐家祖上的好友。

父亲徐学仁端起茶杯正在喝茶，见徐祥瑞一家三口进来，把茶杯轻轻放在桌子上，又把茶杯盖扣到茶杯上。

徐祥瑞趴下磕头，他试图拉着洛蒂一起磕头，洛蒂站着不动，丹尼尔看母亲不动他也就站着不动。

父亲见状摆摆手，用拐杖指了指两边的椅子。三口分别坐下，洛蒂坐着硬木椅子不习惯，不停地扭动着，丹尼尔在椅子上爬上爬下，玩得不亦乐乎。徐祥瑞抬头看到父亲面色红润，心里嘀咕，父亲不像信中说得那样病重啊。

“回来就好。”父亲淡淡地说。

“爸爸，身体现在怎么样啊？”徐祥瑞问。

“我的身体没事。”父亲依然淡淡的，脸上甚至露出笑容，“不说严重你能回来吗？”

“啊？”徐祥瑞有些愤怒了，脸气得通红，怎么能这样？他想到了安东尼，不回来，他应该还能快乐地活在这世上。

“让我回来造成多么大的灾难你知道吗？”徐祥瑞几乎冲着父亲吼着，他实在控制不了自己的情绪，泪水顺着眼角流了下来。

“你不能对你爸爸这样！”母亲站起来，走到徐祥瑞身旁，用手轻轻地拍了拍他的肩膀，“一家人在一起不好吗？这年头兵荒马乱的，你在异国他乡我们能不担心吗？”

“可是你不能骗我啊，这次回来，孩子也没了。”徐祥瑞对父亲投去仇恨的目光。

“孩子？”母亲问。

徐祥瑞不再言语。

洛蒂听不懂他们在说什么，也插不上嘴，只是呆呆地望着他们。

丹尼尔被徐祥瑞刚才的表现吓了一跳，他不知道父亲为什么那么生气，停止了上蹿下跳，老老实实坐在椅子上。

屋子顿时安静了下来，气氛也显得沉闷。

## 四

徐祥瑞一连许多天和洛蒂待在房间里，他不想出去见任何人。他想不通父亲为何要骗他。饭菜都是下人端进房间的，洛蒂和丹尼尔吃不惯淮江的土菜，只是吃些米饭和水果。

房间里有几本书，还是徐祥瑞离开家前就放在房间的柜子里，有莎士比亚的《罗密欧与朱丽叶》、曹雪芹的《红楼梦》，还有大诗人徐志摩的诗集。他读书时洛蒂就在一旁坐着，也不说话。丹尼尔待不住就到院子里玩，看马夫喂马，看伙夫如何做菜，看麻雀在地上找吃的，看灰喜鹊停在院内的那棵老梅花树上。

长工的儿子外号叫大头，最近来到徐家，丹尼尔便和大头在一起玩。大头说话丹尼尔听不懂，丹尼尔说话大头听不懂，他们只能通过表情和动作明白对方的意思。

院子里有一棵老泡桐树，树上有一个灰喜鹊窝，两只灰喜鹊每天都在树上叽叽喳喳地叫着。这个黑乎乎的鸟窝显然引起了两个孩子的注意，大头对丹尼尔说："我们爬上树看里面有没有鸟蛋？"丹尼尔听不懂大头说什么，两眼不解地望着大头。大头见状，知道他没有听明白，便用手指了指树上的鸟窝，做了一个爬树的动作。丹尼尔明白了，竖起了大拇指。

大头开始爬树，丹尼尔跟在后面爬。大头显然是经常爬树，像猴子一样爬得很快，丹尼尔没爬过树，爬不上去，他学着大头的样子爬了几下，好不容易脚离了地，手却磨出了血泡。

丹尼尔已爬到了鸟窝附近，两只灰喜鹊见有外敌入侵，急得在鸟窝附近飞来飞去，发出愤怒的叫声，面对这个庞然大物，两只灰喜鹊无可奈何。

"有鸟蛋！"大头大喊。

几个鸟蛋不规则地出现在大头眼前，在他的眼里，这几个鸟蛋在阳光的照射下发出珍珠一样的光芒。

大头不顾两只灰喜鹊的哀鸣，一只手握着树枝，另一只手伸向那几只鸟蛋。

"啊，你们干什么？丹尼尔，你快下来，危险！"洛蒂透过窗户看见丹尼尔爬到树上，又看到大头爬到树梢便大声喊，她快速地冲到院子里。

正在干活的长工听到洛蒂在院子里大声嚷嚷，他听不懂洛蒂在说什么，但能听出很着急的样子，便走到院子里看个究竟。

马夫正在给马喂草料，马显然也听到了院子里有人在大声嚷嚷，停止了吃草，马夫也走到了院子里看发生了什么。

徐老爷坐在卧室的椅子上吸着烟，他闭着眼，手拿着长长的烟袋杆，每吸一口，灰白色的烟便从他的嘴里冒出来，飘飘荡荡，整个屋子里弥漫着烟草的味道。老爷此刻正享受着抽烟带来的愉悦。

听到院里的嚷嚷声，老爷显然吓了一跳，他睁开眼，放下烟具，站起来，快步走到院子里。

老爷被眼前的情景吓呆了，他望着在树梢上像猴子一样的大头，害怕大头随时可能掉下来，丹尼尔也爬到了树的中间，还在努力向上爬。洛蒂急得直抹眼泪，冲着丹尼尔喊着什么。

长工冲着大头喊："快下来！快下来！下来我非扒了你的皮不可！"

马夫站在树下茫然望着这一切。

"造孽！"老爷嘟哝了一句。

大头听到下面的叫嚷，特别是听到父亲那熟悉的吼叫，只好下来。丹尼尔听到妈妈让自己下来，他想下来但向下一看立刻害怕起来，不敢下来。

大头已下到丹尼尔的头顶，有丹尼尔在下面大头也不好下来。

丹尼尔急得哭了起来，洛蒂在下面也没有办法，急得直掉眼泪。

马夫返回马厩，从里面拿出一张凳子放到树下。马夫人长得高大，他站到凳子上刚好能够接触到丹尼尔的脚。他抵住丹尼尔的脚，让丹尼尔双手抱住树干慢慢下来，丹尼尔虽听不懂马夫的话但能理解他的意思。当丹尼尔下到一定高度时马夫便一下子抱住他，长工在下面接住放到地面。

洛蒂一下子把丹尼尔抱在怀里。

当大头下到地面时，长工上去一只手揪住他的头发，另一只手"啪，啪"两巴掌打在大头的脸上。

大头脸上立即出现了手指印，鼻子也流血了，鲜红鲜红地，顺着嘴唇往下流，大头用手抹了一下，整个脸都是血。

马夫上去一把拉开长工，说："都是小孩子，不懂事，打他干吗！"

长工望了一眼老爷，又望了一眼洛蒂。

老爷干咳了一声，摆了摆手。

长工拉着大头去井边洗鼻子。

第二天一大早，大头便走了，是他父亲带他回家的。

丹尼尔恢复了孤独。

# 五

当徐祥瑞看完了《红楼梦》最后一回时，他放下书，闭上眼睛，他为宝玉的命运感到悲哀，宝玉和林黛玉是有情人却不能成为眷属，薛宝钗是好女人却是宝玉不喜欢的人，命运往往造化弄人。他想到了自己，想到了第一个女友，一切皆是命，无法改变。

洛蒂不适应这里，她经常问徐祥瑞何时才能返回意大利。徐祥瑞只是说快了。

洛蒂提出出去转转，徐祥瑞同意了。

徐祥瑞带着洛蒂、丹尼尔第一次走出家门。丹尼尔像出笼的小鸟一样，开心地笑着，跟在后面蹦蹦跳跳。

秋天的田野一片金黄。颗粒饱满的稻谷在阳光下金灿灿的，一阵风吹过，随风摆动，稻浪起伏，如金色的海洋。

天空很蓝，没有一丝云彩，偶有一只飞鸟飞过，发出一声清脆的鸣叫，在空旷的田野里传得很远。

田野的周围是群山，群山也披上了一件金黄色的外衣。丹尼尔提出到山里看看，徐祥瑞点了点头，三人向山的方向走去，有一条小路直通山里。

徐祥瑞想起小时候经常和小伙伴到山里玩，采摘山里的野果吃，喝山里的泉水，这些情景仿佛就在昨天。洛蒂也想起了小时候在波多浓内乡下的老家，她说这儿的景色和那儿有些相似，她想家了。

到山里面，满山黄叶铺地，脚走上去沙沙作响。

“松鼠！那儿有一只小松鼠。”丹尼尔用手指着路边的一棵松树说。

徐祥瑞和洛蒂顺着丹尼尔手指的方向，看到松树的枝上有一只松鼠正来回跳跃。

“要是大头在就好了，他一定能够爬上树捉住这只松鼠的。”丹尼尔喃喃地说，他低下头用力踢一颗小石头。

走着走着，有泉水的声音传来，他们顺着声音向前走，转过一处山脚便看到一条白练似的瀑布挂在山上，瀑布到地面后形成溪流，清澈见底。洛蒂走到小溪边，用手捧起溪水喝了一口。

“好凉！”她又把溪水吐了出来。

徐祥瑞笑着说：“秋天了，水凉不能喝。”

丹尼尔脱下鞋子想到溪水里玩，徐祥瑞连忙阻止，他说：“水太凉，下去会生病的。”丹尼尔指着溪水里游来游去的小鱼说：“我想下去捉小鱼。”

洛蒂笑着说：“你下去也捉不到的，鱼在水里游得多快啊。”

小溪旁边有一块平整的大石头，一家三口就坐在石头上看着瀑布，他们走路也走累了。大山里很安静，安静得树上掉下一片叶子都能听到。

歇息了好一会儿，丹尼尔坐不住了又要走，徐祥瑞和洛蒂只好站起来，三人又开始沿着山路向山里走。

有歌声从山上飘来，是女声，歌声婉转，如百灵鸟声，徐祥瑞听出是用本地的方言唱的，是情歌，描述男女相思之情的。

“真好听。”洛蒂说。

“你听得懂？”徐祥瑞问。

“我虽听不懂她们在唱什么，但我觉得调儿很好听。”洛蒂笑着说。徐祥瑞看到洛蒂自从到徐家这些天来第一次脸上出现笑容。

歌声越来越近，不一会儿一个红色的身影出现了，背后背着一捆柴，她弯着腰身体向前倾着。

红衣女显然发现了前面有人，停止了唱歌。

等走近后，徐祥瑞发现这是个女孩，大约十七八岁。黑里透着红的脸上有着密密的汗珠，她有着山里女孩的特征，皮肤黑黑的，一条大辫子从肩上垂到胸前。她上身穿着染着蓝色的土布，下身穿着一条灰布裤子，可能时间长了，裤子褪色，有些发白。姑娘的眼睛瞟过他们三个人，径直地往前走。

“你唱得真好听！”当经过身边时徐祥瑞说了一句方言。

姑娘微微一笑。她目光在洛蒂和丹尼尔身上停留了一下，似乎感到有些诧异，这母子俩的洋面孔显然引起了她的注意，但这只是一瞬间的事，她又低下头向前走去。

“她为什么不回答你的话？”洛蒂问。

“我们这地方女孩一般不和陌生人说话。”徐祥瑞望着姑娘的背影回答说。

洛蒂有些不解，轻轻地摇了摇头。

这时太阳已到了西南方向。

远处传来了长工的喊声：“少爷！少爷！”

三人停止脚步，长工气喘吁吁地跑到他们面前说：“老爷让我找你们吃饭了，我不知道你们到这儿了，还是听别人说看到你们向山里来了。”

三人回头往回走，长工跟在后面。

## 六

老爷要为少爷举办婚礼了。

最先传出这消息的是徐家的马夫老李，后来经过一传十，十传百，最后整个徐庄都知道了这事。

据说，马夫老李是听老夫人的丫头小玉说的，丫头小玉是听老夫人嘀咕的。本来老夫人在房间不经意间的一句嘀咕，刚好丫头在房间里做事，听到了。老夫人感觉自己说漏了嘴，连忙嘱咐小玉不要对别人说，小玉也当时也答应了，可当天晚上就跟马夫说了。

马夫和丫头是相好。马夫五十岁上下，他是有老婆的，只是老婆还在几百里外的老家，远水解不了近渴。徐夫人的丫头小玉自小父母双亡，徐夫人好心收留了她，加上没有闺女就把小玉当闺女对待。小玉已十七八岁，生得如花似玉，有不少人前来说媒，可都被徐夫人拒绝了，夫人舍不得小玉离开自己。

小玉表面上老实本分，骨子里却很风骚，她丹凤眼柳叶眉，微微一笑一对酒窝便显现了出来。

马夫别看只是个养马赶马的，在讨女人欢心这块却是高手，给老爷赶马车进城时，会偷偷买一些花头巾、糖果等女孩喜欢的东西送给小玉，不谙世事的小玉轻而易举地被马夫俘获了芳心。深夜他们会在马厩旁约会，马呆呆地望着他们抱在一起，他们的约会除了马之外没有人看见。

徐祥瑞对举办婚礼的事一无所知，洛蒂也不知道，也不可能知道，她现在除了与徐祥瑞和丹尼尔能正常交流外，与其他人还无法交流，别人听不懂她的话，她也听不懂别人的话。

## 七

入冬以来的第一场雪开始纷纷扬扬地下了。下雪之前还下了两天小雨，淅淅沥沥的，天地间雾蒙蒙的。接着小雨中夹杂着一星半点雪花，后来雪花越来越多，小雨也停了，天空中落下来的完全变成了雪花。

庄稼人都躲进了屋里，围着火炉烤着火，聊着家常，有调皮的孩子不安分，跑到雪地里，被大人一顿呵斥又乖乖地跑进了屋里。

徐家大院里一片安静，马夫和伙夫在厨房里边抽烟边聊天，丫头在夫人房间里和夫人一起做着针线。老爷在堂屋里边烤火边翻看一本古书，看累了就把书放在旁边的桌子上，从烟袋中取出一撮烟叶放到烟斗中，把烟斗伸到火盆中红红的木柴上点燃，深深地吸了一口，接着是一阵剧烈的咳嗽，“啪”的一声吐出一口浓痰，又把烟袋嘴放到了嘴里。

徐祥瑞待在房间里继续看书，《红楼梦》看完了，现在看《罗密欧与朱丽叶》。洛蒂坐在床上学做针线，她听说中国的女人都要会做针线活，她也努力学着。丹尼尔在房间待不住，一会儿摸摸这个，一会儿摸摸那个，从一个房间跑到另外一个房间。孩子接受语言能力就是好，他已学会了“吃饭”“睡觉”“上厕所”等日常用语。

掌灯时分，伙夫到堂屋门口报告：“饭已做好。”

徐老爷正眯着眼在抽烟，他点点头，意思是可以开饭了。

饭后，老爷让徐祥瑞到他的房间。

丫头已回房休息，徐祥瑞坐在父母房间的一只小凳子上。老爷和老夫人坐在床边，老爷继续抽着烟。房间火盆里的柴火红红的，房间里很暖和。

“我早就想和你商量这事了。”老爷吐出一口烟缓缓地说。

“什么事？”徐祥瑞不解地问。

“打算给你们办个婚礼。”

“啊？”徐祥瑞感到很惊讶，“我们在意大利办过婚礼了啊。”

“那是在外国，不算。这才是你的家，要办，否则，你的媳妇、孩子进不了祠堂，入不了家谱。”

“哦。”徐祥瑞一想也有道理，说明他们接纳了母子俩，乡邻们对徐家娶一个二婚的洋女人已经嘲笑了，更何况还是个拖油瓶，带了个外人生的孩子。父母也是承受了很大的压力，凭徐家这样的家庭怎么能找这样的人呢？

徐祥瑞同意了。他想这也是好事，至少家人现在认可了。

这些天徐家大院如过节一般，热闹极了，婚礼的各项准备有序进行。

婚礼正式举行的前三天，徐家请了两个戏班，一个戏班唱京剧，一个戏班唱越剧，徐家准备大唱三天戏。

两个戏班分别在徐家大院门口打麦场上搭戏台，京剧戏班在左边，越剧戏班在右边。两个戏班班主忙上忙下，指挥着搭台。一群孩子在看热闹，嘻嘻哈哈，场地上的积雪已被清扫，堆在场地边上，有的孩子便跑到雪堆上踩来踩去，有的抓起雪相互打雪仗。

到了晚上，两盏汽灯把黑夜照得像白天一样。

两个戏班正式开演，戏台下坐满了乡邻。徐祥瑞、洛蒂和丹尼尔坐在京剧戏台的下面，丹尼尔对京剧演员产生了浓厚的兴趣，红脸、黑脸、花脸，他觉得很新奇，眼睛一眨不眨地看着台上。还有演员身上插满了红红绿绿的小旗子，舞刀弄剑，还翻筋斗。丹尼尔不时指着台上的演员问徐祥瑞一些问题，比如红脸是好人还是坏人？为什么拿武器的人背后插那么多的旗子？有些问题徐祥瑞可以回答出来，有些也回答不出来，只好随便糊弄他。台上演的是《捉放曹》，锣鼓声响，喝彩声一阵高过一阵。丹尼尔听不懂演员唱着什么但爱看演员们表演，喜欢这热烈的气氛。周围的人喝彩他也跟着喝彩，他开心地拍着小手。当演员表演吐火变脸时丹尼尔变得异常兴奋，他站起来，大叫着，拍着手。洛蒂见状，忙叫他坐下来，丹尼尔哪里管这些，完全处在兴奋之中，徐祥瑞拍拍洛蒂的肩膀，摆摆手，意思是不要管他。

徐老爷和老夫人在观看越剧，在越剧的戏台前坐满了女人，也有少数男人，比如徐老爷。正在演的是《梁山伯与祝英台》，婉转悠扬的唱腔完全可以和旁边高亢的京剧相对抗，这一柔一刚相映成趣。

唱到《十八相送》时，女人们聚精会神，有的也跟着唱起来。当演到梁山伯死去祝英台嫁马家路过梁山伯坟墓，坟墓打开祝英台殉情一幕时，女人们纷纷抹眼泪。

徐老爷眼观四周，见众人都在抹眼泪，立马感到儿子新婚演这出戏似乎有些不妥。他有些不悦，但戏已开演并达高潮，高潮也是结尾，不好叫停，况且演戏有规矩，只要开演了哪怕下雪下雨下刀子都要演完，甚至没有一个观众也要演完。

“轰”的一声从远处传来。

“打雷了？”人群中有人嘀咕，“也不像啊，这寒冷冬天的也不可能打雷啊。”

“炮声？”

“啊？”

“听说北方两军正在打仗。”

“怎么可能打到我们这儿呢，远着呢！”

越剧演完了，京剧还未结束，看越剧的观众又跑到京剧戏台前继续看。徐老爷不高兴便起身进了自家的院子，老夫人还想看看京剧，见老爷不看便也跟着回家了。

第二天，老爷让两家戏班的班主先报戏单，要求喜庆热闹，两班主点头答应分头准备。第二天晚上京剧班主报上《红娘》，婚礼晚上为《龙凤呈祥》；越剧班主报上《三美图》，婚礼晚上为《金玉良缘》。老爷很高兴，连声说：“演这样的戏就对了，应景，应景。”

关于结婚仪式，徐家把家族里各房长辈召集到一块儿讨论。洛蒂的娘家远在意大利，去意大利接亲已无可能，况且洛蒂人也在这儿不用去迎亲，可仪式总要有的，洛蒂到哪儿出嫁这又是一个难题。有人建议从老夫人娘家也就是海宁出嫁，老夫人直摇头，不可不可！哪能从婆婆家出嫁呢？老爷最后拍板从徐家祠堂出嫁，众人表示认可。

丹尼尔怎么办？算不算徐家人。他自己亲生父亲已战死，又跟着母亲洛蒂，现在母亲嫁入徐家，儿子要不要改名换姓？

众人意见不一，有人说这孩子也不是徐祥瑞的种，不能算徐家人，又有人说，孩子还小，来了徐家也不可能再跟亲生父亲的家人一起生活，将来长大了也只会认徐家。现在徐家就祥瑞一个儿子，虽说结婚后还会生孩子，谁能保证就一定会生男孩，徐家已三代单传了，不如就认作徐家的子孙，将来如生了男孩子更好，不在乎多一个男孩，这一派意见占主导，老爷也认可了这一派的意见，把丹尼尔改名换姓。徐祥瑞下面辈分为“福”字辈，就叫徐福顺，改名换姓仪式与他母亲出嫁同时进行，都在徐家祠堂举行。

徐祥瑞很高兴，洛蒂也露出了久违的笑容，毕竟又结了一次婚，还是传统的中国婚礼。

正式婚礼这天天还没亮，徐家的丫头便开始为洛蒂化妆打扮。洛蒂身穿大红棉袄棉裤，头戴红花，本来就白的皮肤又上了粉底，粉底上面擦上了胭脂，看起来两腮红红的，整个装束看起来与中国新娘无异。

徐老夫人前一天晚上就让徐祥瑞交代洛蒂节食，以免婚礼当天要上厕所出现笑话。早上起来洛蒂饿得难受便让正在化妆的丫头小玉悄悄地拿了点糕点。

大红轿子停在院子门口，天色微明。徐老夫人不停催洛蒂抓紧上轿，当洛蒂上轿后，两个轿夫立即起轿，向徐家祠堂而去，坐在轿子里的洛蒂取出所藏糕点放入口中开始狼吞虎咽。这时天还未大亮，庄子上还未见有人出现，一切都静悄悄的。当轿子进入祠堂后，洛蒂从轿子里下来，到祠堂一侧的一个房间里，小玉随后也来了，她充作洛蒂的伴娘。

中午时分，徐祥瑞身穿深紫色长袍马褂，头戴一顶黑色礼帽，胸前戴着大红绸缎做成的红花，他骑上一匹枣红大马缓缓向祠堂走来，身后鞭炮阵阵，锣鼓喧天。

徐祥瑞到祠堂门口后又是一通鞭炮响起，他从马上下来缓步走进祠堂。洛蒂盖着红盖头，徐祥瑞走到洛蒂面前，她也没有觉察。

“洛蒂。”徐祥瑞轻轻喊了一声。

洛蒂用手掀起红盖头的一角，看见了徐祥瑞。小玉在一旁提醒，不能掀开。洛蒂听不懂，徐祥瑞摆摆手说：“不必，不必，掀起无妨。”

洛蒂问：“何时走？”

徐祥瑞说：“快了，快了。”

当一切准备停当，徐祥瑞对众人说：“起轿。”

鞭炮声再次响起。

徐祥瑞骑着高头大马走在前面，洛蒂的轿子跟在后面，一班吹鼓手吹吹打打跟在后面好不热闹。

一众人马缓缓前行，路两旁站满了看热闹的人。不一会儿接亲队伍便到了徐家门口，鞭炮响起，众亲友拦住门讨要喜烟喜糖。

徐祥瑞下了马，他来到门口，众人不让进，他连忙吩咐马夫老李到老夫人处取来喜烟喜糖散发给众人，众人嘻嘻哈哈，讨价还价，好不容易同意让道。大门让开后，轿子进入院内。新房门口放着一个火盆，伴娘扶着洛蒂，走到火盆处，徐祥瑞用意大利语大喊：“迈过去。”洛蒂大步迈了过去。众人不懂意大利语，但知道意思，洛蒂迈过去后差点跌倒，众人大笑，洛蒂有些不好意思。只是有红盖头众人也看不到她的表情。

晚上徐家大院一盏盏红灯笼亮起，新房内的桌子上点着两支长长的红蜡烛。窗户上贴着大红双喜，床帐上也贴着双喜。

拜堂仪式开始，老爷和老夫人坐在堂屋正中的两把椅子上。司仪是徐家的一个长辈，他声音洪亮。

“一拜天地！”

徐祥瑞前一天已经对洛蒂说了整个婚礼流程，并做了演示，两人一起拜了天地。

“二拜高堂！”

两人对着老爷、老夫人跪下磕了头。

“夫妻对拜！”

徐祥瑞和洛蒂面对面一起磕了头。

“礼毕！”

徐祥瑞和洛蒂再次回到新房时已感到疲惫不堪，匆匆脱去衣服倒头便睡。突然，洛蒂大叫一声：“丹尼尔！”

洛蒂这一天没有看到丹尼尔，这一刻突然想起。徐祥瑞此刻已睡着，发出如雷般的鼾声。洛蒂起身，穿好衣服，走到院子里，有一桌席还未结束，吃喝正在兴头。

“丹尼尔！”洛蒂前前后后找了也没发现，她有些急，忙回到房间推醒了徐祥瑞，告诉他丹尼尔不见了。

徐祥瑞一听，睡意全无，他让洛蒂待在房间里自己连忙穿好衣服去找。他向院子里众人打听，有人说在外面看见正和一群孩子玩呢。徐祥瑞忙到外边庄子上去找，一阵风吹来他不禁打了一个寒战，他听到了孩子们的嬉笑声。

当他走近时，终于看见了那个熟悉的身影。

“丹尼尔，太晚了，快跟我回家！”

丹尼尔从孩子中间走过来，徐祥瑞往回走，丹尼尔默默跟在身后。

“你们还要我吗？”

丹尼尔似乎有些胆怯地低声问了一句。

徐祥瑞一惊，耳边似乎响起了一声惊雷。

他转过身把瘦小的丹尼尔搂在了怀里，“你是我和你妈的孩子，怎么会不要你呢？”

“你们不是又结婚了吗？”

“与你没关系。”

“我还没吃饭，爸爸，好饿啊。”

徐祥瑞心头掠过一丝悲哀，寒冷的月光笼罩着父子俩。

“我们回家吃饭去。”

婚礼的第二天中午，徐家祠堂张灯结彩热闹非凡，入谱仪式正式举行。

丹尼尔换上了一身大红的长袍马褂，脚上穿着一双黑色的小皮鞋。本来略弯曲的头发被洛蒂用油和水捋得直直的。

徐家的长辈们一个个穿着长袍马褂陆陆续续到了，即使有年纪大、腿脚不灵便的长辈也拄着拐杖颤颤巍巍地来了。徐老爷子和徐祥瑞作为主办方最早来到祠堂。

祠堂正中墙上挂着徐家祖先的画像，画像下方是一张供桌，供桌上放着厚厚的一摞家谱。供桌前方摆放着一张小桌子，小桌子上放着一张红纸和笔墨纸砚。徐家的各位长辈按辈分分别坐在两侧的椅子上。

主持入谱仪式的是徐家的一位长辈，也就是前一天主持徐祥瑞和洛蒂婚礼的那一位。

经过一番准备后仪式正式开始。

主持仪式的那位长辈站起来走到那张小桌子前大声宣布：“首先祭拜列祖列宗！”

坐在椅子上的众人纷纷站起来走到供桌正前方跪下，面对墙上的画像磕了三个头。

“礼毕！”

众人站起来又坐到椅子上。

“现在重温徐氏家族家规！”

主持人手拿着红纸，一字一句地读着家族家规，众人静静地听着。

“现在表决徐福顺加入南山堂徐氏家族，在表决之前我先简要介绍一下徐福顺的基本情况。徐福顺原名丹尼尔，来自意国，父丧，母嫁祥瑞，随母来华……”

徐福顺站在祠堂靠近门的地方，静静地听着，其实他一句也听不懂。

“请徐福顺宣读加入徐氏家族的申请。”

徐福顺依然站在那儿，静静地看着主持人，徐祥瑞站起来对徐福顺做了一个手势。徐福顺便走到那张小桌子前面对着墙上的画像。

“我申请加入南山堂徐氏家族，遵守家规……”

前一天，徐祥瑞反复教徐福顺这几句话，内容虽不多只是徐福顺学起来还是费劲。现在正式上场了，祠堂内所有人都在看着他，他似乎有些紧张，眼泪也快要出来了，好在终于说完了，与其说完成了不如说是背完了。

“下面开始表决。”

祠堂内众人全部举起了手。

“一致通过！请放下。”

众人放下了手，徐福顺又退到了门附近他原先站的地方。

“现在将徐福顺记入族谱。”

一位徐家长辈站起来，走到那张小桌子旁，挽袖，磨墨，取笔，书写，一气呵成。红纸上出现了：徐福顺。他放下笔，回到座位，现场出现了稀稀拉拉的掌声。

“礼成！”主持人宣布。

众人起身，祠堂外面响起了鞭炮声。

# 童年往事

## 一

“福顺！福顺！”邻居小石在墙外大声喊。

徐福顺答应着，便要出去，奶奶不让出去，让他好好在院内玩，可院内没有小孩子玩，他趁着奶奶不注意便飞快地跑了出去。

徐福顺语言能力很强，他已基本学会了日常用语。诸如“吃饭”“睡觉”“起床”等，他和小石整天在一起。学会了好多东西，徐祥瑞忙于家中的事也没空教他。

夏天了，天气很热。小石带徐福顺河边玩，小石到河里游泳，福顺在河边看着。小石只会狗刨，他在水里真像一只狗在刨土，只不过刨起的是四面喷溅的水花。

“下来啊，下来啊！”小石冲着福顺大喊。

福顺不会水，不敢下水，他怕下水后回家妈妈会打他，妈妈怕他下水会出现什么意外。

“我来教你。”小石在水中露出一个小脑袋。

福顺犹豫了，他望了望四周，见没人，便开始脱衣服。

河水看起来不深，可以看到水底的小鱼游来游去。

靠近岸边水较浅，福顺蹲在水里露出大半个身子，他用手划着水玩。水流有些急，后来不知不觉向河水中间移动，福顺吓坏了，想向岸边移动，结果非但没靠近反而向中间去了。他大喊小石，小石赶紧向他游来。水很快漫过他的嘴巴，眼睛、耳朵全部在水里，头嗡的一下，福顺想喊，结果一下子喝了好几口水，他开始乱扒，在水中头一高一低的，刚出水面就又陷入水中。

福顺的意识开始模糊，他好像去了一个遥远的地方，似乎是记忆中的教堂，奇怪的是人们说话他一句听不到，甚至广场上觅食的鸽子也是无声的，没有了"咕咕"的声音。福顺感到自己的身体很轻，风吹过来他像风筝一样飘了起来，他飘到了树梢，看到了一只黑白相间的母喜鹊正在喂小喜鹊，六只小喜鹊张开了粉红色的嘴巴等着母喜鹊把食物送到嘴里。在空中他看见了自己家的花店，妈妈穿着一件粉红色的连衣裙从店里出来四处张望，似乎在找他，他想喊妈妈却发不出声音。

福顺感觉自己很困，很想睡觉，似乎很快进入了睡眠状态，这时有人在摇醒他，不让他睡觉。他感到有人揪着他的头发用力向上提，他闭着眼睛感觉不到痛，身体依然是轻得如同一根羽毛。

当福顺睁开眼睛时，感到阳光很刺眼，刺得眼睛痛，他想用手揉眼睛可是手没有一点力气。一个声音似乎从遥远的地方传来。

"小少爷！小少爷！"

又有一个熟悉的声音传来。

"福顺！福顺！"

福顺知道这是小石的声音。他感觉心里很恶心，肚子胀得如同喝了好几大碗稀饭。他感觉身体又被搬起来，头向下，如被提起来的一只死狗，后背被人用力地敲打着。

"哇"地一下，福顺吐了好几口水，肚子也不那么胀了。

那个遥远的梦也一下子破灭了。

福顺睁开了眼睛，他平躺在草地上，阳光依旧是那么强烈。

"醒了，醒了！"是小石的声音。福顺感觉自己很疲劳，仿佛走了很远的路，浑身酸痛。

福顺想站起来，但站不起来。

小石的面容由模糊变得清晰，小石的旁边站着一个粗壮的中年男人，黑发中夹杂着些白发。

小石对那个中年男人说："吴叔，他醒了，可把我吓死了。"

"要缓一会儿，好好观察，就不要惊动小少爷的家人了。"

"是啊，我爸爸要是知道是我带福顺下的水非打死我不可。"

福顺睁开眼静静地听着，他意识变得越来越清晰。

"这是吴叔。"小石指着那个男人对福顺说。

"我也是种你家地的，小少爷。"吴叔说着边用手摸了摸头发，"现在感觉好些了吗？"

"嗯。"福顺轻声答应。

小石扶着福顺坐了起来，福顺还是感觉头有些晕，不过比刚才好多了。

吴叔见福顺没有太大问题便起身走了。

小石把福顺的衣服拿了过来，帮助福顺把衣服穿上，扶着他站了起来。

"吴叔真是个好人，刚才他路过救了你。"

福顺很茫然，他抬头望了望天上的太阳，明明是夏天太阳毒辣，但他却感到很冷，浑身有些打战。

他试着走路，有些头重脚轻。一个趔趄，他差点跌倒，小石赶紧过来扶他。福顺蹲在地上，低着头，好像在思考什么问题。过了好一会儿，他才重新站起来，往家的方向走去，小石跟在后面，到了家门口附近，小石停住了。福顺走路有些打飘，他进了自己家门，家中的白狗摇着尾巴跟在后面。

洛蒂见福顺有些异样，用手摸了下他的额头。

"发烧了，有些烫。"

福顺回到屋内便上了床，昏沉沉地睡去。徐老夫人也发现了福顺的异常，当她知道福顺病了便安排小玉去请郎中。

郎中急匆匆地赶来了。他用粗糙的手放在福顺的额头上一会儿，又转移到手腕上开始号脉，号完脉他把快掉到鼻子尖的老花镜向上推了推。

"孩子的病是风寒所致，开两服药吃下，差不多就好了。"

徐祥瑞在旁边小声嘀咕："这么热的夏天怎么会得风寒呢？"

徐老夫人请郎中到客厅，小玉取来了纸笔。

郎中开好药方，交代好如何服用，便起身要走。徐老夫人留他吃饭，饭后徐祥瑞取出一块银圆算作诊疗费用，郎中稍作推辞便收下了，众人送出大门外，郎中骑上小毛驴慢慢离开了。

徐老夫人赶紧安排长工拿着药方去镇上的泰山堂药店买药。

晚饭时洛蒂喊福顺起来吃饭，福顺摇了摇头，不想吃。洛蒂有些着急，福顺烧还没退。

小玉在厨房熬中药，满院子都是中药味。

药熬好后，小玉把药倒入一个青瓷大碗中端到丹尼尔的房间。洛蒂看到小玉碗中的药吓得大叫一声，用左手捂住鼻子，右手连连摆手。

"人怎么能喝这东西？"

"我们中国就是靠这给人治病的。"徐祥瑞忙向洛蒂解释。

洛蒂还是不能接受，她用一条热毛巾放在福顺的额头，但烧依然没有退。小玉放下碗便出去了，整个房间弥漫着药味。

福顺静静地躺在床上，洛蒂坐在床边默默地流泪。

徐老夫人听小玉说洛蒂不同意福顺吃药后立马来到福顺的房间，她对洛蒂说："我们从古至今有病一直吃这中药，药是治病的，喝了没事。"洛蒂听不懂婆婆说些什么，徐祥瑞连忙把母亲的话翻译过来给洛蒂听。

洛蒂还是摇头。

"中国不像你们西方国家用的是西药，吃药片、打针，我们这是乡村，只有南京那样的大城市才会有西医。"

徐老夫人见洛蒂还坚持便端起药碗放嘴边喝了一口。

"妈！你这是干什么？"徐祥瑞不解地问。

"我这是喝给她看，没事的。"

洛蒂见老夫人这样做也不再说什么。

徐祥瑞扶起福顺，把药放在他嘴边，示意喝下去。福顺喝了一口立马吐到地上，脸上显露出痛苦的表情。

老夫人回到自己的房间取出一块冰糖来到福顺的房间。

“喝下去就奖励一块冰糖。”

福顺望着老夫人手中的冰糖，眼中有了光。徐祥瑞再次把碗端到他嘴边，这次他闭上眼睛大口喝了一口咽了下去，似乎又要吐的样子，张了张嘴巴坚持住了。

过一会儿，徐祥瑞再把碗端到福顺嘴边，福顺摇了摇头，表示不想喝了。徐祥瑞把碗放到桌子上，从母亲手中取来冰糖使劲在桌子上砸了一下，那块大冰糖便碎成了好多小块。他捡了一小块放进福顺的嘴里。

福顺紧锁的眉舒展了，一副享受的样子，又过了一会儿福顺嘴里的冰糖也吃得差不多了，徐祥瑞端过药碗又让他喝了。

一碗药好不容易喝完了，洛蒂默默地看着这一切。

喝完药的福顺又躺到了床上，洛蒂又在福顺额头放上了一块热毛巾。

徐祥瑞让母亲抓紧回房休息，她便离开了。

福顺睡到半夜开始出汗了，洛蒂一摸他的额头全是汗，烧终于退了。

第二天，福顺又喝了两服药，他还是不想起来，感觉没有力气。第三天，还有一服药，洛蒂看福顺喝药痛苦的样子便不想继续让他喝，徐祥瑞说，必须要巩固一下，如再烧起来就麻烦了。

洛蒂不再坚持。

到第三天晚上时，福顺开始想吃东西了。

洛蒂脸上露出了久违的笑容。

## 二

这次溺水的事福顺没有对家里人说，小石也没有对任何人说，甚至救人的吴二也没有对别人说。

这件事就这样过去了，没有人再提起。

秋收过后，徐祥瑞到吴二门上收租，吴二的媳妇头脑不太好，整天笑嘻嘻的，只穿了一条破裤子，膝盖上方补了好几块补丁，上身没穿衣服，两只贴着污垢的乳房像门口菜院子上的吊瓜一样垂在胸前。

两个小孩子在门前玩，小男孩没穿衣服，小女孩只穿满是补丁的破裤子。女孩大约七八岁，男孩五六岁。

徐祥瑞从来没到过吴二家，这次来是账房先生领着来的。两个孩子见徐祥瑞和账房先生过来，站在门旁边怯生生地望着他们。

徐家的账房先生姓麻，外号叫麻五，真实姓名叫麻立仁。在家排行第五，所以外人都喊他麻五。他是徐家远房亲戚，也是徐家事实上的管家。徐家老爷相信他，家里一切收支进出都由他管。

徐老爷很少过问账上的事，每年年底都是麻五主动向老爷报告一年的收支，收租子多少担，城里绸缎店、皮货店净利润多少，一共支出多少。老爷认为只要每年有盈余就行了，其他便不再问了，他实在精力有限。让儿子徐祥瑞参与管理也有这方面的原因，万一哪天自己不在这世上了，这家业可怎么办呢。

徐祥瑞回来的这一年始终不太开心，他心里一直有个疙瘩，认为父亲欺骗了他。对于父亲安排他管理家里的事也不太上心，嘴上应付，实际上全由麻五操办，麻五也希望如此。

徐庄当地人把管家称为二当家的，在徐祥瑞没有回来之前麻五在徐家是名副其实的二当家。家中大小事务基本上由他说了算，除了老爷特别指出的事。

时间久了，徐祥瑞的心情慢慢好转，他也适应了家里的生活，有时也会和麻五到租户家收租。

来吴二家是徐祥瑞第一次到租户家收租。

“你家大人去哪儿了？”麻五问两个孩子。

小女孩指了指屋里，吴二的傻女人正咧着嘴望着他们笑。

“我问你爸爸去哪儿了？”麻五有些不高兴，但面对孩子他又不好发作。小男孩指了指旁边的人家，徐祥瑞听到屋里传出玩牌的嘈杂声。

“你去把他喊来，就说有人找。”麻五对那个小男孩说。

小男孩跑去找他爸爸，不一会儿吴二便和儿子一起回来了。

“少爷，麻先生，进屋坐。”吴二招呼两人进屋。

徐祥瑞摆摆手说：“不用了。”吴二进屋拿出两个小凳子放在地上，他用手在凳子上擦了擦请二位坐。

麻五刚坐下只听“咔嚓”一声凳子的一条腿断了，麻五差点跌倒，手中的账本掉到了地上。吴二赶紧上前扶住，麻五站了起来。吴二让儿子进屋再拿一个凳子，麻五说不用了，就站着。

麻五打开账本，对吴二说：“你家今年要交五斗小麦、五斗稻子。”

吴二犯了难，半天不说话。

“怎么说，明天送去？”麻五提高了声音，一脸严肃。

吴二低下头，喃喃地说：“你们也是知道的，今年收成不好，家里吃的都没有，哪里有粮交啊。”

“你这是不想交不成？”麻五高声说。

“不是不想交，实在交不出啊，你们看看屋里哪有粮啊，这几天都是借的粮，眼下到明年小麦收上来还有好几个月。都不知道怎么过呢？”

“我们就好过吗？仓库里也快没粮了，你想让我们饿死吗？是不是？”麻五转向徐祥瑞。徐祥瑞面无表情地坐在凳子上。

“能宽限到明年一起交可以吗？实在交不出。”吴二望着徐祥瑞。

“好吧。明年一起交吧。”徐祥瑞站了起来，指了指吴二的儿子，“叫什么名字？”

“谢谢少爷恩典，允我明年一起交，他叫吴大宝。闺女叫吴立秋，立秋那天生的。”

“嗯，名字不错。”

麻五吃惊地望了一眼徐祥瑞，没有说什么。

“少爷，我们去下一家吧。”麻五对徐祥瑞说着便向前走去，徐祥瑞跟在后面。

“吴二这小子是一头犟驴，有一年秋收我让他来东家帮忙，你猜他怎么说？”

“怎么说？”

"我家地里还没忙完呢，没空！你看看这种人没一点眼色，不值得怜悯！"

徐祥瑞不再说话。

麻五说下一家去庄西头的徐老三家，徐老三已欠了两年租没交了。徐祥瑞知道这个徐老三，本家兄弟，原名叫徐祥生，排行第三，庄上人都喊他徐老三，其实徐老三年龄并不大，三十多岁，看起来有五十上下。徐老三祖上比徐祥瑞家有实力，后来逐渐衰落，到他爷爷辈还有水田好几百亩，到他这一辈，兄弟三人每人还分得四十亩水田，十来亩旱田。徐老三不学好，吃喝嫖赌样样都来，没有钱就卖地，几年下来祖上留的地都卖完了。父亲在世时给他娶了媳妇，生了一个儿子取名徐福来。徐老三地卖完后没法生活便向徐祥瑞家租了几亩地，他没干过活，地里全靠媳妇，媳妇苦口婆心劝说也不见效，见徐老三如此不成器也就不想和他过了。有一年庄上来了个修锅修碗匠住在徐老三家里，和徐老三媳妇一来二去便好上了。有一天乘徐老三上城里玩的时候，徐老三媳妇和修锅修碗匠跑了。徐老三回到家只看到三岁的儿子徐福来在哭，从此父子俩相依为命。徐老三租的地收的粮食父子俩都不够吃，更不用说交租了，这几年不但没交过租，过年时没吃的还要到徐祥瑞家借粮借钱。徐老爷心善总是有求必应，麻五看不惯也没办法，这可是人家的家事，自己毕竟是一个外人。

在去徐老三家的路上徐祥瑞看到一个熟悉的身影，是洛蒂。洛蒂挺着大肚子在小路上慢慢走着。

洛蒂怀孕已有六个月了，这是全家最高兴的事，徐祥瑞从刚回来时的不开心到脸上渐渐露出了笑容。毕竟有了自己的孩子，与福顺还不一样。徐老夫人天天在家里的佛像前拜，盼这个孩子顺利来到人间。老夫人安排丫头小草专门照顾洛蒂。

徐祥瑞知道洛蒂想意大利的家了，本打算在家过一年便回意大利，那边皮具店的生意还要他去打理，伙计寄信过来说那边皮具行情越来越好，有不少事要老板亲自处理。洛蒂怀孕了徐祥瑞不敢冒这个险，上次从意大利回来让洛蒂永远失去了安东尼，成为她心中永恒的痛，尽管她嘴上没有报怨徐祥瑞，其实这比说出来更让徐祥瑞难受。只有等洛蒂把孩子生下来再作打算了。

洛蒂见徐祥瑞和管家走过来便迎了上去，徐祥瑞说：“外面太冷，快点回家吧。”洛蒂点点头，让徐祥瑞早些回去，徐祥瑞点点头。这时丫头小草过来寻找洛蒂，徐祥瑞便和麻五向徐老三家方向走去。

徐老三正在家睡觉，鼾声如雷。七岁的儿子徐福来在门前的空地上用一根树枝画着别人看不懂的图案。

麻五直接进屋想推醒徐老三，徐老三正睡在兴头，用手推开麻五，眼睛依然闭着。

“干吗呀，老子睡了，差不了你钱，不要闹！不要闹！”

麻五笑了。“狗改不了吃屎！”

徐祥瑞皱起了眉头。

麻五用一只手抓住徐老三一只耳朵向上一提，徐老三大叫一声坐了起来，揉了揉眼睛。

“哦，我当是谁，原来是祥瑞兄弟，快请坐。”

屋里只有两个凳子，其中一个只有三条腿。徐祥瑞坐在那个好的凳子上，麻五望了那个破凳子一眼，依然站着。徐老三尴尬地笑了笑，让麻五坐在自己的床沿上，麻五依旧站着不动。

“兄弟我这些年过的是什么日子啊。”徐老三说着说着竟然掉下眼泪来，麻五皱起了眉头，翻开手中的账本。

“你还欠租计小麦六十三斗，水稻五十六斗，大洋二十七块……”

麻五正往下说，徐老三连忙拦住。

“别念了，别念了，念得我头痛。我承认少兄弟家这么多。”

“你看什么时候把欠粮欠钱结一下。”徐祥瑞说。

徐老三哈哈一笑：“好兄弟，我拿什么结啊。这么说吧，你们看这屋里什么值钱拿什么走吧。”

麻五说：“听说前些日子你在东庄给人盖房子结了不少钱的。”徐老三说：“到底是管家耳朵灵，结的那点钱还没到手就被欠钱的人拿走了。”

徐祥瑞见再进行下去也没有结果，便对麻五说：“走吧，去下一家。”

麻五说：“过年后地不租给你了。”

徐老三一听立马从床上跳到地上，他指着麻五的鼻子骂道：“什么？欺负人不成？你算个什么东西？老爷还没说这话呢。”

徐祥瑞见此连忙把正和徐老三吵的麻五拉出了屋，当他俩离开的时候，那个徐福来依然在地上画着。

## 三

南方的春天来得早，刚过完年，红色的、粉红色的梅花便无声无息地开放了，有的开在农家院子的角落里，有的开在山坡上的杂树丛中，预示着春天已经来了。梅花还没谢完的时候，迎春花、桃花便相继开了，把整个春天装扮得绚丽多彩。

徐家院子的一棵百年梅树今年却没有开放，众人都觉得奇怪。

当金黄色的油菜花在春风里来回摆动的时候，沁人心脾的清香吸引了勤劳的蜜蜂，徐庄笼罩在一片油菜花香中。

晴空万里无云，天空却响起了雷声，这是徐庄许多年不曾遇到的情景，庄上的一些老年人聚在一起议论，这是要出大事了吗？有人说是打炮的声音，早就听说两军正在北方打战呢。又有人说，这明明就是雷声啊，头顶上呢。

徐老爷正躺在院子里那棵老梅树旁的一张躺椅上看《薛刚反唐》，他似乎也听到了天空中的雷声，他放下书抬头往天上望了一眼后继续看书。

福顺和小石在他家门前的一棵老梨树下玩，他们玩跳格子的游戏，雪一样的梨花开满了树，一阵风吹来，有不少花瓣纷纷飘下。

这次是福顺赢了，他坐在梨树下看着小石在跳，这时一声惊雷传来。福顺吓得立马站了起来，小石也停了下来，两人一起向天上看，没有下雨的样子。玩了一会儿，他俩便没有了兴致，福顺提议去找徐福来玩。

小石说：“不找他玩，昨天还偷了我家的鸡蛋呢。”

“你怎么知道呢？”福顺问。

“我当时正在屋后的麦地里拉屎，听到了家里老母鸡‘咯咯’叫，我想蛋已经下了吧，等我拉完屎到灶屋鸡窝里拾鸡蛋时，发现没有鸡蛋，福来却出现在门口，他看见我就跑了，我在后面追，追到他家门口时他喊他爸说我要打他，他爸出来狠狠地瞪了我一眼，我怕挨打就回了，他爸以前打过我，我怕他爸。”小石说。

福顺基本上听懂了小石的话，从意大利来到这里一年多了，他慢慢听懂了当地方言，学会了当地话，只是还不太熟练。

小石恨恨地说：“我一定会找机会教训一下这小子。”

“还能找谁玩呢？”福顺问。

小石低下头想了一想，“找吴大宝如何？大宝很听话的。”

福顺点了点头，他俩去找大宝。还没到大宝家里，便看到大宝和他姐姐立秋在油菜地里捉蝴蝶。小石和福顺也加入了他们的行列。

天空中又响了一声雷声。

四个孩子不由自主地抬起头望向天空，天空中依旧是晴空万里，刺眼的太阳依旧挂在空中。有一只喜鹊好像是受到了惊吓，奋力向远方飞去。

又一声雷声响起。

“为什么老打雷呢？明明是晴天啊。”立秋自言自语道。

“好像有很多人哎？”小石指向远处的大路上。三人顺着小石手指的方向望去，果真有一队人马缓慢走过来，他们穿着和秋天草要枯黄一样的衣服，无精打采，有的头上缠着绷带，有的胳膊上挂着绷带，还有的人骑着高头大马，穿着草绿色的大衣，队伍中还有扛旗的，一阵风吹来，旗子展开，旗子上有青天白日一样的图案。

队伍走到他们庄子附近停住了，过了一会儿队伍又移动了，向庄子上走来，庄子上有狗在叫，也有孩子在哭。

四个孩子站在油菜地里呆呆地望着这支正走进庄子的队伍，他们肩扛长枪，衣冠不整。大宝看见有两个人进了他家屋里又出来了，“砰”的一声枪响，立秋吓得哭了起来。“我家的老母鸡……”大宝大叫，后来他看见一个人拎着鸡慢腾腾地走了，母亲从屋里出来光着上身望着那两个人似乎还保持着笑容。

“我们怎么办？”小石惊慌失措地问，“总不能一直待在这里吧。”

“他们会不会打我们呢？”福顺问。

“我俩回家吧，我看他们从我家走了。”立秋对她弟弟说完便拉上大宝的手回家了。现在地里就剩下福顺和小石两人，他俩相互看了一眼最后决定还是回家，肚子已经很饿了。

福顺还没走到家门口时便看到自家院子外面站满了黑压压的队伍，还有不少人进进出出。

麻五站在大门口满头是汗，他试图阻止那些当兵的进入院子，但这一切似乎无济于事。几个当兵的把枪指向他，吓得麻五连连后退。

一个身穿绿呢大衣军官模样的军人走了过来，众人立马让开道，一位军人对麻五说：“这是我们的团座。”

“团座大人，欢迎！欢迎！”麻五伸出手来，想和那个军官握手，谁知那个军官依然把手插在衣兜里不动，麻五无奈只好把手缩了回去。

“我部奉命与共军作战途经此地，还请提供方便。”

麻五面露难色，“敢问长官，需要提供什么尽管吩咐。”

“我部要在这休整几日请提供一下食宿。”

“这……这……我做不了主。”

“谁能做主？”

“我家老爷。”

“带我去见你家老爷！”

当麻五准备带那军官进入院子的时候，福顺走了过来。

“这儿还有个洋孩子，这大白天的真见鬼了。”

“真是个洋的，你看那眼睛是蓝的，那头发是黄的。”

“那鼻梁是高的。”

众人七嘴八舌，那个军官似乎也感到好奇，微笑着望着福顺。“小孩儿，你这是干吗？”

“这是我的家。”

“啊？这小孩还会说中国话。”旁边的士兵又开始议论起来。

“你的家？”

福顺点点头。

“他是小少爷。”麻五在旁边解释。

那个军官似乎不明白，一头雾水。“这家主人是洋人？”

麻五摇了摇头。

“进去会一会吧。”那军官和麻五、福顺一起进了院子。在迈进大门时那个军官回头交代，“没有我的命令谁也不允许进来。”

进院后麻五抬头望了一眼那棵老梅树，躺椅还在，徐老爷却不在了，刚才明明在树下看书的，可能回房了。

福顺向母亲的房间走去，麻五领着那个军官向老爷房间方向走。走在半道上遇到了丫头小玉，麻五问小玉老爷的去向，小玉说在房间里。

小玉说：“老爷病了，发烧了。”

那个军官把小玉从脸蛋到胸脯扫了一遍。

麻五对小玉说：“你带团座到客厅先坐一会儿，我去老爷那儿通报一下。”

小玉点点头，便领着那个军官去客厅。

麻五见到老爷正躺在床上，老夫人正把一块毛巾放在他的额头。麻五站在床头简要说了外面的情况。

徐老爷闭着眼睛说：“我活了这几十年见得多了，这帮当兵的什么事都能干得出来，不能激怒他们。总之要比日本人好些，日本人动不动就会杀人放火，国军毕竟是中国人，要和他们好好商量，无非是钱粮。”

麻五说：“那领头的在客厅说要见你。”

老爷说：“我正病着呢，不过不见也过不了这关啊。祥瑞家的正在生孩子，怎么办呢？”

老夫人开始抹眼泪，她叹了口气，说：“真是多事之秋啊，老天保佑我们老徐家顺利渡过这一劫吧。”

“让祥瑞去见那个军官，他媳妇那儿有接生婆和小草，等会儿你也过去看看。”老爷睁开眼望了一眼老夫人。

麻五出了房间急匆匆地去找徐祥瑞，在院里他隐隐听到了洛蒂在哭喊，说着听不懂的外文夹杂些本地话。他本来是想去徐祥瑞房间找但想到他媳妇正在生孩子不便前去，正当他在院子里不知如何是好的时候，见小草端着盆匆匆过来。他拦住了小草问：“少爷是否在房内？”

小草摇摇头说：“不在房内。”

“在哪儿呢？”麻五想了一下可能在书房，便向书房走去。

徐祥瑞果真在书房，他在书房来回踱步，手上拿着一个茶杯。见麻五进来忙问：“洛蒂已经生了？”

麻五苦笑着摇了摇头：“可能还没有。”接着传达了徐老爷的安排。

徐祥瑞叹了一口气，骂了一句粗话，便向外走去，麻五跟在后面。

进入客厅，徐祥瑞看到那个军官正色眯眯地盯着小玉。麻五向那个军官解释老爷病了委托少爷前来接待。

军官站起来与徐祥瑞握了手，两人坐下。麻五让小玉重新上了茶，上茶后小玉便出去了。

“不知贵部前来有失远迎，抱歉，抱歉。”徐祥瑞双手抱拳。

“多有打扰，还望海涵，只是任务在身也是没办法。”军官说着脱下白手套，从口袋里掏出一包烟，抽出两根递一根给徐祥瑞，徐祥瑞摆了摆手，又递向麻五，麻五同样摆摆手。

“鄙人寒舍也没有准备洋烟，只有烟叶了。”徐祥瑞笑着说。

那个军官笑了笑用火柴点了烟：“这包烟是师座送我的，我也不习惯抽这洋烟。”屋子里顿时弥漫着香烟的味道。

“现在国家处于危难之际，我部奉命抗击，还望兄弟为国出力，共度时艰。”

“那当然，只是小民力量有限，不知长官需要小民做些什么？”徐祥瑞问。

“我部需要在此休整三天，希望能为我部官兵提供三天住宿，当然了，他们主要住在庄上其他人家，团部放在贵宅，连级以上军官也住这儿，需要提供十五间空房。如何？”

“这……团座有所不知，我这小宅小院的腾不出那不多空房啊，至于粮食我当尽力而为。”

那个军官把脸一冷，把抽到大半的烟狠狠扔到地上。“现在非常时期，人人都为战争出力，倘若上峰认为地方保障不力那可是吃不了兜着走的。”

徐祥瑞吓得脸色苍白，赶忙吩咐麻五，快去收拾房屋，到仓库出粮。

麻五倒冷静下来，“团座，少爷说的是实话，他从国外回来不久对家里的情况也不太了解，家里确实腾不出十五间房，况且少奶奶正在生孩子，远道而来的接生婆也要住这儿。”

“我不管，接生婆不能和丫头住一块？这样吧，腾十二间房，少一间都不行！至于筹粮，按地亩来，保证三天口粮。”

麻五出去了，客厅此时只剩下那个军官和徐祥瑞，屋内气氛有些尴尬。为打破这一局面徐祥瑞端起茶杯说了一句：“请喝茶。”

那个军官便端起茶杯开始慢慢喝茶。

“少奶奶生了，少奶奶生了，生了个小姐！”小玉风风火火跑了进来。

徐祥瑞站了起来但又立即坐了下去。“哦，知道了。”

那个军官见状对徐祥瑞说：“恭喜！恭喜！”便站了起来，“兄弟事多，就不便打扰了，刚说的事请速办理，他们都还在门外等着呢。”

“小玉，你先把团座带去客房休息吧，腾房筹粮之事管家在办理。”徐祥瑞也站了起来。

小玉领着那军官出了客厅，徐祥瑞又坐了下去，他头脑此时似乎很乱，端起茶杯喝了一口茶水又站了起来，决定先去看看洛蒂。

当徐祥瑞推开房门，看到洛蒂正闭着眼睛疲惫地躺在床上。小草见徐祥瑞进来便在洛蒂耳边轻声说：“少爷来了。”

洛蒂睁开眼，似乎有些恼怒。“我肚子痛了半天，以为要死了，喊了你半天也没见你人影。”

“我刚才在接待客人，况且我们这儿有个习俗，女人生孩子男人是不能在现场的。”

洛蒂用意大利语说：“真不可思议，明明是最需要你的时候，你却不在，这是借口吗？”

“不，不，绝不是借口，不相信你可以打听。”

“我不相信。”洛蒂露出了怀疑的目光。她真的向接生婆打听是否有这回事，接生婆正在给孩子洗澡，便回答是真的，自己的丈夫也不行。

这时徐老夫人走了进来，她打算把徐老爷安顿好了就过来，没想到还没过来小玉通报说少奶奶已生了。

“福顺呢？”老夫人见福顺不在房间里便问众人。

徐祥瑞也感觉到半天没见到他了，想到外面这么多兵，乱糟糟的也有些担心。

“刚才好像在门前，一闪便不见了。”小草不确定地说，“可能回房间了。”

接生婆给孩子洗完澡后用小薄被子包好放到洛蒂旁边，孩子“嘤嘤”地哭着，像猫叫一样。洛蒂把孩子的小嘴放到自己的乳头上，孩子一口含住了乳头再也不哭了。

老夫人微笑着看着孩子吃奶，说：“过一两年再生一个，再生一个儿子。”众人笑着说：“一定会的。”老夫人赶紧安排小草去炖猪蹄好下奶。

“这孩子叫什么名字呢？”老夫人问。

“名字早就想好了，爷爷取的，男孩就叫福安，女孩就叫福霖，这生了个女孩就叫福霖吧。”

老夫人点点头，说：“好！好！就叫福霖。”

洛蒂对徐祥瑞说：“还不赶快去找福顺。”

徐祥瑞一听便出了门直奔福顺卧室。到院子里就听到外边那一群当兵的在吵吵嚷嚷，他皱起了眉，想到中午应该请那个军官吃午饭便又折了回来，刚好小玉也过来了。徐祥瑞便问那个军官的安顿情况，小玉说已安顿在客房，他很满意。徐祥瑞让小玉通知伙夫中午多弄几个菜，请那个军官吃个饭，小玉答应便去了。

徐祥瑞走到福顺房间门前，里面静悄悄的，推开房门见福顺正躺在床上发呆。福顺见父亲进来便从床上坐了起来。

“这几天外面乱，就不要出院门了啊，最好就待在房间里哪儿也别去。”福顺点点头问，这些当兵的什么时候走?

徐祥瑞说：“三天。”

这时麻五急匆匆地进来说，房间好不容易只腾出了十一间。徐祥瑞思考了一下说：“就让福顺也搬到你的房间，和你一起住，他一个人在这儿也不安全，委屈一下。”

麻五有些为难地说：“我没事，就怕小少爷不愿意。”

徐祥瑞说：“这由不了他，现在就搬。”

福顺似乎不愿意但也没办法，下了床。麻五抱起被子离开了，福顺跟在他的身后。

徐家现在几乎成了军营，虽说只是连级以上军官住在这里，只是不断有军人进进出出，大门口放了岗哨，进出的人都要检查。

整个徐庄鸡飞狗跳，家家都住满了兵，有门板的全被拆了下来当作床。家里的床也被占了，妇女和孩子害怕，纷纷到山上躲避，青壮男人害怕被抓壮丁也躲进了山里。

正值青黄不接时期，大部分农户也没有多少粮食，麻五带着长工转遍了整个村庄也没有筹到多少粮食，只好从徐家仓库开仓取粮，徐家磨坊的磨一天到晚转个不停，磨下的面被一盆一盆运走。徐家厨房不够用，徐家院子里支起几口锅，锅下燃起了柴火，饭香四溢。

小玉专门服务那个“团座”，洗衣端水送饭忙得不可开交。这次住宿，她被安排和小草、接生婆住一屋。第一天晚上小草和接生婆感到很奇怪，小玉为何很晚也不回来，那个军官也该睡觉了。

徐老爷一直待在房里，他一直发着烧，家里住着那些兵也不好出去请郎中，也没有人可用了，全部都服侍那帮军人了。老夫人有些心疼这些粮食，老爷说没关系，平安最重要，一家老小平安了，破点财算什么，失去的粮食还可收回来。

第二天白天，平安无事，那帮军人在庄子前后到处乱转，有的还跑到金灿灿的油菜地里玩。那个军官吃过小玉送来的早饭便出了院子，从庄子东头转到西头。在一农户门前他站住了，一个光着上身的女人正冲着他笑。一个士兵跑过来敬了一个军礼："长官，这个女人是疯女人。"

军官问："她有男人、孩子吗？"

士兵回答："自住进她家就没有看到。"

军官又问："她吃饭了吗？"

士兵回答："没有。"

军官皱起了眉头命令道："去徐家大院取两个白面馒头给她，就说是我的命令，我们驻军也要爱护当地老百姓。"

士兵回答："遵命。"便走了。

入夜，士兵吹熄灯号，所有的灯全灭了，徐庄笼罩在一片黑暗之中，慢慢恢复了安静。接生婆吃过早饭便回家了。晚饭过后小草安顿好洛蒂母女后便回房上了床。小玉给那个军官端去了洗脚水，迟迟也不见回来。小草心里害怕不敢熄灯，熄灯号吹了后有军人拍门要求灭灯，小草吓得立即灭了灯。

半夜，远处传来了零星的枪炮声，声音越来越近。刺耳的集合号吹响了，徐庄乱成了一锅粥，枪声、狗叫声、喊叫声交织在一起。

天亮后，徐庄的人发现庄上又驻扎了一支军队，穿着灰布军服，帽子上都有一枚五角星。原先的那支军队消失得无影无踪，更让庄上人吃惊的是这支军队官兵没有一个人进入到老百姓家里住，各个抱着枪倚在墙上睡，露水打湿了他们的衣服，头发上也都是露水，好像被雨淋了一样。

徐家大院里显得静悄悄的，小草在房间睡不着，她等小玉回房间，直到夜里枪声大作小玉还是没有回来，小草吓得一个人躲在被窝里瑟瑟发抖，她不敢出去看。接着院子里喊声、脚步声大作，枪声似乎越来越近，院子也变得安静了，直到天亮她都没有睡着觉。

小草最先听到麻五的声音，他来到各个房间察看情况，来到小草的房间，小草说："小玉一整夜都没回房。"

麻五说："她能到哪儿呢？"他走到客房一看，门开着，那个军官不在了，小玉也不在。经过检查，整个徐家大院就少了一个小玉。

大家议论纷纷，最终得出一个结论：小玉和那个"团座"跑了。

马夫老李站在院内那棵老梅树下恨恨地说："真是贱货！"

徐家大门这几天一直有卫兵把守不得随意进出，现在大门关着，大家不敢打开门出去。麻五壮着胆子推开了大门。他左右一望吓了一跳，顿时脸色煞白，连忙又退了回来关上了门。他揉了揉眼睛，相信自己没有看错，门外坐着黑压压的一片军人。难道昨天晚上他们都没走？但从服装上看不对，两支队伍服装不一样。

麻五在院子里小声和大家一说，大家又紧张了起来。麻五又连忙到老爷那儿报告情况，老爷一听，叹了一口气，可能共产党过来了，才送走了一个又来了一个。老爷交代："和对待国军一样好好对待，只要安全有保障，怎么弄都成，腾出来的房子准备留给这一批人。"

徐祥瑞这两天一直在房间里，他要好好陪一陪洛蒂，洛蒂大概也知道一点外面的事情，她也害怕，有丈夫陪在身边她稍稍放心了些，有着再次做母亲的喜悦。女儿除了睡觉就是吃奶，女儿有着黑色的头发，高高翘起的小鼻子很可爱。福顺在房间里无事可干，又不让出去，只是呆呆地望着门外，他不习惯和麻五住一屋，跑去和父母住一起。

夜里的枪声惊醒了洛蒂，她吓得紧紧地抱住徐祥瑞，战争在她的心里留下了阴影，每当听到枪声她都会浑身发抖。福顺和福霖这兄妹俩倒是睡得很甜，甚至脸上还露出了笑容。

洛蒂和徐祥瑞一直担惊受怕，直到麻五过来报告情况。

有人在敲大门，停止一会儿又接着敲，麻五和众人面面相觑不知如何是好，马夫老李对麻五说："是福是祸躲不过，还是去开吧。"

麻五战战兢兢地走过去开了门，两名军人站在门外，其中一人对麻五说："我们是解放军，是人民的军队，有要事要见你们老爷。"麻五头上冒出了细细的汗珠，小心地点头哈腰说："请容我向老爷报告。"

军人点点头，表示同意。

麻五到老爷房间报告了情况，麻五说："从目前情况来看，他们还没有乱来，军纪比前几天的队伍要好得很。"

老爷子点点头，他对麻五说："还是让祥瑞接待吧，就说我病了，代表我，和上次一样，要钱给钱，要粮给粮，只要不伤害到我们，什么都好说。"

徐祥瑞听了麻五的传话后，起身走向客厅，他让麻五请来人到客厅。

两名军人见到徐祥瑞后主动上前握了手，一名军人对徐祥瑞介绍另一名军人说："这是我们团的肖复兴肖政委。"

肖政委笑着对徐祥瑞说："部队驻到庄上有所打扰，还请原谅。"

徐祥瑞笑着说："欢迎，欢迎！早闻贵军军纪严明，是我们的守护神啊。"

宾主坐下，麻五安排小草上茶。

肖政委喝了一口茶，说："我们解放军要推翻蒋家王朝，让人民当家做主。"

徐祥瑞频频点头。

肖政委话锋一转讲到筹集粮饷之事，徐祥瑞心里想终于讲到正题了，他表示完全拥护筹集粮饷政策。

肖政委说："你们徐家老爷是这一带的开明绅士，口碑非常好，一定会支持我们军队工作的。"

徐祥瑞笑了笑，不置可否。和前天一样，徐祥瑞安排麻五配合这两人的工作。麻五出门的时候，徐祥瑞又把他喊了回来，交代中午置办酒菜宴请二位来客。两名军人连连摆手，肖政委说："不必，不必，我们有三大纪律八项注意，不拿群众一针一线的。"

徐祥瑞感到吃惊，笑着说："恭敬不如从命了。"

两人告辞，麻五跟着出去，徐祥瑞送到大门口，他向左右一看整个庄子几乎全是军人，只是这些军人军容整齐，一队队盘膝而坐，前面有人带领在学习什么。

徐家大院墙上张贴着安民告示，有军人到山上到田里喊："大爷，大娘，大哥，大嫂赶快回家吧，我们不会伤害你们的。”

有的人躲在山上的灌木丛中一动也不敢动，有的人躲在油菜地里大气也不敢出。午饭过后，有的孩子饿哭了，再躲也没有意义，有胆大的便试着回家了。回到家一看，院子里水缸都已装满了水，屋里的东西被摆着整整齐齐，军人看孩子饿还从挎包里掏出馒头给孩子吃。乡亲们看到这些原先警惕的心也慢慢地放下了。于是回到家的这些人便到田野里、山上喊乡亲们回家。大家一听是熟人喊便从躲藏的地方走了出来跟着回家了。

第二天一大早响起了号声，部队开始了操练，庄上大人小孩儿站在旁边看，有的小孩儿也跟着学，引起笑声一片。

第三天一大早徐庄的人惊奇地发现，军人全都消失了。各家的东西没有少一件，老人说，第一次见到这么好的军队。

## 四

洛蒂现在有了女儿，她把全部精力都集中到女儿身上，减少了对故乡的思念。当女儿安静地睡着后她才想念意大利，想念米兰，想念过去的美好时光。

母亲来信了，洛蒂一看是半年前寄来的，还好收到了，母亲问洛蒂在中国生活得如何并希望她立即回到意大利。洛蒂哭了，看着母亲的信好像又看到了母亲亲切的面庞，其实到中国后她第一时间给母亲去信，信中她告诉母亲，安东尼已不在这个世界上了，中国对于她来说太陌生，想尽快返回意大利。信寄出后她每天都在等回信，这一等就是近两年。

时间不长，洛蒂又收到了姐姐的来信，姐姐信中说，分别后十分想念，希望他们尽快返回意大利，手续要抓紧办理，需要提供的证明手续资料她会办好寄来。

洛蒂要徐祥瑞抓紧到上海办理返程手续，徐祥瑞说女儿刚生下，等大一点再回去，海上经不起折腾。洛蒂只好同意，她盼女儿快一点长大。

福顺又可以到外边玩了，他去找小石，小石经常和他爸去田里干活，福顺有时会找不到。找不到小石，福顺才会去找大宝，大宝不爱动，不爱说话，玩不到一块儿，况且他有姐姐立秋一起玩。田野里的油菜花已经落了，麦子抽出了长长的穗子，有布谷鸟的叫声从远处传来。

徐老爷自上次发烧以后身体状况每况愈下，咳嗽不断，怕冷畏寒。天气渐渐变热，人们已穿上了单衣，老爷子还穿着厚厚的棉衣，他很少出门，大部分时间躺在床上，偶尔到院子里转转。

徐祥瑞在家待不住，收租的季节已结束，能收的都收了上来，收不上来的只有欠着。在风和日丽之日他会带着洛蒂去田野里或山上转一转，福顺不和他们一起去，每天吃过早饭便不见了人，他和庄上的小伙伴都玩熟了，除了一副洋面孔，他已与当地小朋友无异，他熟练地说着地方话，甚至意大利语都忘记了，只有母亲洛蒂偶尔会和他说几句意大利语，洛蒂也慢慢学会了地方话，意大利语似乎成了记忆深处的回忆，她甚至对着器物刻意回想所代表的意大利词汇。

一切似乎又恢复了平静。

徐老爷让徐祥瑞多跑跑城里的两个店铺，掌握收支情况，徐祥瑞也乐于去城里，他在乡下待久了心生厌倦，只是洛蒂和孩子在乡下不便同往。徐家在城里早年也购入一处宅院，徐家人很少去住，平时只是两个店铺的人住。徐祥瑞打算最近安排人把房子整理一下，添置些家具，秋天把洛蒂和孩子带到城里住上一段时间。洛蒂习惯住城里，以前住米兰习惯了，城里不像乡下这般冷清。

这次徐祥瑞进城里找了工匠打算近期翻修房屋，除了到街上转一转之外他基本上都待在店里，他喜欢看着人买卖，以前在米兰开皮具店就是，他喜欢这种感觉，把货卖了把钱收下来。

店里有人不买东西只是看热闹和聊天，徐祥瑞有时就静静坐那儿听他们天南海北地聊。直到有一天，一个常到店里的聊客带来了一个消息让他心神不宁，以至于夜里他也为此愁得睡不着，他宁可相信这个消息是假的，只是经过分析却又大概率是真的。他决定立即回到乡下老家。

徐庄一如往常平静，麦子发黄了，眼看夏收又要到了。

当徐祥瑞把听到的这个消息告诉了躺在床上的徐老爷时，徐老爷惊讶地睁大了眼睛，“是真的吗？”接着他又痛苦地闭上了眼睛，“是祸躲不过。”一行老泪从他眼里涌出来。他猛地坐起来，“去，把麻五找来！”

麻五来了后，老爷问：“家里还有多少粮食？除了留小部分全部卖掉换成大洋，马上夏粮也要收了，收上来的也要全部卖掉，租户的租粮也要快收上来，总之要全部变成现钱存在城里的钱庄，徐家的地现在开始变卖，能卖多少是多少。共产党来了不是要分田吗？分吧，让他们什么都分不到！”

夏收开始了，金灿灿的麦子在阳光下随着风摆动，整个大地一片金黄。为了快速把粮食收上来，徐家又找了十多个短工帮忙。

吃饭时老爷子坚持下床吃饭。徐家院子中摆了三张桌子，每日三餐，徐家人和长短工、佣人一起吃饭，饭菜一样。

有的短工从北边过来，饭后会悄悄议论分田的事，徐老爷好像没听到一样。

又是一个丰收年，仓库里装不下了就放到院子里。徐老爷望着这些粮食却没有露出喜悦之情。

麻五和徐祥瑞进城找粮食买家，买家亲自来到徐庄看粮食成色，谈好了价，打算三天后来骡车拉。

三天后，二十辆骡车一字排开停在徐家门口。徐家一片忙碌景象，装粮的装粮，扛粮的扛粮，过秤的过秤。

当全部装车完成后，最前面的赶车人大喊一声：“走喽！”各赶车人一起喊：“走喽！”

这时道路远处烟尘滚滚，一队人马疾驰而来，到运粮队前为首的人了勒住了马大喊一声：“停下！粮食不能运走！”

众人一看，这队人马各个身着灰布军装，头上的帽子上都有一枚红五星。徐家的人看见这和上次来的队伍着装一样，是解放军无疑了。

“徐先生，我们又见面了。”

那名为首的军人到徐祥瑞面前停下了，他伸出手来想与徐祥瑞握手，徐祥瑞怔怔地看着那名军人，似乎还没有从刚才的惊吓中清醒过来。他看着伸过来的手好一会儿才僵硬地伸出手去。

“肖政委，有……有……失远迎，还……还……望恕罪。”

徐祥瑞认出这是上次到他家的肖政委。

肖政委对徐祥瑞说：“赶紧把粮食卸下来，根据最新政策，徐先生现在对家里的财产不便处置。”

徐祥瑞感到肖政委说话，与上次判若两人。

马背上的军人纷纷下马。

那个买粮人见状赶紧吩咐驾车人把粮食卸下来扛回仓库，那些军人也加入到扛粮的队伍中。

徐祥瑞请肖政委到家里坐，肖政委摆摆手表示拒绝，他不说话只是在那里默默地站着看众人把车上的粮食往仓库里运。

福顺在看热闹的人群中望着这一切，他不明白为何被拉走的粮食又要被扛回仓库，周围的人都在木然地看着这一切，大家不知道发生了什么事。小石拉了拉福顺的手说：“我要有一支枪就好了。”他指着肖政委腰间的盒子枪。福顺对小石的话感到很诧异：“你将来想当兵？”

小石点点头。

## 五

“打倒地主徐学仁！”

“打倒喝穷人血、吸穷人髓的大地主徐学仁！”一个土改工作队队员正在带领台下的群众喊口号。

台下群众中有的人表现出愤怒，甚至声泪俱下，有的人则是默默地站在那里，福顺、小石和大宝在人群中跑来跑去。

徐学仁站在自家院子门前临时搭的台子上，耷拉着头，他的身后摆着一张桌子，土改工作队队长肖复兴神情严肃地坐在桌子后边，他望着眼前台下面的群众，不时端起面前桌子上的茶碗喝上几口。他身后“徐庄群众控诉地主大会”的横幅标语挂在徐家的大门正上方，一阵大风吹来，贴在横幅上的一个“会”字被风吹跑了，刚好掉在大宝的脚下，大宝刚弯下腰想捡起来，结果风又把这个字吹走了，福顺、小石便跑去追，福顺跑得快捉到了这个字，拿在手里向小石和大宝炫耀。突然他手里的字被一只大手抢去，福顺有些气恼，他抬头一看是一个背着长枪的叔叔，吓得他赶紧跑开了。

“乡亲们，大家静一静，我先说几句。”肖队长先咳嗽了两声，开始了他的讲话。

台下顿时安静了下来，甚至小石、大宝和福顺也停止了跑动。

“大地主徐学仁压榨乡亲们好多年，今天我们召开这个会就是要控诉他，揭露他盘剥乡亲们的罪行，乡亲们为什么穷？穷根在哪里？我们就要算算徐学仁的剥削账，现在我们在共产党毛主席的领导下，推翻了压在我们头上的三座大山，穷人翻身做了主人，大家不要害怕，大胆揭露，首先请哪位先来？”

台下的群众你望我我望你没有人出来说话，甚至刚才开会前口号喊得最响的人也没有站出来。

“你们要大胆地说，不要怕，徐学仁不可能像以前那样作威作福了，吴义全，你说说徐学仁是怎样剥削你的。”

“我，我……我没什么好说的，让其他人先说吧。”吴义全脸涨得通红有些局促不安。

“吴二，要你说就你说嘛。”人群中有人说。

“那你就简单说说吧。”肖队长说。

“我租了徐学仁家八亩田，每年按时交租，就是去年大旱收成不好没能按时交，麻五和大少爷祥瑞到我家来催租，我说收成不好来年一起交也同意了，别的就没什么了。”

“没逼你？”肖队长问。

“没有。”

“收你的租就是剥削嘛。”肖队长说。

“你不是下河救了他的洋孙子，他装不知道吗？”人群中有人说。

“这心肠也太冷了吧。”

台上低着头的徐学仁抬起头望了一眼吴二，眼中露出一丝惊讶，但这只是一瞬间。

“人哪能见死不救呢，我遇到了就应该救。”吴二说。

“我来说说。”人群中站出一个人，大家一看是徐祥生，人群中有人笑了，“徐老三，你可要好好说一说啊，你本家大叔如何剥削你的。”

“大家静一静，让他说。”肖队长又端起茶碗喝了几口茶。

“我这个叔叔从来不把我当侄儿看，我租他的地一样交租，荒年我找他借粮，他说没粮，我知道他家的仓库有的是粮食，完全不顾我家老小的死活。”徐祥生抹起了眼泪。

人群中有人小声议论，徐老三说话不凭良心，他叔帮过他不少忙呢。

“这个人表面上一副仁慈心肠，其实是吃人不吐骨头的大坏蛋。”徐老三指着徐学仁的脑袋愤怒地说。

徐学仁脸色煞白，冷汗不住地从额头上流下来。

一个背着孩子的女人上了台，原本吵吵嚷嚷的人群霎时安静了下来。

“这个披着人皮的狼，乘人之危霸占了我家十亩田害得我家破人亡。”

“说一说咋回事？”肖队长问。

“我家男人爱好赌钱，被人设了套，欠了几百大洋赌债，家里没有钱，对方说不给钱就要我男人的命，没办法我只有找徐学仁借钱，徐学仁要以我家十亩田作为抵押，一年后还不上直接拿地，我家一年后没有钱还十亩田也就归了他家。家里没了田只好租他的地种，去年遇到荒年交不上租，徐学仁指使麻五到我家逼租，我男人一气二急就得了病死了。他逼死了我男人没想到也会有这个下场！还我男人！”那个背孩子的女人猛地上前揪住徐学仁的衣领使劲一推，徐学仁一个趔趄跌倒在地。台上两侧的民兵赶紧上前制止住那个妇人，那妇人骂骂咧咧地下了台。

站在人群中的徐祥瑞想冲上台扶倒地的父亲，结果还没上台就被民兵控制了，民兵对他大声呵斥让他站回原处。

徐学仁趴在台子上过了好一会儿才抬起头，他两手撑住台面试图站起来，努力了也一会儿结果还是没有站起来。两个民兵见状上前每人抓住徐学仁的一只手臂使劲一提，徐学仁站了起来，两个民兵松手后徐学仁的身体晃了晃最终站稳了。

“还有没有控诉他的？”肖队长问。

“徐学仁家还里通外国呢，他的儿子徐祥瑞找了一个意大利媳妇还有一个拖油瓶的洋儿子。”马夫老李笑着说。

人群中发出一阵大笑。

徐学仁脸色苍白，身体微微发抖，他盯着老李，眼中充满悲哀、怨恨、无奈。老李收起了笑容低下了头。

徐祥瑞刚好站在老李的身后，他气愤地对老李说：“老李，你用手摸摸良心，我们家哪一点对不住你？说这种话。”

老李沉默不语。

“这个问题今天不谈，大家要揭露徐学仁剥削的事，至于是否里通外国，政府会调查的。”肖队长说。

老李从人群中悄悄往外走，徐祥生拦住他，“到哪儿呢？老李？”

“回家啊，回老家，老家分了地，回家种地喽。”

控诉大会还在继续进行。

老李绕过台子走进徐家大院，从马厩旁边的小屋里取出一个包裹背在肩上，又到马厩里分别摸了摸正在吃草的马的头，“老伙计们，我走了。”他轻轻摇了摇头然后头也不回地走了。

“我们共产党就是要让穷人翻身过上好日子，把骑在穷人头上的地主恶霸拉下来。大地主徐学仁剥削来的财富我们都要分给大家，地也要分给大家，他家的地契、账本都要全部销毁，大家少他的债一笔勾销！”

肖队长说着话被一阵掌声打断。

“来人去把徐学仁家的地契、账本抬出来！”

两名民兵到徐家大院抬出了一筐地契、账本。麻五低着头跟在后面。

那些地契上有着鲜红的手指印，土黄色的纸，与泥土一样在冬日的寒风中瑟瑟发抖。

“烧了！烧了！”人群中有人大喊，接着更多的人一起喊。

“烧了吧！”肖队长说。

一个民兵点燃了地契、账本。

人群中又发出一片叫好声。

“分了徐学仁的财产！分了徐学仁的不义之财！”人群中有人喊。

肖队长坐在台上面露笑容，他冲台上的两个民兵挥挥手：“去把他家搜刮的不义之财抬上来。”两个民兵立即下了台向徐家大院走去，“站住，你们等等。”

肖队长似乎又想起了什么。“和他们家的账房先生一起清点，登记造册后搬过来。”

麻五连忙跟在两个民兵后面走进院里。

随即一筐筐明晃晃的大洋被抬到了台子上，台下的群众不断发出惊呼：“这么多钱！”

一幅幅字画也被抱到台上，当民兵展开字画时并没有引起多大反响，台下的群众开始聊天。

进入徐家的民兵带着麻五一个房间一个房间地查看。

“这个是少爷的房间进去看吗？”

“看！”一个民兵不容置辩地回答。

“刚才我看到少爷站在台下，少奶奶在房间里。”麻五说。

“必须要看！”

“我把少爷喊进来吧？少奶奶在里面我们进去有些不方便。”

一个民兵点点头：“好的，快点去。”

麻五赶紧跑向门外找徐祥瑞。

徐祥瑞正在愤怒地看着身边的那些叽叽喳喳的群众，有些人似乎正朝他投去嘲笑的目光，他望了望台上的父亲。徐学仁望着那些火中的地契、账本，似乎痛得不停地翻滚，他的脸有些发黄，如同那些黄色的火焰。徐学仁的身体微微发抖，黄豆粒大的汗珠不断从脑门上流了下来。当一筐筐银圆重重地放在台子上面时，银圆与银圆发出了清脆的金属碰撞声，他的肩都似乎微微一抖。

“少爷，请您回房间一下，他们要清点呢。”麻五来到人群中对徐祥瑞说。

徐祥瑞皱了皱眉，跟着麻五进了院子。

两个民兵依然在房门口站着，徐祥瑞望都没望他们一眼便进了房间，麻五和两个民兵也跟着进了房间。

洛蒂正在房间里逗福霖笑，见到他们四个人进来吓一跳。

“干吗？干吗呢？”

“他们要清点一下东西。”徐祥瑞说。

“清点东西干吗？”洛蒂一脸疑惑。

徐祥瑞不再言语。

两个民兵已开始清点。

“梳妆台一个，床一张，箱子一对……”

房间里的东西清点完成后，两个民兵开始从房间里向外抬东西。

“你们这是干什么？干吗拿我的东西？”洛蒂不解地问。

“问他就知道了。”一个民兵指着徐祥瑞说。

徐祥瑞阴沉着脸也不作声。

“那是我的首饰盒，里面的东西是我从意大利带回来的，不能拿走！”当民兵要拿走她紫红色的首饰盒时，洛蒂大叫一声。

拿首饰盒的那个矮个子民兵迟疑了一下，问另外那个高个子民兵如何处理，“拿走！”高个子民兵说。

“那是我的私人物品！”洛蒂大喊。

“现在不是了。”高个子民兵说。

矮个子民兵抱起首饰盒便向外走，洛蒂把福霖放在床上纵身前去夺首饰盒，矮个子民兵不给，争夺中首饰盒掉到了地上，首饰掉落一地。金手镯、金项链、金戒指在地上欢快地跳着，金戒指可是徐祥瑞送给自己的定婚戒指。

一副碧绿色翡翠手镯掉到地上发出一声脆响。其中一只翡翠手镯向前滚了几圈后停了下来，另一只翡翠手镯断成了两半。

“你们赔我的手镯！”洛蒂哭着从地上捡起那坏成两半的翡翠手镯试图把它们合到一块，却怎么也合不到一块。

“他们怎么能这样！”洛蒂用意大利语对徐祥瑞大喊。

“到什么时候说什么时候的话，不要多言。”徐祥瑞用意大利语说着把洛蒂搂在怀里安慰着。

“失去的我将来都会买给你，相信我。”

麻五和两名民兵呆呆地望着他俩，不知道他们说了什么。矮个子民兵重新把地面上的首饰收拾好放到首饰盒里出去了，高个子民兵抱着一只箱子也出去了。

麻五说：“少爷还是不要出去了吧，外边太乱，台子上的老爷我照看着，有事和我说。”

徐祥瑞摇摇头，说：“我不能在这里，要出去看看，福顺也还在外面。”

麻五出去和民兵清点下一个房间了。徐祥瑞拍拍洛蒂的肩让她不要出去，他又弯下腰亲了下福霖便出去了。

肖队长见清点速度太慢，便又安排三人进去清点。

每有一件东西抬出来，台下都会出现一阵骚动。

“看，花瓶抬出来了，花瓶那么大。”

“花瓶能吃还能喝啊，有啥用！”

“听说这些都是古代的瓶子，好几百年了，可值钱了，这一个瓶子卖的钱都不止买十亩地。”

“这么值钱！”

“那不是吃饭的碗吗？也不值钱啊。”

“哎呀，这你就不懂了，这碗不是咱们吃饭的普通碗，人家这是古代的碗用于观赏的，不是用于装饭的。”

“我听说很值钱，有的一只碗可买一间房子呢！”

“这徐学仁可真是有钱啊，都是剥削来的。”

“人家这都是祖上传下来的。”

“听说徐学仁平时节省得很，舍不得吃舍不得穿的。”

这时负责清点的民兵拿出了一个布娃娃，徐福顺正和大宝在台子边玩，他一扭头发现自己最喜欢的布娃娃被人拿到台上，连忙跳上台想去拿回他的布娃娃。“我的布娃娃，干吗拿我的布娃娃？”

台上的民兵连忙拉住徐福顺，徐福顺想挣脱可力气太小他急得大哭，小草在人群中见状忙到台上哄福顺。

“小孩子的东西就算了吧。给他吧。”肖队长摆摆手，民兵上前把布娃娃放到福顺手里，福顺不哭了和小草一起走下台去。

一会儿台子上、台子前的地上便放满了徐家的东西。

人群中有人冲着台上的肖队长喊：“这些东西都要分给我们吗？”

肖队长微微一笑，“徐学仁剥削来的土地我们马上就分给大家，至于清理出来的这些物品我们分类处理，像字画古玩都是文物要上交政府，桌椅板凳等日常用具全分给穷人。”

台上的徐学仁站了一个上午，有些支撑不住，身体发抖有些晃动，他想蹲下来，民兵马上呵斥他站起来。

好不容易熬到大会结束，徐祥瑞赶快上台把站立不稳的父亲扶下了台。

## 六

徐祥瑞扶着父亲回到房间，此时母亲正坐在床沿上抹眼泪。房间内除了一张床外已别无他物，父亲正常坐的那张椅子也被拿走了，徐祥瑞只好扶父亲坐到床上。

“我要死了，受不了，快让我躺下。”徐祥瑞忙和母亲一起扶父亲躺下，又把被子盖在他身上。

徐学仁一阵剧烈咳嗽后转过头向着床沿，老夫人立即从床底下取出尿盆端到他面前，他把一口浓痰吐到尿盆后又侧过头闭上眼睛。

徐祥瑞在房内默默地站了一会儿便出去了。他要去找一下福顺，这孩子出去看热闹一直没有回家。

当徐祥瑞找到徐福顺时，他正在和小石、大宝、立秋在一个草垛边玩，那只布娃娃还抱在怀里，只不过被弄得很脏了，已经由白色变成了黑色。

在回家的路上，福顺问徐祥瑞："爸爸，爷爷为什么一直站在台上啊？还有我们家的东西为什么都被搬出来啊？"

"爷爷犯了错误就要站在台子上，正如你背不好书被先生罚站一样。"福顺似懂非懂地点了点头。

"那爷爷犯了什么错误呢？"

"你小孩子不懂，长大了就知道了。"

"那我们家的那些东西呢？"

"我们家的东西太多了，用不完拿出来大家一起用，正如你有好吃的糖果多得吃不完和小朋友一起分享一样。"

福顺又点了点头。

徐祥瑞和福顺回家后见到洛蒂正坐在床上发呆，福霖已睡了，甜甜的，脸上还带着笑容。屋内有些冷，炉子没有生火。

"我们下一步怎么办呢？"洛蒂问。

"走一步算一步吧，明天总是未知的。"徐祥瑞回答的声音有些低，低得他自己都听不到。

福顺在屋内觉得无聊要到外边去，徐祥瑞说就在院内玩不要到院外去，福顺答应了便出去了。

不一会儿福顺又回到了屋里。

"爸爸，爸爸，从我们家搬出去的东西全没啦！"

"没就没吧。"徐祥瑞说。

"我有些饿了，小草呢？都什么时候了还不吃饭？"洛蒂坐在床上发起了牢骚。

一会儿小草从外边进来，对徐祥瑞和洛蒂说："少爷，少奶奶，准备吃饭了。"

洛蒂下了床准备向外走。

“少奶奶，餐厅没有餐桌了，被他们抬走了，我还是端来房里吧。哦，对了，伙夫也走了，我做的面条。”

洛蒂又返回坐到床沿上。

面条上来后，福顺问：“有没有菜？”

小草摇了摇头。

福顺不想吃，洛蒂安慰他说：“好孩子，吃吧，说不定今后连这面条都没有呢？”

徐祥瑞三下五除二胡乱地把面条吃了后，起身向父母房间走去。

父母房间里两碗面条没有动。

徐老爷依旧躺在床上一动不动，老夫人坐在床边暗自垂泪。

“爸，起来吃点吧，人不吃饭哪行呐！”

徐老爷还是一动不动。

“让他躺一会儿吧，再说他也吃不下去。”

“妈，你快点吃吧，饭都凉了。”

老夫人端起碗，没吃几口又放下了，望着那碗面发呆。

下午，肖队长带着两名工作队队员和两名民兵来到徐家大院。麻五告诉肖队长：“老爷子病了，有事找少爷吧。”

见到徐祥瑞，肖队长说根据政策下午准备到仓库称粮、分粮。徐祥瑞说：“该怎么办就怎么办吧。”

徐家大院门前又围满了群众，大家说说笑笑，热闹非凡。有的人腋下夹个口袋，有的人提着个斗，都在等分粮。

两名工作人员和两名民兵在麻五的带领下打开了仓库，高高的粮囤里装满了粮食，仓库里没有光线，粮食在黑暗里如同睡着了一般。麻五点着了油灯，仓库里一下子亮了起来，粮囤一个连着一个，慵懒地立在那儿。

肖队长也来到了仓库，他在仓库里环顾了一下四周，随手抓起一把粮食又放到粮囤里，又捏出两粒粮食放在嘴里嚼了几下，“好粮食啊！好粮食啊！”

众人望着肖队长，不知道下一步该怎么办。

肖队长说："一个人到大门口按名册点名，再去一个人维护秩序。剩下的两人在这里称粮。"

一名民兵和工作人员去了大门口。

点到名字的人兴高采烈地奔向仓库，按人口领到了数量不一的粮食。

分了粮食后开始分田，徐庄除了徐学仁家外其余的人都在兴奋中，曾经的佃农终于有了属于自己的土地，有的佃农高兴地坐在分到的田地里久久不愿起来。吴二一下子分到了九亩二分田，他似乎有些不太相信这是真的，祖祖辈辈都是靠租徐家的田地生活，从来没想到会拥有自己的田地。

冬小麦已长出了手指长的麦苗，这还是自己种的。"不用再交租了吗？真的不用再交租了吗？"吴二一遍又一遍地在心里问自己。他吃完饭后就往地里跑，用粗糙的手抚摸着泥土和麦苗，像抚摸着自己的孩子。

徐祥生这几天处于高度兴奋之中，分了粮又分了地。他走路都似乎带着劲，口中哼着地方小调，逢人便说："我以为他家能一直好下去呢？没想到也会有今天！哈哈，因果报应，不做好事因果报应啊。"

"你有了田又有了粮还不赶快讨一个媳妇过日子？"有人对徐祥生说。

"这事不急，不急。这好日子刚开始，以后什么都会有的。"徐祥生笑了笑说，"我们这些穷人真正当家了，徐学仁受罪的日子还在后头呢。"

"今后还赌不赌了？"对方又问

"这，这，看情况吧。"徐祥生支支吾吾地说。

"你要再赌啊，说不定媳妇还会跑。"

"你就是狗嘴里吐不出象牙！"

徐祥生骂骂咧咧地走了。

徐家平常大门都是锁着，福顺也没有出来玩，徐祥瑞和洛蒂不让他出去。福顺整天在房间里、院子里来来回回地转。他有时会看着院子里的那棵老梅树发呆，他想，冬天已经来了，梅花快要开了吧，院子里又要有花香味了。

洛蒂每天会和福顺说几句意大利话，为了不让他忘记母语。来中国几年了，周围的人都说的是汉语，她和福顺慢慢地学会了汉语，并能够和周围的人熟练地对话。

她努力不忘记自己的母语，见到每一样东西都会想意大利语该怎么说，但时间长了还是忘了不少，有时见到一样东西她想用意大利语表达想了半天也想不出来。

徐祥瑞几乎天天待在父母的房间里陪着他们，父亲的状态很不好，每天依然躺在床上，很少进食，除了大声咳嗽和喘几乎不说话，他闭着眼睛，脸色枯黄。母亲也很少说话，以往每天会对着佛像祈祷，现在佛像和香炉都当作文物收走了便不再祈祷了。她偶尔会去洛蒂那儿看看孙女，坐一会儿便返回自己的房间。

麻五现在是徐家与外界的联络人，工作队有事就找麻五不再找徐祥瑞和徐学仁，麻五对徐家比徐学仁父子熟悉。

分田分粮过去没几天，麻五又被肖队长找了去。这次去肖队长是了解徐家的房子情况，肖队长告诉他，徐庄没有房子住的穷人不少，有的一家人挤在一间房子里，肖队长让徐家留几间够自家的人住外其余的房间要全部分给没有房子住的穷人。

麻五把肖队长的指示告诉了徐祥瑞，三天内腾出空房，工作队要来分房了。徐祥瑞长叹一声：“分吧！全分吧，他们要怎么样我还能咋样！”

“少爷，我也要走了，眼下留在这里也没有什么用了。”麻五沉默了一会儿又说，“我家里也分了田，家里也没什么劳力，我也要回去种田了，只是今后老爷和少爷要多保重了。”

“走吧，都走吧，我们徐家也快没人了。”徐祥瑞顿了一顿说，“老爷也没几天了，还是等他走了后再回家吧。”

麻五点点头。

三天后工作队再次进入徐家，分房正式开始。徐家只允许保留四间房子，其余全分给了没房子或房子不够住的贫农。

徐祥生也分到了一间房子，他对工作队的肖队长说他家的房子要倒了不能住，肖队长派两名队员去查看了一下证实了徐祥生的说法。

分房后徐家大院变成了大杂院，一下子变得热闹起来。每天不是孩子哭就是狗叫，还有相互吵架打骂。

洛蒂除了上厕所外基本上不出房门，她不愿见这些新的邻居。

徐老爷已经三天不吃饭了，徐祥瑞寸步不离父母的房间。徐老爷的床头摆放着一本《曾国藩家训》，书似乎被翻了好多遍，有的纸已经破了。屋里很安静，外边有乌鸦从天上飞过，发出“呱呱”的叫声。老夫人这几天也没有睡好，眼睛红红的，似乎刚哭过。

昏睡了三天的徐老爷在清晨醒来，徐祥瑞问要不要吃点什么，老爷子摇摇头。他说：“扶我坐起来。”徐祥瑞赶紧把徐老爷扶坐起来，又端上一杯茶，他喝了一口，说：“把麻五叫来吧。”

徐祥瑞赶紧出去把麻五喊了过来。

“老天爷留给我的时间也不多了，我这一辈子经历过的大风大浪太多了，大清末年闹革命、军阀混战、匪乱、日寇进中国、内战，我头脑是清醒的，我不做汉奸，不做对不起国家的事。我也坚信生死由命，富贵在天，我家祖上留给我几百亩地和这些房产传到我这一代就完了，这是我不能左右的，命该如此。我不能为祥瑞留下什么财产，这是我对不住你的地方，只是我想，钱财乃身外之物，有本领的人千金散尽还复来。还有一事我一直内疚的，就是当年让你回国。现在看来，回来似乎也没什么用，只是我的私心罢了。你要好好地对待洛蒂，人家千里迢迢地从意大利来，也没能让她过上好日子，甚至还不如不过来。我要说的是今后但凡家中有一口粮都要先给人家洛蒂母子吃，不然对不起他们。”

徐祥瑞点点头。

徐老爷有些累，闭着眼睛休息了一会儿又睁开眼。

“麻五，你到我家这么多年，家里的里里外外让你费了很多心。徐家对不住你，没办法让你一直待下去，一个家族的兴衰和古代王朝的兴衰是一样的，现在我们徐家到了衰亡的时期，这也是没有办法的事，你马上就要回家了，也没有什么东西送给你，这样吧，我这杆烟袋锅伴我几十年了，也是祖上传下来的，你就留作纪念吧。”徐老爷望了望床头的烟袋锅，已没有力气去取了，徐祥瑞见状，忙取过烟袋锅递给了麻五。

麻五双手接过表示感谢，他用手擦过眼角的泪水说：“麻五无能，这个时候也不能帮上什么忙。”

“先生做得够多了，我们徐家感激不尽。”徐祥瑞说。

徐老爷说得有些累了，让徐祥瑞扶他躺下。

徐祥瑞发现父亲呼吸急促，面色苍白，躺下后，听到喉间有痰作响。老爷子已经没有力气把痰吐出来了。

过了一会儿喉间声音渐无。

“老爷归天了！”徐祥瑞摸了摸父亲的鼻孔。

老夫人大哭，徐祥瑞大哭，麻五也不住地抹眼泪。

“去通知一下洛蒂。”

麻五转身出去了。

“赶快给老爷穿寿衣！”老夫人说着赶紧去找寿衣。

老夫人为老爷穿上了他平时最爱穿的那身黑色的长袍和紫红色的马褂。老爷一下子又好像回到从前，精神抖擞，满身活力。

洛蒂抱着福霖来到老爷房间，她没有哭出声，低声抽泣着。

院内的乡邻们听到哭声，知道徐老爷归天了，纷纷到徐老爷房间门口，有的妇人还陪着哭几声，男人们趴在床头磕上几个头，安慰几句徐祥瑞和徐老夫人。

福顺早上起来和院子里的几个孩子偷偷跑出去玩，正玩得高兴，看到小石向他跑过来，“福顺，福顺，快点回家，你家人找你好久了，你爷爷死了。”

“真的吗？”

“我还能骗你吗？”福顺一听赶快往家跑，到大门口就听到了阵阵哭声。到爷爷房间门口遇到了妈妈，妈妈抱着妹妹福霖，眼睛红红的。

徐祥瑞把福顺带到徐学仁的床前让他跪下磕了几个头，帮忙的乡邻连忙帮他戴上孝帽。福顺感到戴着孝帽很不舒服，便想取下来，看到周围的人都戴着只好忍着。

徐庄的乡邻们不断前来吊唁，甚至前几天在批斗会上控诉过徐老爷的人也来了。死者为大，一时乡邻们纷纷念叨起老爷子的好。有的说他乐善好施，有的说他脾气好。

徐祥瑞犯了愁，这丧事该怎么办呢？徐家还是那个徐家却又不是那个徐家。现在徐家的财产已被分了，甚至连吃饭都困难，到哪儿找钱办丧事呢？现在只剩一口棺材不用考虑，那是徐老爷几年前生病的时候就准备好的。这是一口上好的楠木棺材，已漆上亮漆。几天前清理财产时工作队员上报给肖队长时，肖队长说留给老爷子吧，也可能觉得分了人家的棺材不吉利，没人要。有了这口棺材最起码徐老爷躺的地方有了。

麻五现在忙里忙外，他还和以前管家一样，操持着里里外外。

徐祥瑞和麻五商量，丧事一律从简，实在没钱办了。从简也要钱啊，还好城里的皮具店还在，没有被充公，徐祥瑞让麻五速到城里把所有的皮具贱卖处理，所得钱款用于办丧事。徐老爷在世时人缘不错，庄上不少人主动来帮忙。徐祥瑞让人请来了阴阳先生到了徐家祖坟地选了一块下葬之地，合了出殡之日。徐祥瑞又分别安排人到各亲戚家报丧。

麻五在动身去城里之前便请了吹鼓手谈好了价钱。

凄婉的喇叭声从徐家大院传了出来，整个徐庄都听得见。

徐家大院外摆满了花圈，让人意外的是肖队长也送了花圈。正吊当日，徐家大院人来人往，哭声阵阵，福顺和一群孩子在人群里跑来跑去，没有丝毫忧伤。

麻五在城里把皮具处理完后立马返回徐家大院，徐祥瑞听麻五报告处理皮具的情况后非常满意，所得钱款超过了预期，也算解了燃眉之急，丧事费用也算有了着落。

出殡之日，徐祥瑞扶棺痛哭，众人拉起，劝慰，福顺跟在徐祥瑞身后，身着白色孝服的队伍绵延数百米。

棺下地后，一只喜鹊在旁边的一棵槐树上叫。

“爸，你看，喜鹊！”福顺对徐祥瑞说。

徐祥瑞看了看树上的那只喜鹊，没有说话。

徐老爷丧事办完的第二天，麻五向徐祥瑞辞行，徐祥瑞再次表示感谢。

徐祥瑞把麻五送到大门口，麻五让徐祥瑞回房，他说天太冷了。麻五走了很远回头望，见徐祥瑞还站在那儿，他摇了摇头，叹了一口气走了。

麻五走后第二天，小草到老夫人房间送饭。

老夫人拉住小草抹眼泪，说："本来想在此地给你找个婆家的，一时半时也没遇到合适的。你在徐家这几年也吃了不少苦，虽说是买来的，我也是把你当亲闺女看，现在徐家败了，我认你做干闺女好不好？"

小草垂泪，连说："好！好！"

# 少年往事

## 一

1950年秋。

八岁的徐福顺走进了徐庄小学，其实上一年春天他还上着徐家私塾。私塾里只有三个人，他和姓徐本家的两个孩子，那两个孩子是陪读。请私塾先生是徐老爷出的钱，后来徐老爷被控诉后，先生便走了，家里也没钱付先生的费用了。再后来便有了徐庄小学，几乎庄上的孩子和附近村庄的孩子都来到了徐庄小学。

徐庄小学在徐家祠堂办学，其实也就一个班，大家都没上过学，首先从识字和识数开始。

“一、二、三、四……”

“1、2、3、4……”

小学一共有两位老师，一男一女。男老师就是原徐家私塾那位老先生，女老师则是原土改工作队队员，土改工作完成后便结婚留在了当地，她的丈夫也是原土改工作队队员，后来在乡公所任副主任。两人大概是在工作队时偷偷建立起感情来的，肖队长对工作纪律要求甚严，不允许队员之间谈恋爱。后来工作队解散了，两人也就光明正大谈了起来，据说结婚还是请肖队长做的现成媒人。

徐福顺和小石、大宝、立秋都在同一个班，这几人平时就在一起玩，下课和放学后还在一起玩。

“你为什么长的和我们不一样？”下课后来自邻庄名叫杨大山的调皮孩子摸着福顺的头问。

“不一样就不一样，有什么好奇怪的？”福顺说。

“你是地主家的狗崽子，也是洋杂种吧！”杨大山笑嘻嘻地说。

“你就不能好好说话？骂人啊！”福顺气得涨红了脸。

“骂你怎么了？我家三代贫农我怕你地主后代！”

福顺“啪啪”两巴掌打在大山脸上，大山“哇哇”大叫：“地主家的狗崽子打人啦！”

同学们纷纷过来看热闹。

福顺和大山打成一团。上课铃声响了，女老师从外边走进教室，正看到两个学生滚在地上。

周围一圈看热闹的同学正起着哄。

“快给我住手！起来！”女老师大喊一声。

两人依旧厮打在一起。

女老师气得上前两只手分别抓住两人的衣领使劲向上一提，两人便站了起来，“啪”“啪”女老师两只手分别给了两人一记耳光。

两人分别捂住被打的一半脸。

“老师，地主的后代先打的我。”

“老师，是他先骂的我。”

“下课后两人都到我办公室！现在都进教室上课！”说着便进了教室，同学们也跟着进了教室。

下课后福顺和大山一起来到女老师的办公室。

女老师坐在简易的办公桌后，两只眼睛扫视了一下他俩，“一个一个讲，徐福顺你先来！”

“老师，他先骂我，说我是地主家的狗崽子，还说我洋杂种……”

“你骂了吗？”女老师问。

“骂了。难道他不是地主家的狗崽子、洋杂——”

“住口！”女老师大喝一声，打断了大山的话。

“你为什么敢骂他？”

“因为我爸说我家是三代贫农，没人敢动。”

“是你先动手打的大山？”女老师问福顺。

福顺点点头。

“你为什么要打他？”

“因为他先骂我。”

“杨大山！你打自己三个耳光后回去，徐福顺你现在可以回了。”女老师提高嗓音说。

徐福顺望了一眼女老师，有些不相信，不敢走。

“叫你走你就走，站着干吗？”

徐福顺这才跑了。

杨大山望了望福顺的背影又望了一眼女老师。

“打啊！”

“我不打！”

“你不打，我来打！”

女老师说着便上前左右开弓打了杨大山三个耳光。

杨大山一下子就哭了。

第二天上学的时候，杨大山的父亲来到了徐庄小学找到了女老师。

“你为什么打我儿子？”

“因为他骂同学。”

“骂一个地主的孙子有什么大不了？”

“他也是人，再说了人家也没招惹你儿子。”

“你偏心他。”

“我的心摆得正。”

“哼！摆得正！我记得你以前也是工作队队员，还到过我家让我大胆揭批地主如何剥削我。现在怎么又同情起地主来了？”

“剥削人的地主是必须要打倒的，但是地主的孙子没犯错。”

“你的想法不对！我去乡公所告你！哦，对了，听说你男人是乡公所干部，乡公所告不倒我会到县里告！”说罢这个中年男人气呼呼地走了。

几天后，乡公所主任通知女老师，调到另一所小学任教。

女老师晚上回家，丈夫对她说：“一个家长到县里把你告了，县里认为你的立场有问题，要乡里对你批评教育并调动工作。”

女老师说：“既然组织上定了性，我必须执行组织决定。”

徐庄小学又进了一位年轻男老师，姓李，还未结婚，据说是外村一位老地主的儿子。上过私塾念过大学，老地主被清算后他没有生活来源，刚好乡公所要找文化人做老师，各个村都办起了小学，而老师却不容易找，能识几个字的人太少了，最后没有办法只有找了老地主有文化的儿子。

本来乡公所的干部找到徐祥瑞想让他出任小学老师，徐祥瑞拒绝了，理由是身体不好无法胜任。

上了小学后的徐福顺对学习提不起任何兴趣，特别是以前的老私塾先生教语文时，他总是胡思乱想。一想到路边那棵老柳树上鸟窝里的鸟蛋应该变成小鸟了，放学回家他便迫不及待地爬上那棵树看看鸟窝里的情况，他不顾护窝的老鸟在头顶上叽叽喳喳的抗议。

老先生在讲台上摇头晃脑地念着课文。徐福顺已把头转向身后和小石说话，两人还嘻嘻哈哈地笑了起来。

老先生念的时候两只眼睛望向了屋顶，突然下边传来了笑声，他立马把望向屋顶的眼睛转向学生。徐福顺早已恢复了原状，他望着老先生俨然是个好学生。

“何人发笑？”老先生问了一遍，他显然很生气，“其他同学可以向我举报，举报的人我奖励一个写字本。”

“是徐福顺和田小石。”杨大山站了起来。

“杨大山同学是好样的，敢于举报扰乱课堂秩序的学生，下课后到我办公室拿奖励的写字本。”老先生竖起了大拇指接着严厉地说，“徐福顺和田小石站着听课！”

放学后福顺有些沮丧，他垂头丧气地和小石一起回家，两人也不像往常一样高高兴兴。路过那棵老柳树时福顺听到了鸟叫。如果以往他会毫不迟疑地放下书包往树上爬，今天他的腿站酸了，再也没有了爬树的想法。

“杨大山这小子分明就是报复我。”福顺对小石说，“他上次被老师打一直怀恨在心。”

“找个时间好好教训他。”小石说。

“他老子找我们麻烦怎么办？”福顺问。

“不怕他！”小石笑着说，“我家还是四代贫农呢，我爸说的。”

徐福顺好不容易迈着酸痛的腿到了徐家大院门口，就听到院子里一片嘈杂声。

他进了门，看到院子里人们聚集在一起议论着什么，好像听到小草的什么事。

小草姐怎么了？福顺心里想着进了母亲的房间。

往常他放学的时候，小草已经把饭菜做好放到桌子上，他放学到家就可以吃到饭菜了，可是今天饭桌上空空如也，这怎么回事呢？

福顺看见母亲洛蒂抱着妹妹坐在床上，便问：“今天到现在小草姐姐还没有做饭？”

母亲阴沉着脸，过了好一会儿才说：“小草姐被人欺负了。”

“啊？谁敢欺负小草姐？我去找他算账！”

“用不着你去找他算账，人已带去了乡公所。”

“哦。”

“谁啊？”

“住这院里的。”

“还是邻居啊？”

“徐祥生。”

“福来他爸！”

正说着徐祥瑞进来了，他说准备吃饭了。洛蒂感到诧异，小草不在谁做的饭呢？徐祥瑞说是小石妈妈帮做的。

吃完饭，福顺又来到院子里，他看到福来一个人坐在房门前发呆，应该还没吃饭吧，福顺心里想。福顺从他面前走过，福来抬头望了福顺一眼又低下了头。他偷过大宝家的鸡蛋。福顺头脑中突然闪过这个念头。好像听小草姐说过也偷过我家的东西，他不吃饭怎么办呢？福顺又想到他的吃饭问题。

老梅树下站了一群人，奶奶正坐在一个板凳上，周围的人站在她的身边议论着，福顺走过去。

“这该死的祥生怎么能做出这种伤天害理的事呢。”

“小草只是个娃娃啊，今后怎么做人呢？”

“这院里那么多人他也敢？”

“听说昨晚他儿子福来出去玩没在家，小草去他家借斧头劈柴，他临时起意捂住小草的嘴巴，吓唬小草，不给他就用斧头劈死她。这孩子当时就吓傻了，只好同意。”

“听说小草今夜哭了一夜，早上洛蒂没见她进房间打扫感到奇怪便到她房里，她还躺在床上哭呢？刚开始小草不说，后来才把事情一五一十全说了。洛蒂感到事情重大便赶紧和祥瑞说了，祥瑞报告了村干部，后来乡里来人把徐祥生和小草都带走了。”

“这该生的徐祥生，畜生……”

福顺站了一会儿就走了。“福来还没有吃饭呢？”福顺头脑中又冒出了刚才的猜测。我是不是该送点吃的给他呢？

福顺走到了灶房，灶台上有半块饼，他拿过了饼又回到了院子里，福来依旧坐在房间门前低着头。

福顺走到福来面前停住了，他伸出拿饼的右手把饼递到福来的面前。

福来抬起头，望了福顺一眼又望了一眼伸过来的饼，他犹豫了一下还是接了饼又低下头去。福顺抬头望了望天，似乎很阴沉，快要下雪了，该到下雪的季节了。

两天后，小草又回到了徐家大院。

徐祥生一直没有回来。

回到徐家大院的小草沉默寡言，每天默默地做事，没事的时候就坐在板凳上发呆。老夫人有时望着发呆的小草会无奈地摇了摇头，叹几口气。

开春的时候，春耕开始了，徐祥瑞家地被分后还剩下十多亩，眼看庄上其他人家的地都耕完了，他家的地还没动。以前地都由长工或短工们种，现在长、短工们都有了自己的地，忙着种自己家的地了，再说了徐祥瑞也没钱雇佣长、短工了。好在城里原来皮具店的房子还在，租出后收了点房租维持生活。

地继续荒着，眼看快过了春耕季节了。徐祥瑞每天都要到自家地里转转，蹲在地上，望着嫩绿的小草从泥土里慢慢地冒出来。

一天早饭后，徐祥瑞照例又向自己家田里走去，他远远地看见一个人和一头牛好像在自家地里，他有些不相信自己的眼睛。走近一看，果真是在自己家的地里，那个耕田的人也看清楚了——吴二。吴二在他家新分的大黑牛后面吆喝着，黝黑的土地从行走的铁犁中向两边翻开。大黑牛摇着尾巴，努力地向前走着。由于背对着徐祥瑞，吴二没有发现徐祥瑞。徐祥瑞就这样站在地头默默地看着吴二耕田。

一趟到头后，吴二掉转犁继续耕，快到地头的时候看到徐祥瑞站在地头。吴二和徐祥瑞打了招呼："少爷，你家这地不能再荒了，再不种就会误了这季的庄稼。"

"我已不是什么少爷了，现在大家都平等了。"徐祥瑞笑了笑，把头抬向天空，若有所思地说，"现在徐庄只有你吴义全还记着我这个曾经的东家。"

吴二把牛喝站住，蹲在地上从腰间摸出烟袋来又拿出烟斗，发现没有火，他摇摇头又把烟斗放回了烟袋。

"还是叫少爷吧，喊习惯了。我家的地都耕完了，现在也没什么事，看到少爷的地还荒着就来帮耕了。"吴二说着随手捡起一块硬泥用手使劲一捏，松散的泥土便从他的手里散了开来，"今后家里有重活和我说一声，我来干。"

"现在是人民当家作主，你和我走得近不怕惹火烧身？"徐祥瑞笑着说。

“不碍事，不碍事。”吴二说着站起身来喝起了牛又开始犁地。

徐祥瑞呆呆地望着吴二和牛走向远处，这时他感到身后有动静转过身来，“洛蒂，你咋来了？”

“这几天我看你心神不定的，一定有心事了，便跟着你出来转转。”洛蒂抱着福霖微笑着望着徐祥瑞，“虽然我不懂得种庄稼，但我每天出来时看到庄上乡亲们忙碌的样子就知道农忙的时候到了，我们家没有人下田了，我知道你愁这个。”

“洛蒂，你跟我来中国受苦了。”

“自从我决定跟你生活的时候就想到了这一切。”

“未来不可知，或许将来还会更加困难。”

“我会陪着你一直走下去。”

徐祥瑞望着洛蒂动情地说：“我不光不能带给你富足的生活，而且现在也不能带你回意大利了，那边邮路都断了，也不知道那边的皮具店经营如何了。”

“前几年我还能收到姐妹们的信，她们说意大利现在经济恢复得很好，需要的材料已办好，让我迅速办好签证回去，最好一家都回去，实在不行让我和福顺先回去，他们还不知道我已有了女儿福霖。”

听到这话，徐祥瑞脸上掠过一丝惊慌，好像做了什么亏心事，他支支吾吾地说：“听说意大利上海领事馆已不办签证了，暂时回不去了。”

“回不去了？那怎么办呢？”洛蒂脸上露出无奈的神色。

“以后或许会有机会的。”徐祥瑞说。

“但愿如此！”洛蒂望着吴二远去的身影说，“今后我也要学做家务了，田里的事我也会学着做。”

“你要学这些？”徐祥瑞吃惊地望着洛蒂，接着他脸上又露出无奈的神情，“都怪我无能，不能让你过上好日子。”

“这不能怪你，我知道你也是没办法的。现在家务活全是小草在做，这个苦命的孩子，不遇到徐祥生这个畜生该多好。该找个丈夫了，小草结婚后，家里的家务可就没人做了，只有我做了。”

徐祥瑞叹了一口气说：“洛蒂，也是难为你了，相信将来这一切一定会过去的。”

## 二

徐庄小学后来的这位李姓男老师的家离学校比较远，来回不方便，开始几个月他早出晚归，中午吃自带的干粮。后来感觉来回跑实在太辛苦，产生了不想干的念头，找到乡公所领导要求辞职。乡里不同意，为解决这位男老师的吃住问题，乡公所安排男老师住到了徐家大院，在徐祥瑞家吃饭，男老师这才继续干下去。

学生喜欢这个年轻的李老师上课，他上课生动有趣，不像那位老先生上课，枯燥无味，课堂上学生不是睡觉就是开小差。

一天李老师教大家唐诗，李白的《静夜思》，他先领着大家读：

床前明月光，
疑是地上霜。
举头望明月，
低头思故乡。

领读了两遍后，李老师让同学们读五遍。接着开始逐字逐句讲解这首古诗的意思。他说：“这是一首思乡诗，每个人都有自己的故乡，故乡就是自己的出生地，有些人一生都没有离开自己的故乡，有的人出生后不久就离开了自己的故乡。长期离开故乡的人会思念自己的故乡，会有思念的感受，这首诗就是思乡的诗。”

李老师让每一位学生讲述对故乡感受，描述故乡的景致。学生大多没离开过家乡，纷纷讲述家乡风景。

“我的家乡是徐庄，春天有花，夏天有雨，秋天有风，冬天有雪……”

课堂上一阵大笑。

“请大家讲具体些。”李老师说。

“我的家乡油菜花很漂亮，黄黄的，有许多蜜蜂飞来飞去在花朵上采蜜……”

“徐福顺，你来说说你的故乡。”

徐福顺似乎有些紧张，很快就镇定下来。

“我的故乡离这里很远很远，我都不知道有多远，从故乡到中国坐了好多天的船。我的故乡是意大利一个叫米兰的大城市，城市里有好多条河，河上有好多条小船，离我家不远有一个大教堂，教堂前有一个大广场，广场上有很多鸽子……”

同学们静静地听福顺描述他的故乡，他的故乡是那么与众不同。

“你是外国人，你长得和我们不一样，你为什么到中国来呢？”

“我妈妈带我来的。”

“你想不想你的故乡？”

“想，很想，特别想。”

“想回到故乡吗？”

“想。”

“为什么不回去？”

“我也不知道爸爸妈妈为什么不带我回去。”

福顺的回答引起了大家极大的兴趣，大家纷纷问福顺一些问题，对他那个陌生的故乡充满了浓厚的兴趣。

“下面我向大家简单介绍下徐福顺同学的故乡意大利，意大利位于欧洲南部，形状像一只靴子……”

李老师吃住到徐家大院后，经常和徐福顺一起去学校一起返回徐家大院。福顺刚开始不愿意和老师一块儿走，感到有些拘束，一放学就跑出了教室，李老师有时还在整理东西。后来他感到李老师人很随和，他愿意接近李老师并希望与李老师一起同行。

李老师住在徐家大院原管家麻五的屋子，位于福顺所住房间的左边。以前小草不上桌和徐家人一桌吃饭，李老师来了以后要小草也上桌一起吃饭，起初小草不肯，徐祥瑞和洛蒂都要她上桌一起吃，小草这才同意。

小草的房间位于李老师的房间的左边，这样一来李老师房间左右两边分别住着小草和福顺。

徐庄小学没有专门的音乐老师，李老师兼做音乐老师，他教孩子们唱《南泥湾》：

花篮的花儿香，
听我们唱一唱，
唱一呀唱，
来到了南泥湾，
…………

李老师用笛子伴奏，笛声清脆悠扬。

晚上吃过晚饭后，李老师会到院子里散步，春天白天长，吃过晚饭离天黑尚有一段时间，李老师会到田野里走一走。早上他起得早，也会到附近的小山上转一转。

他穿的蓝色长衫已经发白，一个星期通常只穿这一件衣服，星期天回家再换另外一件，有时阴雨天来回没有伞，衣服淋湿了，徐祥瑞会取出自己的衣服给他换，他俩的身高体形都差不多。换下来的衣服小草会为他洗后挂在绳子上晾晒。

李老师和徐祥瑞都是被清算的地主之后，两家在一个乡内，据说是乡里两家最大的地主。以前两家还有所走动，抗日战争那会徐学仁和李老师的父亲同为抗日联合会的会员，经常在一起开会筹集抗日物资。

徐祥瑞有时吃过晚饭后会到李老师房内坐一会儿，两人会小声地聊天一直到半夜。没有人知道他们聊些什么，他们也从来不向外透露。

小草为李老师洗的衣服干了后会收下来送到李老师房间去，李老师表示感谢，有时也会和小草聊一会儿天。

李老师比徐祥瑞小几岁，本来已定了亲，城里一个商人的女儿。后来李老师家被清算后商人悔婚了。

有一段时间，李老师请了丧假，因为他老父亲去世了。办完丧事再次回到学校后，他有些沉默寡言，除了上课外很少说话，看得出他很难过。徐祥瑞到他房间里安慰他，两人会在夜深人静的时候在房间里喝酒，酒是李老师用工资买的，装在黑褐色的酒坛里。喝醉后两个大男人会在房间里痛哭。哭声惊醒了隔壁的小草，小草躺在床上静静地听着，久久难以入睡。

小草有时看着李老师上学的背影发呆，洛蒂看在眼里。

春天的天气暖和，晚上福霖早早就睡着了，徐祥瑞坐在床边发呆。洛蒂轻声地对徐祥瑞说："我看小草对李老师有那意思，你何不从中撮合一下。"

"李老师会看得上小草吗？先不说小草的出身，就是上次遇到那事，他心里也会过不去这个坎啊。"徐祥瑞说。

"他的情况和你差不多，时代变了，他的地位甚至还不如以前的雇工啊，地主的儿子现在没人愿意嫁，我和这院子里的女人们在一起聊天时听说的。"

徐祥瑞不再说什么，他陷入了沉思。

又一年端午节到了，端午节这天早上，李老师带着福顺、小草到小溪边一处茂盛的芦苇丛中采摘芦苇叶包粽子，芦苇丛中有一棵歪柳树歪向水面，柳树大部分树干都已枯死，只有很少一部分长着柳叶，长着柳叶的柳枝垂到水里如蜻蜓点水。芦苇从岸边一直延伸到水里，一阵风吹过沙沙作响，偶尔有青蛙"啪"的一声跳入水中，溅起一朵水花。福顺爬到歪柳树上玩，歪柳树的一节枯枝上有一个翠鸟窝，福顺想爬过去看一看有没有小翠鸟。李老师提醒福顺前面危险，必须要小心。福顺答应了，只是他的好奇心并没消失，坐在树干上不动，一只翠鸟从他头顶上"嗖"地飞过，飞入了芦苇丛中不见了。"那窝里是不是有刚才翠鸟的小鸟呢？"福顺还在想着。

李老师和小草已经忙起来了，他俩飞快地采着芦苇叶，小草挎的小竹篮里一会儿就采了半篮。

福顺在树干上待了好一会儿，他还是忍不住站起身来向那个翠鸟窝慢慢靠近，突然脚下一滑，他试图抓住树干终究没抓住，一下子掉到了水中。

李老师和小草正在采芦苇叶，听到水里掉了一个大东西，抬头一看，树干上福顺不见了，掉到了水里。岸边的水虽不深但也没及福顺的胸部，李老师迅速跳入水中连鞋子都没来得及脱，他在水中快速走到福顺身边抓住他就往岸边拉，两人爬上了岸衣服全湿了，李老师上岸时脚还崴了。

三人赶紧回家，李老师走路一瘸一拐，遇到上坡小草赶紧上前扶一把。回到徐家大院，院内的人见了李老师和福顺的狼狈样都忍不住笑起来。

徐祥瑞见到两人这副模样忙问原因，当听说是福顺的原因导致李老师全身湿了便责怪起福顺来，李老师摆摆手说小事一桩，让福顺赶紧回房间换衣服，他也回房间换衣服了。

小草把两人换下的衣服拿到井边洗，李老师说他自己洗不让小草洗。小草说："你的脚崴了不方便洗了，还是我来吧。"李老师拗不过只好同意了。

李老师出入不方便，小草便把饭端到他床头，让他坐在床上吃。小草还烧了热水给李老师泡脚，这让李老师很感动。

端午节第二天李老师请了假，在房间休息了一天，小草在房间里陪他说话，听李老师讲自己家里的故事。

端午节后第三天李老师便坚持去学校了。学校里那个老先生管不了孩子，学校乱成一锅粥。

中午做饭的时候，福霖睡着了，洛蒂来到灶房和小草一起做饭。洛蒂试着问小草感觉李老师怎么样？

小草说："很好啊。"

洛蒂问："有没有想过和李老师在一起生活？"

小草惊讶地望了一眼洛蒂，不相信自己的耳朵。

洛蒂又问了一遍。

小草说："我配不上他。"

洛蒂问："为什么？"

小草说："我身子不干净了，同时又是一个下人，李老师以前可是一个少爷。"

洛蒂说："时代不同了，李老师和你一样，大家都是平等的。"

小草说："他会嫌弃我的。"

小草说着低下头开始抹眼泪。

晚饭后，徐祥瑞到李老师房间聊天。徐祥瑞说：“兄弟你已二十多岁，在农村年龄不小了。早已到成家年龄了，考虑了没有？”

李老师说：“我现在是地主之子，人人喊打，没人敢做我媳妇。”

徐祥瑞问：“小草如何？”

李老师沉默半晌后，低下头说：“小草是个好姑娘，心肠好的姑娘，知冷知热。”

徐祥瑞又问：“愿意娶她吗？”

李老师不再言语。

徐祥瑞问：“莫非兄弟还是在意小草上次被徐祥生欺负之事？”

李老师摇了摇头说：“容我考虑一段时间。”

小草再见李老师似乎有些不好意思，不再主动到李老师的房间去，在同一饭桌吃饭也很少说话。李老师倒是一切依旧，甚至还主动和小草说话。

## 三

暑假不知不觉就要到了。放假前的最后一天，李老师在学校教学生《黄河大合唱》，他依然用笛子伴奏。

风在吼，
马在叫，
黄河在咆哮，
黄河在咆哮。
…………

徐福顺一直在笑，李老师问他笑什么？他说：“这是什么歌啊，马叫狗叫的。”同学们哄堂大笑。

李老师让大家严肃起来，他给大家讲了这首抗战歌曲诞生的背景和意义，又继续教下去，同学们学得非常认真。

歌教完了，李老师宣读同学们期末考试成绩，立秋语文数学两科加起来全班第一，徐福来、徐福顺分别倒数第一、第二。

放学回家的路上徐福顺考得差，不好意思和李老师同行，早早地跑回家了。吃饭时，洛蒂问福顺考试成绩，福顺低头不语。李老师笑着说："福顺是考得差了点，但他很聪明，今后成绩会好起来的。"

入夜，蛙声阵阵，月光皎洁，如水一般洒满院子。

徐福顺被尿憋醒，他不想起床却又躺着不舒服，干脆起床，披上衣服。当他刚想拉开门的时候隐约听到院子里有人说话，这深更半夜谁在说话呢？他心里想。他想看个究竟又不敢拉开门，干脆到了窗户边，用手指蘸着口水把窗户纸弄开一个小洞，他顺着小洞望向院内，院内的情况一清二楚。院内那棵老梅树下坐着两个人，背对着福顺的窗户，这大半夜的为什么会有人坐在那儿。难道是鬼？他心里想着，有些害怕，李老师在课堂上说过世上是没有鬼的，人死了就死了，不会变成鬼，让同学们不要相信迷信。福顺也相信了世上没有鬼。只是他有强烈的好奇心，究竟是谁在说话呢？他仔细地听他们对话。

李老师？徐福顺确定其中一个人是李老师，他对李老师的声音太熟悉了。

"李老师，这么晚还没睡？"另外一个人说话了。

原来是小草姐，小草姐为什么在夜里和李老师在一起说话呢，福顺感到不明白。

"你也还没睡啊！"李老师问。

"嗯，睡不着，出来转转。"

好一会儿两人都没有说话。

福顺看到李老师望着天空中的明月，并没有看小草姐，自言自语道："今晚的月亮真圆啊！"小草姐依旧低着头。

"上次祥瑞哥和我提及了我俩的事，不知他或洛蒂姐和你说了吗？"

"嗯。"小草姐声音很小，福顺还是听到了。

"你是怎么想的？"

"我配不上你。"

“哈哈……”李老师突然仰天大笑，“我有什么，我还能有什么！我这个地主的后代人人喊打，能有人嫁我吗？”

福顺吓了一跳，李老师的笑声太大了，福顺感觉父母都可能被吵醒。

“你看不上我？”

“不是，我的事你知道的，脏！”

福顺看到小草姐把头伏在膝盖上呜呜地哭起来。

“我需要的是灵魂的干净！”李老师对小草姐说。

一片乌云遮住了月亮，夜色一下子暗了下来。

“你是个好女孩，我需要你，只是我今后也许不会给你带你幸福……”

“李老师，我本是苦命的人，这辈子不指望大富大贵，有口饭吃活着就行，上次碰到这事本想一死了之，只是想到老太太一家对我的恩情无以相报，假如我死了，徐家连个做饭的人都没有了。”

“徐祥生这个狗东西在牢房里可要待不少年了，也是罪有应得，只是苦了你，苦了他的儿子徐福来。”

“徐福来现在吃百家饭了，成了野孩子。还好这庄上的人家都能给他一口饭吃。”

“我明天就要放假回家了，先和母亲说下这事，虽说已不再包办婚姻了，也要尊重一下老人的意见。”

小草姐默不作声。

福顺发现过了好一会儿两人都没有说话，尿憋得急，他想拉开门出去，不管他们了。就在这时，福顺听到李老师说话了。

“天不早了，回去睡觉吧。”

两人便各自回房，福顺听到左右两边房门关上的声音，立马拉开门冲到院子里撒尿。

## 四

暑假总显得漫长和无聊。福顺每天都和立秋、大宝、小石在一块儿玩，福来也想加入他们，但福顺四人排斥他，不想和他在一起玩。福来只好每天一个人到处游荡，他家的地已荒了，徐祥生入狱后，地里便开始长草。村干部组织人去他家地里除草，没人愿意去。上面发了救济粮村里不得不为福来准备，村干部指定一家为福来管饭，粮食由村里凑，不能这样让他饿死。

夏收了，徐祥瑞请了吴二和庄上好几个人帮忙，总算把粮食归了仓，他算了一下这十亩地收的粮食也够一家几口人吃的了。麦子收上来后又要耕地放水栽秧，徐祥瑞不得不又要请吴二，他心里感到过意不去，只有请吴二到家里吃饭，吴二不肯，徐祥瑞只好作罢。

一直请人帮忙也不是办法，怎么办呢？徐祥瑞下定决心自己开始学做农活，他很清楚自己必须这么做，自己已不是从前的自己了。他脱去长衫，挽起裤子和吴二一起去放水，栽秧时他跟在吴二后面学。小草也到地里栽秧，福顺也被喊到了地边，帮助运送秧苗。

洛蒂现在完全像个农村妇女，洗衣、做饭、打扫院子，甚至有时也到自家的田里慢慢学做农活。她穿起了粗布衣服，与一般农村的女人没什么两样，除了长着一副洋面孔。福霖已开始蹒跚学步，甚至发出了咿咿呀呀的学话声。

当树上的叶子开始飘落的时候，徐庄小学又开学了。李老师准时来到了学校，当然他还是住在徐家大院。李老师心情很好，见到院里的人主动打招呼，见到小草时他迟疑了一下，小草见了李老师一扭头走了。

福顺本应升入二年级，但他的成绩实在太差，只得留了一级，和他一起留级还有徐福来，立秋、大宝、小石升入了二年级。

李老师教一年级和二年级数学同时兼任音乐、体育、美术老师。教语文的老先生这学期不再教了，因为他年龄太大了，身体也不太好。又来了一个年轻的女老师，听说刚从县城的中学毕业，就被安排来徐庄小学教书。

福顺似乎有些不开心，他的几个好伙伴都顺利升入了二年级，而自己却留了级。李老师对他说打好基础是件好事。李老师依然和福顺一起上学和放学，福顺没有了以前的拘束之感，有时放学李老师收拾东西他还会等李老师一会儿。

这学期班上总共有五六个熟面孔，全是留级生，其余二十来个全是刚来的新生。福顺旁边坐着个女生，名叫苏慧珠，是隔壁村苏庄人，齐耳短发，一双不大的眼睛却也十分有神。起初这个女生在教室里一句话都不敢说，李老师向她提问问题，她都会脸红也不说话，李老师无奈地冲她摆摆手让她坐下。

福顺怀疑苏慧珠是个哑巴，从来没听见她说话。直到有一天课间福顺才证实苏慧珠不是哑巴，福来和福顺在教室追逐打闹时不小心撞到了苏慧珠，只听她“哎哟”一声跌倒在地，这便是福顺第一次听到苏慧珠的声音。

有一次班主任李老师统计学生的成分，让学生一个一个回答。轮到徐福顺回答，徐福顺答：“地主。”轮到苏慧珠，苏慧珠答：“贫农。”她声音小得好像只有她自己能听得到，这也是徐福顺第一次听到她说话。

全班统计结果，地主成分一人，中农成分一人，其他都是贫农。属地主成分的只有徐福顺，不过现在班里没有同学歧视他这个地主成分了，甚至班里选举班长时福顺的选票最多，还被推选为班长。

## 五

徐老夫人的身体一日不如一日，整天咳嗽，到了冬天咳嗽得更加厉害了，甚至咳出了血。饭量也越来越少，甚至有时一天都不吃一口饭。天气一天天变冷，老夫人由每天下床走几步到不再下床，说话也很少。小草整日伺候床前，端屎端尿如同亲生女儿。老夫人自知时日不多，在一个风雨交加的晚上，老夫人让小草喊来了徐祥瑞，她有气无力地说：“你爸去年走了，我本想随他而去，只是放心不下你们，徐家眼前虽然衰败了，我们要有骨气，任何时候都不能低头做人。你回来这几年也看见了人情冷暖，我死之后买口棺材埋了就是，不必办丧事，现在我们家条件也不允许了。要好好对待洛蒂和福顺，特别是福顺，虽不是亲生的，但要像亲生的一样待他。”

徐祥瑞对母亲交代的事连连点头答应。

老夫人又望着小草，轻轻地叹了一口气道："我一直把你当作亲闺女看，你却一直干着下人的活，本想在你出嫁的时候多送一些嫁妆，现在看来是不可能了，只想在我闭眼之前能看到你和李老师结婚就好了。"

小草说："感谢徐家的养育之恩，没有徐家我早已不在这世上了。"

老夫人说："听说李老师的母亲同意了你们的婚事，抓紧办了吧。"

小草点点头。

为满足老夫人的心愿，李老师和母亲商量决定年前把婚事办了，李老师请徐祥瑞作为媒人，现在徐祥瑞有着双重身份，娘家人和媒人。李老师向徐祥瑞要了小草的生辰八字，请人合了结婚日子，定在腊月初六，为黄道吉日。

小草结婚之日，老夫人精神焕发，让人抬着下了床坐在院内椅子上，迎接客人。小草头戴红花，一身红装，她到街上专门请人化了妆，脸红红的，像一个成熟了的红苹果。

小草结婚后的第六日夜里老夫人去世，她走得很安详，没有一丝痛苦。

徐祥瑞按照老夫人心愿，请木匠做了一口棺材，亲戚只请了老夫人娘家人和徐家近房的几家。小草以女儿身份参加葬礼，出殡之日小草哭得死去活来，甚至哭昏了过去，或许她在哭自己的身世，又或许她是在感恩。

洛蒂现在完全变成了一个家庭主妇。小草结婚后便离开了徐家大院，寒假后的第二学期李老师便没有再到徐庄小学上课。他调到了离家近的一所小学任教，主要能好好照顾家庭。小草结婚不久还经常回到徐家大院忙上两三天，只是后来怀孕了便来得越来越少了。

李老师离开徐庄小学后，乡里又安排了一位姓张的老师，这位老师据说是一位复员军人，也是当地人，在部队是文化教员，参军之前上过几年私塾。

张老师一脸严肃，同学们没有看到他笑过。张老师教语文课，原来教语文的老师改教数学，其他的体育、美术课两位老师分开教，音乐课两位老师都不擅长，也就没开课。

福顺留了一级现在是班里年龄最大的学生，又是班长，这下没人敢欺负了。张老师上课前有一个特点，就是让班长先点名，点到者喊“到”。他主要想认识这些学生。

第一次点名，福顺点到苏慧珠，苏慧珠答：“到。”只是声音小，福顺听到了而张老师没有听到，大概是他在战场上耳朵被炮弹震聋了，声音小就听不到。福顺接着往下点，张老师用教棒敲了敲桌子，“停！停！苏慧珠来了没？”同学们一齐望向苏慧珠。福顺答：“来了。”张老师说：“我没要你回答，苏慧珠呢？”

苏慧珠满脸通红站了起来，“老师，我到了。”

“坐下，下次声音大一些，蚊子声似的。”

“是！”

## 六

1951年开春。

徐祥瑞开始学耕田，他是跟吴二学的，吴二耕一个来回徐祥瑞接着上，吴二赶牛喊着号子，他的号子高亢嘹亮，牛听了似乎都是一种享受，耕起地浑身带劲。徐祥瑞不会喊号子，牛耕得没精打采，他试着喊了一嗓子，发出的怪声连自己都不好意思，牛似乎还是无动于衷。他从肩上取下鞭子猛地抽一下，牛吓了一跳，赶紧向前跑，所耕的地也变成时深时浅。吴二见状连忙跑过来喝住了牛，往后退，重新耕。就这样学了两三天，徐祥瑞基本上能够独立耕地了。

福霖已经可以独立走路了，甚至学会了“爸爸……妈妈……哥哥……”

洛蒂无论走到哪儿都要牵着福霖的小手，福霖看着妈妈洗衣、做饭，不哭也不闹。有时候妈妈到小河边洗衣，她也跟着，妈妈怕她掉到河里就用一根长长的绳子拴在她的腰间，另一头系在树上，她就在树下静静地坐着看妈妈洗衣服。

插秧的时候，徐祥瑞在稻田里插秧，洛蒂会牵着福霖的手给徐祥瑞送水送饭。

又是一个星期天，天似乎要下雨了，异常闷热，徐祥瑞家的稻田离家比较远，他会一直在田里栽秧苗，午饭由洛蒂做好了送到田里。

福顺本想去找小石和大宝玩，到了他们家一看全被他们的父母叫到了稻田里干活了。他只好一人坐在院里的老梅树下发呆。

洛蒂早早地做好了午饭，用陶罐装上了一些留给徐祥瑞，用碗装了一些菜一起放在食盒里准备提着送去。她喊了一声在老梅树下发呆的福顺，娘仨急匆匆吃了午饭便提起食盒往自家稻田方向走。

当她们沿着海边的大堤向前走的时候，突然前方出现了一支队伍，大约二十几个人，各个端着枪，弯着腰向前走。

洛蒂看这支队伍的服装，似乎见过，眼熟。她想起来了，也就是在肖队长前面到过徐家大院的那支队伍。小玉跟那“团座”一起走了，对！就是“团座”的队伍，他们穿的衣服与那“团座”队伍的衣服一模一样，莫非“团座”又回来了？正想着那伙人已到了洛蒂娘仨跟前。

“站住！干什么的？”为首的军官拿着一支短枪抵住了洛蒂的头。

“送饭！”

“送饭？给谁送饭，给我们送饭？知道我们饿了，好样的。”

“给我丈夫送饭，他在田里栽秧。”

“哈哈！拿来！”

那个军官一把夺过食盒，递给身后的士兵，福霖吓得紧紧抓住母亲的衣角，惊恐地望着这伙人。

福顺也吓得躲在母亲的身后。

“啊？还是外国娘们。”

“真的哦，你看那蓝眼睛，黄头发。”

“兄弟们今天开荤吧，也尝尝外国娘们什么味儿。”

一个士兵上前摸洛蒂的脸，洛蒂吓得跌坐在地，福霖吓得哭起来。

“让长官先上。”一个士兵笑着说。

“不，不，不要……”洛蒂连连哀求。

福顺握紧了拳头，圆睁着眼睛上前试图护住母亲，被一个士兵抓住头发狠狠地摔到一边。

“这外国娘们还会说中国话呢？”一个士兵笑着抓住洛蒂的手，另一个士兵抓住洛蒂的衣领。

洛蒂脸色苍白，眼睛里充满无助。

“砰！”远处传来一声枪响。

众人大惊，这伙军人放开洛蒂全部趴在地上，举着枪向远处瞄准。

“砰！砰！砰！”又几声枪响。

“撤！撤！快撤！”那个军官边发布命令边爬起来猫着腰退到大堤下。众士兵也都跟着退到大堤下。

“看！民兵！”一个士兵大叫道。

那个军官顺着那士兵的手指向远处一看，一支四五十人的队伍正快速向这边移动。

“快！快！向海边撤！抓紧上船。”

转眼之间这伙军人便在枪声中撤退到海边上了船，等到民兵赶到时船已消失在风浪之中。

洛蒂还坐在地上，福霖抱住洛蒂的一只肩膀大声哭着，福顺站在一旁呆呆地望着母亲。

“嫂子，受伤了吗？”一个民兵领导模样的人关切地问洛蒂。

洛蒂摇了摇头，惊魂未定。

“这伙人经常从海上过来骚扰，下次一定要小心了，今天幸亏我们及时赶到，否则后果不堪设想。”

一个民兵把丢得老远的罐子、碗、食盒捡起来放到洛蒂身边。

洛蒂一句话也没有说，呆呆地望着他们。

海上起风了，海水拍打着岸边，像婴儿的哭声。一大片乌云遮住了太阳，天要下雨了。

民兵们走后，洛蒂依然坐在那儿，有雨点落下。洛蒂似乎醒了，慢慢地站起来，牵着福霖的手往回走，福顺提起食盒跟在后面。

“家在哪儿？我怎么找不到家了？”洛蒂自言自语道。

“妈妈，你不去爸爸那儿了？”福顺问。

“嗯，不去了，饭都没有去干吗！家在哪儿呢？”

“从那边走，跟我来。”福顺说着，赶紧到前面带路。

雨下得大起来，洛蒂拉着福霖跟在福顺身后跑，天也变得黑起来，似乎进入了夜晚。

经历这件事后洛蒂好像变了一个人，不再主动和别人说话，有时还一个人自言自语，甚至没有缘由的痛哭。她厌食，日渐消瘦，经常一个人坐在床上发呆。

徐祥瑞带她看了本地郎中，吃了中药，也到城里看了西医，甚至找了远近闻名的所谓“神仙”，一切似乎没有什么作用。

天气由热变冷，进入深秋后，田里的水稻一片金黄，如黄金铺地。收割水稻时徐祥瑞一个人收一个人往家里挑。洛蒂的病情似乎更加严重了，家务也不能做，徐祥瑞学会了洗衣做饭。还好吴二自己家收完了来帮徐祥瑞忙了两天，才终于把稻子收完。

“我要回意大利，我要妈妈。”入冬以来洛蒂一直在嘴里念叨。福顺放学后，她会让福顺到她身边给他讲家乡的故事，一遍又一遍。

过年时，洛蒂已经骨瘦如柴，说话也没有力气，夜里睡觉经常惊醒。好不容易过完年，洛蒂已卧床不起了。

## 七

十岁的福顺从来没有想到母亲会死去，他从来没有想过没有母亲的世界是什么样子，而现在母亲真的离他而去了，本来他还想和母亲一起到田野看各种各样的野花，母亲是那么爱花。母亲告诉福顺他意大利名字叫丹尼尔，她在意大利的米兰开了一个花店，花店离教堂不远，教堂前广场上有成群的鸽子。

福顺依稀记得那座大教堂，有着高高的尖顶，教堂里金碧辉煌，有很多人跪在那里做祷告。教堂前的广场上有大量或起或落的鸽子，他甚至还记得母亲带着自己喂鸽子。

母亲现在悄无声息地躺在屋子正中，院子里的月季、玫瑰花香一阵阵飘进屋子里，围绕着母亲，母亲生前最爱花香，甚至路边的野花都要摘下来闻一闻。

福顺想，母亲闻了这些花香会醒来吗？他想母亲或许会睁开眼喊他。福顺还是失望了，他想人为什么会死呢？听老师说神仙会长生不老，母亲为什么不是神仙。

福霖趴在母亲身边摇着母亲的手，“妈妈，妈妈”喊个不停。只是母亲静静地躺在那儿也不理她。福霖哭了，她不明白母亲为什么不理她。

福霖跑去问哥哥：“妈妈为什么不说话？”

福顺说：“妈妈死了。”

福霖问：“什么是死？”

福顺回答：“就是睡着了，永远也不会醒来。”

福霖又哭了，说要让妈妈醒来。

福顺一直在想父亲为什么不带母亲回到意大利，他印象中意大利比这儿要好玩，人多车多房子也多。

父亲让福顺跪在母亲头的前方，有人前来祭奠时福顺要磕头还礼。福顺感到奇怪的是平时很少见的人都来了。李老师和小草也来了，小草肚子很大，肚子里应该有个宝宝了。

小草坐在洛蒂的身边哭了很久，是那种撕心裂肺的哭，在福顺的印象中小草从没有这样哭过。更让福顺没想到的是大头和他的父亲也来了，大头的父亲头发白了好多，他还和以前一样没有说多少话，大头告诉福顺，他已经上学了，还说上学真好，不用劳动了。

徐家大院里的人一一来到这间屋子里，女人们进屋都要哭一会儿，甚至还边哭边诉说洛蒂的好，男人进屋都要安慰一会儿父亲。

几乎庄上每一户人家都来了人，他们面露悲哀之色，屋子里传来一阵又一阵哭声。福顺跪累了，感到浑身酸痛，见前来祭奠的人都离开了，他也起身来到院子里。院子里花香更浓，甚至还夹杂着麦子的味道。他走出院子，门外有一棵桃树，开满了粉红色花朵，外面静静的，没有一点声息。偶有一只鸟从天空中慢悠悠地飞过，福顺向山上望去，整个山都包围在绿色之中。

福顺好像听到一种音乐声，缥缈、虚无，好像从天上白云间传来，福顺感觉这音乐既熟悉又陌生，好像小时候在米兰大教堂听过，母亲似乎也会哼几句。他又好像听不到这音乐声了，向天上张望时，白云已变成了乌云，天气也突然变凉。要下雨了？福顺心里想着。有风吹来，把桃花也吹得四处飘散。他的脸上感觉有雨点落下，开始一两滴，接着雨滴越来越多，整个天空密布着细细的雨丝。福顺就这样站在雨中，就这么胡思乱想。父亲也从屋里出来了，他对福顺说："回屋吧，我们一家人在一起，不能让妈妈太孤单。"

福顺点点头，用手捋一下被雨水淋湿的头发，慢慢转过身向屋里走去。

母亲的丧事结束后，福顺感觉父亲一下子苍老了许多，甚至已经有了许多白发，衣着打扮也与周边的人一样，吃饭时会端着碗和院子里的邻居们一起聊天。

福顺回到学校上课后，感觉同学们都以同情的眼光看着他，教语文的老师还和以前一样上课前让福顺点名，点到苏慧珠时，她的声音也大了许多，老师满意地点点头。现在福顺上课时思想会开小差，其实他也想控制自己集中精力听课，但总是会想母亲，想自己和母亲在一起的日子。有一次老师喊他回答问题，连喊他两次都没有回应，他在回忆和母亲在米兰教堂广场喂鸽子的情景。老师走到他身边用教棒敲了敲桌子，福顺一惊，扫视了一下四周，发现大家都在望着他。老师让他站起来又把问的问题重复了一遍，回答完问题老师让他坐下也没有批评他。福顺有些自责，下次再也不能这样了。

父亲整天在地里干活，妹妹福霖也跟着，母亲去世后福霖整天默不作声，在福顺眼中妹妹很漂亮，她长得像母亲，特别是眼睛，蓝色的，蓝宝石一样，她的头发是黑色的，与父亲的头发一样，福顺对自己金色的头发似乎有些讨厌，他希望自己也和身边人一样有着黑漆一样的头发。

有时中午放学福顺回到家，父亲带着福霖下地干活没有回来，在下田之前父亲会准备一些饼和炒面之类的干粮在家里作为福顺的午饭。望着空荡荡的屋子，福顺会感到十分孤独，他怀念以前这院子里热闹景象，那时爷爷、奶奶、母亲、小玉、小草、李大爷、麻五先生等一大群人生活在这个院子里，现在这些人都离开了。即使晚上父亲和福霖回到家，福顺还是感觉家里空荡荡的没有一点生机，父亲在家很少说话，常常一个人默默地抽烟，妹妹也很少说话。福顺的作业在学校都做完了，天黑尚早，父亲会早早做好晚饭，爷仨吃过饭相对无言。福顺会到院子外面找大宝玩，立秋要做家务了，不像以前一样出来玩。当天黑后福顺回到家里时，父亲和妹妹通常已睡了，父亲鼾声如雷，整个院子里都能听到。

班里又调整了座位，苏慧珠调到了第一排，福顺还在以前的座位没有动。调过座位的那天中午福顺最后一个离开教室，他心里有些郁闷，总觉得把苏慧珠调走有些不习惯，尽管原先苏慧珠的位置调过来一个漂亮的女生。当他走出教室时却吓了一跳，苏慧珠站在教室外面，他不知道苏慧珠站在外面干什么，便也不打招呼往前走，其实他自己也觉得没必要打招呼，因为两人从来就没有说过什么话。

"你等一下。"

福顺站住了，环顾了一下四周，除了他和苏慧珠外也没有其他人，他确信苏慧珠是在喊他。

"给你一样东西。"

苏慧珠走过来从书包里取出一件东西放在福顺手里便跑开了。福顺愣了一下，一看手里的东西——甜糕。

这是个稀罕的东西，福顺感觉有几年没吃过这东西了，自从家里的地被分了后就没吃过。苏慧珠怎么知道我想吃这东西呢？唉，不考虑这些了，福顺站在教室外面狼吞虎咽地就把这块甜糕吃掉了。

味道真好！他似乎有些回味。"苏慧珠真不错，能带东西给我吃。"福顺边想着边迈开腿回家了。

日子就这样一天天过去，每天重复同样的事。直到有一天，父亲和乡亲们一起种地，不再独自耕种自己家的十亩地时，福顺意识到土地又变化了，随着年龄的增长，他对土地愈加敏感，土地可以长出粮食，有粮食就不会饿肚子。每天上学时福顺看到父亲和庄上的人一块儿在地里劳动，那一群人的装束基本上一样，不过福顺还是一下子能认出哪一个是他的父亲，父亲弯着腰，不时用手抹一把脸上流下的汗水。福霖依然在地头玩，她还没到上学的年龄，学校不收。有时福霖上学看到妹妹在路边，脸上抹上了泥巴，他会用衣袖擦去她脸上的泥巴。他想带妹妹去上学，为此他央求过老师，老师不同意，说下学期才可以，福顺就希望下学期早点到来。

收获的季节又来了，田里一片金黄，甚至把天空也映成了黄色。布谷鸟在远处看不见的地方咕咕地叫着。父亲和一众乡亲在田里忙碌着，有妇女唱起了民歌，歌声柔和，温柔得像春风一样令人感觉很舒服。

分粮时父亲扛回来一袋粮食，福顺诧异，问："怎么就这一点粮食？够我们一家三口吃吗？"父亲说："会经常分的，不用担心。"

福顺总担心粮食吃完接不上会饿肚子……

上小学的最后一年，妹妹福霖也上学了。也是从这一年起，学校地址发生了变化，新的徐庄小学已经建了起来，秋季开学时学生便搬了过去。原徐庄小学也就是徐家祠堂又空了下来，村里安排了几户五保户住了进去。

福顺每天带上妹妹一起上学放学，福霖牵着哥哥的手，脸上常带着笑，她很开心，心里暖暖地如秋天温暖的阳光，自己再也不用孤独一人在田头玩了。

小学毕业后，福顺要进入一个陌生的地方——乡里的中学。这所中学的名字叫东方红初级中学。

这是刚建校两年的学校，福顺是第二年进入这所学校的学生。学校一切似乎还是新的，青砖青瓦，三排房子，房子散发着新味道，如墙壁上的石灰腻子散发着石灰的气味，房梁圆圆的木头上散发着桐油的气味。老师的办公室位于第一排房子，操场在第一排房子前面，操场有两个篮球架，一东一西相对而立，木头的，默默相望。挡板上的铁圈已生锈，大概已经历过夏季的雨季。操场边栽着或大或小几棵槐树，枝叶还不甚繁茂，其中有一棵已死了，枝丫干枯。

学校旁边有一座小山，山不高，站在学校的操场上可以清楚地看见山顶上的小庙，小山被绿色包围，间或会有一两只鸟从树丛中飞出，慢悠悠地经过操场上空。

福顺意外地遇到了大头，几年没见，大头的头还是那样大，只是面色有些黄，不似以前红润。

大头现在和福顺一个班，大头个子小坐在前排，而福顺个子大，坐在后排。福顺记得大头应比他早一级，大头说小学时因生病留了一级。大头还和以前一样说话不多，有时下课了也在教室呆坐着。

立秋小学毕业便没有再上初中，其实她是考上了的并且是徐庄小学毕业生中考得最高的，她的父亲吴二不让她上，吴二认为女孩子认识几个字就行了，放眼整个徐庄，女孩子读到小学毕业也没有几个人。大宝上了初中比福顺高一级，他也是东方红中学第一届学生。福来念到小学四年级就不念了，他实在念不下去了，刚好父亲徐祥生服刑期满从狱中回来了，福来也结束了吃百家饭的生活，爷俩又回到了徐家大院以前的房子里生活。苏慧珠也来到了东方红中学，巧的是又和福顺一个班，甲班。初一年级一共两个班，甲班、乙班。

学校为路远的同学提供住宿，福顺没有在学校住宿，每天一个来回，中午吃早上带去的干粮，他不是不想住校而是实在住不起，要交费交粮食，家里实在拿不出钱粮来，队里分的粮食少，目前父亲和妹妹只能喝稀粥，挤出一点粮食与野菜做成饼给自己当学校的干粮。每天中午学校上过第一节课福顺的肚子就叽里咕噜响个不停，早上吃的稀粥经过七里路的走动早就消化完了，吃一顿饱饭成了福顺的渴望。饥饿严重影响了他听课，他头脑中想的都是食物，甚至出现了幻觉，老师手中的粉笔变成了油光满面、香味四溢的烤肠，坐在前面同学的脑袋成了热气腾腾的白面馒头，桌子上的一本本书都成了一碟碟热乎乎的饭菜。

苏慧珠现在与福顺还和以前一样很少说话，只是在走读生中，他俩回家是一条路，只是很少一块儿走，苏慧珠似乎在刻意躲避着福顺。

元旦快到了，学校以班级为单位组织迎元旦篮球赛，福顺长得人高马大，班主任让他参加，福顺不想参加，现在饿得都走不动路了，哪有力气打球啊。班主任要求他一定要参加比赛，认为这是为班级争荣誉，福顺只得参加。

福顺作为前锋担负着进攻的重任，在课间训练时福顺带球时感到力不从心，明明要投篮却没有力气投出去。

正式比赛那天学校停课，在球场四周围满了观看的同学，不同班级的同学都在为自己班级喝彩。

为增强体力让比赛更好看，学校为参加比赛的同学每人分了两个大白面馒头。福顺分到馒头时便狼吞虎咽地吃了一个，另一个他留着晚上带回去给妹妹吃，妹妹好久没有吃到这细粮做的馒头了。福顺吃了馒头顿时感到浑身充满了力气，带起球也轻松了不少，甚至能连过对方两名拦截队员，精彩的比赛赢得现场观战同学一遍又一遍的掌声。

突然对方一个拦截，福顺出手的球被拦飞到场外，刚好飞到了观战的苏慧珠的脚边，苏慧珠立马蹲下身拾起了球，几个队员望着苏慧珠，等着她把球抛出。苏慧珠微笑着直接把球抛给了福顺。福顺接到球后冲着苏慧珠做了一个鬼脸，引得场边同学大笑。

比赛结束后福顺回家时天已快黑了，他匆匆往家的方向走去，走着走着天就黑了，在经过一条小路时福顺看见好像有一个黑影蹲在路边，他心里有些害怕。他知道这段路晚上很少有人走，小路两边的地里有好多坟墓，有大有小，坟上有杂树，有时从杂树上扑棱飞出一只鸟来会让走夜路的人吓出一身冷汗。

福顺停下了，不敢往前走。过了一会儿那个黑影似乎还动了一下，他想回去绕道走也没有路可绕。他等了一会儿想看后边有没有人过来，有人过来时刚好结伴过去，过了好长时间还是没人过来，最终他下定决心快速过去，是人是鬼不管了，况且小学还学过鲁迅先生的《踢“鬼”的故事》，老师说过世间根本就没有鬼。当他经过那个黑影时，那个黑影还动了一下，似乎还发出一声痛苦的呻吟，福顺一惊，感觉身上的汗毛都竖了起来，他快速跑开了。

“徐福顺，徐福顺。”那个黑影喊了两声，福顺感觉这个声音似乎很熟悉，在哪里听过，一时又想不起来，离开那个黑影一段距离后，福顺猛地停下了，刚才由于太紧张对声音的辨识度差，现在他感觉那个声音是苏慧珠的声音，但他想想也不对啊，苏慧珠明明早走了。他决心回去，说不定真的是苏慧珠遇到了难处。

当他再次接近那个黑影时，那个黑影说话了：“徐福顺，我肚子，好……好……好痛。”

“苏慧珠？真的是你？”福顺确定黑影就是苏慧珠。

“嗯。”

“怎么回事？肚子痛？”

“嗯。”

福顺蹲下身，这下看清楚了，苏慧珠坐在地上，两只手捂住肚子。

“这怎么办呢？”福顺心里想，老蹲在这儿也不是办法啊。他想背苏慧珠走又感到不好意思，平时也没说过什么话。他想到几年前苏慧珠送他甜糕的事让自己感动了好久，现在必须要帮她。

“我来背你吧。”

“嗯。”

福顺背上了苏慧珠，感觉她也不重，心想吃了一个大馒头就是不一样，打了球现在还有力气。福顺打算把苏慧珠背到徐庄的老医生家看一看，还有两里路远，他咬牙坚持。

“你……要……累，就停下……歇一下。”肩上的苏慧珠说。

“不累。”福顺感觉一旦停下来再走就会更吃力。

前面不远就是徐庄也是自己家所在的庄子，有狗开始叫唤，接着一庄上的狗都开始叫唤。

福顺总算把苏慧珠背到了老医生家门前。

老医生已睡下，福顺敲开了门，把苏慧珠扶到了屋里，屋里弥漫着酒精的味道。

问过了病情后，老医生说："身上来了不能喝冷水，你这是身上来了喝了冷水加上饿才成这样，你看看手都饿肿了。"

老医生把开水倒进热水袋，把热水袋递给苏慧珠让她放在肚子上。过了好一会儿医生问感觉如何。苏慧珠说好多了，她站起身来要回家。老医生又交代了一番注意事项，两人告辞。出门后，福顺说要送苏慧珠回家。

苏慧珠说："你已到家了，不要再送了。"

福顺说："也不远了，送送吧。"

苏慧珠说："有劳了。"

福顺感觉苏慧珠精神好多了，也能独自走路了，变相跟着往前走。只是感觉她走路还是有些打晃。福顺想起刚才老医生说她饿得手都有些肿了，便从书包里取出那个留给妹妹的大白馒头塞到她手里。

苏慧珠一惊，问哪来的，福顺告诉了她，苏慧珠怎么也不要，福顺急了："我家目前还能坚持，你已不能坚持了，快拿着。"

黑暗中福顺看到苏慧珠在抹眼泪。

到了苏慧珠家后面，苏慧珠把馒头递给福顺，让他带回去给妹妹吃，说他妹妹应该好久没吃馒头了。

福顺把馒头硬塞在苏慧珠的书包里转身跑了，跑了很远回头看见苏慧珠还站在那里。福顺心里暖暖的，他遥望漆黑的夜空，似乎有一颗星星正发着耀眼的光芒，为这冰冷的冬夜带来一丝温暖。

漫长的冬季终于熬过去了，当路边枯黄的杂草中露出新的嫩芽时，田野里已出现了许多挖野菜的人。只要能吃的东西，包括路边榆树刚出的嫩叶，甚至柳树叶都被人们用来充饥。人们感谢春天、感谢大自然的馈赠。徐家大院里老梅花开过后，门前的那棵桃树又开花了，粉色的，在阳光的照耀下也让春天充满了无限活力。终于等到了麦穗饱满，虽尚未发黄，饥饿迫使人们走进麦田采摘青青的麦穗回家用火烤，吃搓下的麦粒，人们枯黄的脸上也有了红色。唉，总算度过了这困难的一年。

对于福顺来讲，这初中的三年过得异常漫长，主要还是吃的问题，上课时那饥饿的折磨让他无法正常听课，好在快要毕业了。毕业前的五一劳动节，学校编排了庆五一节目，各班级都要选送一个节目，福顺所在的初三甲班选送了《白毛女》选段，班主任让苏慧珠演喜儿，大头演喜儿的爹，对于黄世仁这个角色，班主任选了几个男同学试演都不满意，最后找到了福顺想让他出演。福顺很惊讶，继而内心有些生气接着便是愤怒了，只是他没有表现出来，全校的人都知道他福顺是大地主的后代，想要他本色出演吗？这不是对他的侮辱吗？或者现实中再来一次批斗。福顺拒绝了，班主任有些生气，苏慧珠知道后找到了福顺，她耐心做他的思想工作，"这只是演戏想那么多干吗？黄世仁就是黄世仁也不是你徐福顺，并且上台时间也不长，一个小配角而已。"

经过苏慧珠做工作，福顺同意了。

演出地点位于学校操场上，舞台是由课桌搭成的。

苏慧珠上场了，她穿着借来的补了几个补丁的红棉袄，一条齐腰的大辫子拖在身后，她完全融入角色之中，特别是上场时一段经典唱段：北风吹，雪花飘……

优美的唱腔赢得了台下师生一片掌声，没想到这个平时话很少，甚至有些腼腆的小姑娘还有如此好的表演天赋。

演杨白劳的大头带来了他父亲补满补丁的破棉袄，向村里的一位长胡子老爷爷讨要了胡子，老爷爷听说演戏需要硬是把长胡子全剪了。大头用糨糊粘了胡子贴在嘴上，至于白头发，他用教室里的粉笔搞成粉撒到头上也就成了白头发。大头一出场便赢得了热烈掌声，他的装扮太像一个穷苦躲债的老人了。

轮到福顺演的黄世仁出场，他的出场观众一片笑声，观众纷纷议论洋人也有黄世仁？只见福顺学着地主的傲慢姿态："我家自有谷满仓，哪管他穷人饿肚肠……"一下子就征服了台下的观众。

"这个黄世仁太坏了！"

"上去揍他！"

甚至演出过程中有人喊出了"打到地主黄世仁"的口号。

演出结束了，大获成功，自此，对于三位主要演员同学们也不喊本名了，见到苏慧珠便喊她“喜儿”，见到大头喊“杨白劳”，见到福顺喊“黄世仁”。

这次演出后不久中考开始了，对于能否考上高中福顺从来都没有想过，他知道自己成绩不好，实际上，初二上学期吃不上干粮时他便想到了退学，只是父亲不同意，他才硬着头皮往下念，现在终于熬到毕业了，中考对于他来说也就是走个过场而已。

暑假时，他帮队里放牛，和他一起放牛的还有小石。大宝上一年就毕业了，没有考上高中，现在是队里的记工员，有时活完成了，也会上山和福顺、小石一块儿吹牛聊天。小石成绩也不好，读到初二结束便不再去学校了。

他们三人还是和小时候一样，午后相约一起去池塘里游泳，一块儿在山上找野果吃，一块躺在山坡上睡觉。

七月底中考试成绩出来了，东方红中学一共有十一人考上高中、师范。福顺和苏慧珠落榜，大头考上了县里的高中。对福顺来说这也是意料之中的事，他实在不想继续读书了。现在他坐在小山坡上看着牛群在山坡上悠闲地吃草，感觉无比放松，他有时看看天、看看云，闭着眼睛听山间的溪水流动的声音。

这一年中秋节的晚上，福顺和福霖陪着父亲，一起吃着月饼，望着一轮明月聊着家常。

“中秋节是万家团聚的日子，妈妈要是在该多好啊！”福顺说。

“我对妈妈还没有印象呢，我想妈妈一定漂亮、善良。”福霖说。

徐祥瑞闷着头抽烟，兄妹俩也不知道他在想什么。

“要不要再给你们找一个妈妈？”徐祥瑞突然抬起头望着兄妹俩面带微笑。

“好啊！”

“好啊！”

兄妹俩以为父亲是说着玩也没在意。

大约半个月后的一天下午，天空布满晚霞，天已微凉，父亲带回来一个中年女人，这个女人包着藏青色的头巾，中等个子，面带微笑。一到家便忙着把爷仨的脏衣服拿去洗，洗完衣服又扫地，忙着做饭。

吃饭的时候，父亲对兄妹俩说：“叫她妈妈或阿姨都行！”

那个女人笑着说：“不要难为孩子了，就叫苏姨吧。我姓苏。”

福霖当时就喊：“苏姨好。”

福顺有些不好意思，只是低头吃饭。

苏姨来了第二天便到队里去干活，从此兄妹俩到家总算有热腾腾的饭菜了。

好多天以后，福顺知道苏姨的娘家是在隔壁大队离这儿不远。福顺也听庄上的人议论，苏姨是离过婚的，她不能生育，男方家不要她了。福顺不解，苏姨那么好的人男方家为什么不要呢？生孩子难道那么重要吗？

现在苏姨又和母亲以前一样，每天和父亲在一起，父亲脸上也慢慢有了笑容。

福顺以为苏姨会生个妹妹或弟弟，结果过了很久也没见她肚子大起来。不过苏姨和父亲还是整天乐呵呵的。

他们开心就好，福顺想。

# 笑看风云

1966年，我二十多岁，准确地说是二十四岁，浑身有着使不完的劲，生产队的活我全挑重的干，收工后身上还有力气，我就在附近的小山上跑上一圈。

我不喜欢福来那样整天就想往女人堆里钻，能和女人说上几句话就高兴得不得了。干活时女孩们出了汗，他还主动递上干净的毛巾给她们擦汗。收工跟在女孩子们后面，用五音不全的嗓音唱着《九九艳阳天》，那群姑娘理都不理他，他的脸皮怎么这么厚呢？有时还给人家姑娘扛工具。呸！不知羞耻的东西！

福来也是二十四岁了，他老子徐祥生见人就求人给他宝贝儿子介绍个对象，徐祥生也知道自己名声不好，还是这么低三下四地求着。为了儿子好找对象，他专门在他的老宅上把摇摇欲坠的老房子扒了，用早年间父子俩在毁弃砖窑扒的砖做成了根基，盖上了三间茅草房。他们还住在徐家大院，这三间茅草房专门留给福来结婚用的。

小石当上兵三四年了，本来是要退伍的，部队留下了，说是给首长开车，他在部队是汽车兵，这小子肯钻研，是修汽车的好手，部队舍不得他退役便让他留下了。他去年春节回家探亲，一身绿军装，头上军帽正中的红五星闪闪发亮。小石话不多，还和以前一样，见到人比较客气。队里的老人说，小石有出息，将来不知道能当多大的军官呢。小石回来的第二天，我想去找他，到他家门口一看有好多人在那儿，我没有进去便回家了，想等过两天他家没有人去探望时再去找他，殊不知这小子晚上就找到我家了。他还专门给我带了礼物，一双军用黄牛皮鞋。他拍着我的肩说：“这几年还好吗？”

“我还是老样子，在农村一辈子也就这样了。”

“到我们部队那儿挖煤如何？我的部队在山西大同，那儿煤可多了，没事的时候提个铲子随便往地里挖几下就能挖出煤来。”

“这也要大队、生产队同意才行。”

我笑了，感觉小石还和以前一样可爱。

“哦，是这样啊。”

“现在要能在煤矿上班就是正式工人了，我可没有那个命，我这成分这辈子也成不了正式工人啊。”

“不一定啊，说不定会时来运转呢。”

“你知道我爱做梦啊。”

不过我还是挺佩服小石的，他的预言还是有点准的，开春不久，我的生活便有了翻天覆地的变化。

大队安排我和大宝到县里买稻种，算出公差，每人每天补助五角钱。

当队长和我说这事时我一口答应了，一天五角钱补助，来回共两天，也就是一块钱，这可够买一斤多猪肉了，一斤猪肉完全够我们一家四口包一顿饺子吃了，我尊敬的苏姨到我家几年也没吃上几顿饺子，想想就难过。苏姨对我和福霖真好，像对待亲生的一样，有什么好吃的都先给我和福霖。福霖已经改口喊“妈妈”了。我还不好意思喊“妈妈”，还是喊“苏姨”。

我和大宝拉了一辆平板车，带了点干粮，直奔淮江县城出发，晚上两人随便找了一个小旅店住下了。大宝鼾声如雷，我睡不着，索性到街上转了转。街灯昏暗，县城不大，四面环山，晚上几乎没什么人出来，一条主街道，自东向西，我沿着主街道漫无目的地走着，前方有一个大院子，院子里好像有三层小楼，还亮着灯。我走到院子门前一看，吓了我一跳，借着路灯一看，牌子上写着：中国共产党淮江县委员会。这就是县委啊，我赶紧离开，我不敢在这么重要的地方逗留。我继续往前走，突然从黑暗中蹿出一条狗来，对我狂叫并向我扑过来，我吓得连忙蹲下来，狗见状连忙后退，二者就这么对峙着。这时远处响起了脚步声，我想终于来了救兵。

“干什么的？”来人问。

我一看有三个人，戴着公安民警帽。

“我是来买稻种的。”

狗一看人多便重新退回到黑暗中。

“介绍信呢？拿出来看看。”

“介绍信？”

我一下子冷汗就出来了，我知道没有介绍信就是“盲流”，是要被收容的，我让大宝从大队会计那里开，不知他开了没有。

“我介绍信在旅店里。”

“跟我去派出所走一趟吧。”其中一个人说。

我吓坏了，心里想这下完了。

又有一个人拿着手电筒向我脸上一照。

“啊！外国人！”那人吓得连连退步，他没想到这小县城还能见到外国人。

“说不定是间谍！赶快抓起来。”

“我不是外国间谍，我就是中国人。”我吓得赶紧解释。

“你是东方公社的那个意大利人？”三人中为首的那个头儿问。

“是，是，就是我。”我一时好像从万丈深渊又回到了平地上。

“你有什么能够证明是来买稻种的？”那个为首的人又问。

“我有，在旅店里。”我想假如大宝开了证明呢。

“带我们去看一下吧。”

我连忙在前面带路，往回走的时候，我听他们三人议论，说全县就我一个人从意大利那边过来，还对我的身世如数家珍，这让我大为惊讶。

到旅店时大宝依然鼾声如雷，我急忙推醒大宝，大宝有些不耐烦揉着眼睛，他看见三个民警进来，吓得立马清醒了。我让大宝取出介绍信，其实我也不知道开了介绍信没有，看见大宝掏口袋，我心里一块石头落了地，谢天谢地。大宝取出盖有大队公章的介绍信，三人看了后就走了。我重新上了床，经此折腾一番我更睡不着了，就一直迷迷糊糊到天亮。

大宝几次说着梦话："上工的铃怎么还没响？"

当我还在迷糊中，大宝已经起床了。

吃过干粮后我们拉着板车向县农技推广中心走去，到了农技推广中心种子门市一看，好多人在排队，都是各个大队派来购种的，我们只好在后面慢慢排。

我一到现场，这群买种子的人立马像观看怪物一样围着我。

"这儿有一个外国人？"

"真的啊，黄头发、蓝眼睛的。"

"你听听，他还会说淮江话呢！"

其中有一个毛头小伙大胆向我靠近，用手指碰了一下我的脸又像触电一样把手缩了回去。我向他一瞪眼睛，他吓得连连后退。

"你是哪国人？"一个大约五十多岁的中年男人抽着旱烟问。

"中国人。"

"中国人？中国人黑头发黑眼睛的，你明明就是外国人。"

我不想理会他，就想过去买稻种，他们围着我指指点点，说说笑笑。我喊大宝，大宝也在人群中立马挤过来。

"我们抓紧去买稻种吧。"大宝点头答应了。

我向前走，没想到这伙人主动让出一条道，我和大宝没费劲便来到了柜台前。那个营业员是个中年妇女，她也呆呆地望着我，显然我的长相让她吃惊。

"我要买稻种。"

那个女营业员没有反应。

"我要买稻种。"大宝又说了一句。

女营业员似乎一下子清醒过来，赶紧办手续。种子买好后，让我没想到的是这伙人还帮我把种子抬到平板车上，一起用绳子把袋子捆好。

离开农技推广中心，我和大宝高高兴兴地拉着稻种向家的方向走。路两边杨柳依依，莺歌燕舞，百花齐放，一轮旭日已挂柳梢头。

正当我们俩高高兴兴往前走的时候，突然看见前方路上围了一大群人。我赶紧停下车，对大宝说："你先去看看什么情况？"大宝过去了，我远远地看见大宝到人群边探了一下头，便像一只兔子一样飞快返回来了。

"不得了啦！福顺，不得了啦，前面打起来了。"大宝边跑边嚷嚷，"好多人在打呢，我看到好几个人躺在地上不动。"

"绕过去？"我向左右看看，也没有其他路，两边都是房子。

"要不等等吧，等他们打完了，我们再过去。"大宝紧张地说，有冷汗从他脸上流下来，"总之不能靠近，安全第一，他们还拿刀，有人还背着枪。"

我同意大宝的意见，两人坐在平板车上，远远地看着那一群人。过了一会儿我不想看了，也看不清楚，我索性看路边一户人家伸出墙外的几枝桃花，粉红粉红的，在路边一棵垂柳的映衬下多美啊。

"砰！"突然前方传来一声枪声，吓了我们一跳。前面的那伙人中有几人突然向我们这方向跑来。我和大宝忙跳下车调转车头想往回跑。接着"砰！砰！砰！"又传出几声枪声。我和大宝拉着车转头才跑几步就有几个人已跑到我们身边了。

"快跑！快跑！"有人喘着粗气边跑边喊。

我扭头一看，跑在最前面的那个人提着一把菜刀，刀刃上还滴着血。他身后的几个人手中也都拿着棍或刀之类的武器。

"砰！"又一声枪响，一个手持三节棍的人应声倒下，刚好倒在我的脚边，我吓了一跳，连忙停住了车。这个人显然腿上中了枪，他的三节棍扔在了一边，血从腿上流出来，裤子很快就被血染红了。他用手捂住伤口，痛苦得直叫唤。他的同伴并没有因他受伤倒地而停下来，而是继续向前跑，向前跑。

后面追的那伙人很快便到了，其中一个人经过倒在地上的伤者面前，停了下来，用脚踢了踢那个人，脸上露出了轻蔑的笑容。

"刘四，没想到吧，你也有今天！"

“何三，你有种就一枪给我来个痛快的。”

这个名叫何三的人用土枪指着那个叫刘四的头，一只眼闭着做瞄准的样子，食指放在扳机上。

“何三，何三，你不会来真的吧，饶了我吧。”刘四望着何三，裤裆间湿了一大片，不知是伤口流出的血还是尿。

“一枪让你完蛋也太便宜你了，就这样让你多受罪。”

说完这话那个名叫何三的人去追赶自己的同伴去了，他的同伴已经跑远了。

过了一会儿，刚才追的那伙人又气喘吁吁地往回跑，他们的身后除了刚才的那几个人外又多了一些人，其中有的人手中还拿着枪，看来是援助的人到了。

追的人经过倒在地上的伤者旁边时为首的人喊停下，后边追的人停下了，为首的人扶刘四坐起来。刘四对跑远的那伙人愤愤地骂着：“何三你这坏蛋，让我抓住了非剥了你的皮不可。”

“君子报仇十年不晚，这个仇我们迟早要报。”为首的那个人仔细地查看刘四的伤口。

“李闯哥，你可一定要替兄弟出这口气啊。”刘四说。

“气当然要出，没想到这小子下手这么狠，抓紧送医院！”那个叫李闯的人环顾了一下四周，他的目光停留在我们的平板车上。他用手一指我：“快把车拉过来把伤员拉到县医院去。”

我不动，大宝也没有动。

李闯突然站起身来上下打量了我一番，“见鬼了，你是老外？”

“我是东方公社徐庄大队的。”

“那怎么长成这副模样，活脱脱的外国人？”

“他很小的时候从意大利来的。”大宝在旁边解释。

“我不管你是哪国人，现在要用你的平板车把这人拉县医院去，到时有你的好处。”

“我这车上还拉着稻种呢。”

“这我不管，把稻种全卸下来，拉到医院再回来装。”

这伙人说着便一齐上来把绳子解了，把稻种抬下来放到路边，把刘四抬上了车。

“闯哥，前面躺地上的有咱们的人。”有人对李闯说。

“快走看看。”李闯说。

众人拉着刘四急忙向前跑，到前面一看，地上躺着两人，一个头部受伤，一个肚子挨了一刀，其中头部受伤的那人伤情比较重已陷入昏迷。刘四在平板车上说这两人都是自己人，对方受伤的人都已被拉走了。

众人把头部受伤的那人抬到平板车上，放到正中，刘四和那个肚子受伤的人只好坐在平板车头。几个人拉着平板车飞速向县医院跑去。

我对大宝说：“你留下看着稻种，我跟着他们去，送到医院后我就把车拉回来装稻种。”当我和李闯这伙人满头大汗到了县医院后，县医院的医生们吓了一跳。“刚才那几个还没处理完又来了几个，这也忙不完啊。”

“忙不完也要忙，把县医院所有医生都喊过来帮忙。”李闯急了，把身上的枪取下来指着医生。

“好！好！”被枪指着的那位医生显然被吓得不轻，“门诊的医生停止接诊，全部到急诊，另外把住院的医生全喊来。”那医生边安排边用手抹额头上的汗水，显然他是一位领导。

“快，快送手术室！”医生们初步检查后一致认为，这三位病人伤情严重需要立即手术。他们从平板车上把三人分别抬上手推车，推入手术室。

我见平板车空了，便想拉起车赶快走，在这里总之会有麻烦事。当我拉起车要走的时候，见一个医生急匆匆跑过来大喊：“血库里的血库存不够了，要验血抽血！”

“兄弟们都过来抽，防止不够。”李闯说。

我趁他们不注意，拉起平板车就要走。

“你等一下，兄弟！”李闯叫住了我，“如果血不够还要抽你这个老外的血。”

李闯这一伙人通过验血，一大半人符合抽血条件。只不过刘四急需的O

型血符合条件的人没有。李闯背着枪跑过来拉着我的手说：“快来验血，少O型血。”他把我拉到抽血的地方问医生：“这老外的血中国人能不能用啊？”

那医生见了我显然也吃了一惊。“没事的，只要是人，血型符合就可以了。”

我伸出长满汗毛的手臂，那女医生或许是第一次抽长得像外国人的血，我见她的手微微颤抖。天哪！第一次扎针竟然没扎到血管，疼得我龇牙咧嘴。那个女医生用蘸酒精的棉签擦了擦针口并压了一会儿扔了，开始扎第二针，这一针扎到了，黑红色的血流了出来。

李闯几个人坐在手术室门前，另有两个人站在我的身后大概怕我跑了。

“徐福顺，O型血！”验血结果出来了。

“抓紧抽！抽！”李闯大喊。

我想这也容不得我不抽了，只好乖乖地伸出手臂。当两百毫升的血从我的身体抽出来时，我像一只被放了血的猪一动不动地坐在那里，没有一点力气，耳朵嗡嗡响，头也昏昏的。过了好一会儿，头脑中才有了点意识。我感觉有人冲我喊，但我听不到声音，接着又有人拍我的肩。我反应迟钝，只感觉面前站着一个人，和我说着话，隐约感觉是李闯，我头脑一下子清醒了好多。

“你小子立了大功了，刘四的命就是你给的。”

我茫然地点点头。

突然我看见李闯举起了枪，我吓得完全清醒了。

原来李闯发现了何三，何三比李闯早些时候到的县医院，他送受伤的兄弟到县医院。他手下也有几个兄弟受伤在县医院处理。现在李闯发现何三过来了，以为还要来找事。

李闯身后跟着几位兄弟，有的也举起刀，抡起了棍，一场战斗眼看就要发生了。

“住手！”只听一声大喊。

双方顺着喊声望去，一个人戴着墨镜双手背在身后站在不远处。因戴着墨镜没人看到他的表情。

双方举起的武器依然没有放下。

“不给面子是不是？”那个人边走近边说，声音中透着一股威严。

“仲老大什么时候大驾至此？有失远迎！”李闯收起了枪。

何三也放下了枪。

两边的人见领头的收起了武器也都纷纷放下了武器。

“刚才在街上听我手下的兄弟说红太阳战斗队和井冈山战斗队动了手，两边都有兄弟受了伤，我们全无敌战斗队也不能坐视不管啊！”

“仲武兄就是消息灵敏啊。”何三说。

“也感谢两位兄弟给面子，当前我们兄弟要携起手来实现工农大团结，共同把革命进行下去。”

李闯和何三连连点头称是。

我看他们三人聊得正起劲便又想抽身而退，当我转身想悄悄走的时候，李闯又发现了，他叫住了我。

“兄弟，等一等，我中午还要请你吃饭呢，也请这两位兄弟作陪。”

“不用了，我还要急着赶回去，队里等着下种，不敢误了庄稼啊！”

“哎呀！你李闯真行啊，外国人都加入你们战斗队了。”

李闯笑着说：“路上遇到的，还不是我们红太阳战斗队的。”

仲武说：“我看这小子身强力壮的加入我们如何？”

李闯依然笑着说：“仲老大可也不能这样横刀夺爱啊！”

这时天变暗了，有狂风吹过，我感到有些冷，天快下雨了。

“这雨说下就下了。”何三说。

有些人从外边快速往屋里跑，看来是躲雨的。

“我的稻种还在路边呢，现在下雨了，我要去搬稻种。”我焦急地对李闯说。

“好吧，也不能耽误你了，后会有期，哦，你家的具体地点在哪儿？”

我告诉了他地点便快速拉起板车跑了。到了堆放稻种的路边，我吓了一跳，稻种不见了，大宝也不见了。

雨越下越大，我茫然站在路边。

这时身后传来了大宝的声音。“福顺，你怎么到现在才回来啊？”

我转过身看到大宝正站在一户人家的门前望着我。

“稻种呢？”我焦急地问。

“已经被我移到这家了，人家帮忙的，要是等你现在来转移，稻种早湿透了。”大宝说。

我悬着的心这才慢慢放下了。

大宝让我到这户人家躲雨，我和他一起进了院子。一个中年男子站在屋里，他见到我吓了一跳。

那个中年男子听我说中国话并且是淮江本地话，又上下打量了我一番。“你是新疆人？”

“不是，我是淮江人。”我接着解释。

那个中年男人拉过凳子让我们坐下，又倒了两碗开水。我确实有些渴了，端起开水一饮而尽。

我说着刚才在医院里的事，他们俩听着。

雨停了，中年男人站在门口抬头看天，说了句：“雨不会再下了。”

大宝也站起来到门口看了看，转过头对我说：“装车吧，天不会再下雨了。”

“天不早了，快到吃午饭的时间了，你们吃过午饭再走吧。”中年男人向房间喊，“抓紧出来做饭，他们俩还要上路呢。”

他家卧室与客厅之间是芦苇做成的墙，说话听得非常清楚。

我和大宝连说：“不用了。”实际上把种子放在他家已经麻烦够多了，我站起来和大宝开始往平板车上抬种子，那个中年男人过来不让我抬，他说我刚抽了那么多血不能出力过猛，过来和大宝一起抬，让我把平板车固定好。

当我和大宝再次上路时天已放晴，太阳在云层中若隐若现，有鸟儿在头顶鸣叫着飞过。道路上行人不多，偶尔有骑着自行车的人匆匆而过。街道两边墙上刷着形态各异、大小不一的标语。有的一整面墙上都画着宣传画，画上有工人、农民、军人。路边广播里播放着激情高昂的革命歌曲，听了让人心情澎湃，我俩跟着哼唱。出了县城，视野开阔，路两边的农田里不时看到一群人在干活，他们说说笑笑。就这样我和大宝走走歇歇，边走边聊直奔徐庄而去。

那天我和福来上工间隙正和几个女孩说笑，苏姨来找我，说家里来了一个人找，我问是谁，她也不知道。

当我见了那个人后，吓了一跳，原来是李闯。

李闯见了我上前拥抱了我一下，接着拍了拍我的肩。

“没想到我会来吧，兄弟！”

“真没想到。”

我把李闯请进屋，苏姨倒了开水便出去了。

“兄弟，现在革命形势一片大好，我们红太阳战斗队战无不胜，现在邀请你出山辅佐我打天下。”

我哈哈一笑，用沾满泥土的手摸了摸渗着汗水的头发。

“老大，你看我这泥腿子还要赚工分养活自己呢。”

“跟我混，有我吃的就有你吃的，放心好了，我们都是干大事的人。”

“容我想想。”

“好吧！明天中午 12 点我在县革委会门前等你。”

李闯走后，我心乱如麻，去还是不去？我问父亲，他回答：“自己考虑，你已长大成人了，应该有自己的主见。”

我决定去闯闯，感觉在这屁大一点儿的徐庄没有什么出路。第二天，天刚亮我一个人便大踏步向县城方向走去。

李闯见到我没有表现出一点惊讶，他笑了笑说：“我相信你一定会来。”我问：“怎么见得？”他说：“我见你第一眼就感觉你这人是个可用人才，我相信我的眼睛。”他带着我去了他的红太阳战斗队大本营，本县的最高建筑——县影剧院。

影剧院里的舞台背景是一幅巨大的油画，一轮巨大的红日从海面上徐徐升起，霞光万丈。油画前放着一把太师椅。李闯坐在椅子里，跷起了二郎腿，旁边的队员立即端来了一杯茶。李闯向旁边的众人介绍了我，说我是他新认识的好兄弟，现在也加入了红太阳战斗队。更让我没有想到的是李闯竟然让我坐了第二把“交椅”。

李闯和我计划着要干一件惊天动地的大事，要让全县所有的战斗队对红太阳战斗队刮目相看，包括仲武的全无敌战斗队。不久他真的把计划付诸实施了，这一切对我来说简直像做梦一样。李闯竟然想要夺权，实施夺权计划。

一个雨后的下午，淮江县委正在开县委扩大会，县委书记端坐台上正在讲话，台下是县委的委员们及各部、委、办、局及公社、区一级主要领导干部。

李闯带着我和红太阳战斗队的全体队员出现在县委礼堂，礼堂里的干部们惊讶地看着我们，县委书记也停止了讲话。李闯雄赳赳气昂昂地大踏步走上主席台，两位县委办的秘书试图阻止李闯，李闯对他们抬起手臂，让他们看了看袖标。李闯身后立马过来几名队员控制了这两位秘书。李闯上台后一把抢过县委书记的话筒，对台下干部们宣布：红太阳战斗队正式夺权了。

我看到县委书记时心里一惊，倒不是我怕县委书记是多大的官，而是我似乎见过这个人。李闯在主席台上继续讲着，我却在努力回忆着在哪里见过这个县委书记。

“肖复兴这个当权派骑在百万人民头上作威作福，完全不把工农兵放在眼里，我们必须要夺他的权，把无产阶级的伟大事业推向前进！”

“肖复兴？”我想着李闯说的这个肖复兴，姓肖，我一下子想到了十几年前那个春天，那个肖队长在我家门前搭起来的台子上对我爷爷进行批斗的场景。

“难道那个肖队长就是现在台上的县委书记肖复兴？”我再次仔细看头上正在流淌着冷汗的肖书记，果然有几分相似，只是老了许多。当年的肖队长正年轻，一头黑发，现在的肖书记已有一半头发白了。

“把肖复兴带下去！”李闯大声宣布。红太阳战斗队立马上来几名队员，把肖复兴控制住带下台去。

1968年元旦前，我只觉得那一年是我到中国以来最冷的一个冬天。以前淮江这地方很少结冰，只是那一年冬天结了很厚的冰，孩子们轻松地在结了冰的河面上来回走动。下雪的日子似乎也特别多，每隔几天就要下一次雪，前些日子的雪尚未完全融化接着又开始下雪了，屋檐下挂着长长的冰溜，圆锥形的，晶莹透亮。从山间飘过来的雾让整个县城灰蒙蒙的，人们好像都在一种虚幻之中，相距不远却看不清楚对方。

这段时间我一直住在县城，李闯给我安排了住的地方——县副食品公司的一间单身宿舍，是公房，本来是一位副经理住房，副经理犯了错被开除回农村老家了，他的宿舍也就空了下来。据李闯自己说是让县副食品公司经理直接安排的。

在李闯宣布夺了肖复兴的权之后，县革委会领导班子也做了调整，李闯成了县革委会副主任，也就是县领导。

我依然是李闯的助手，当然也挂了一个职务，动员办副主任，主任是李闯。我整天忙得晕头转向，几乎没有时间回到我的徐庄了。我不知道父亲、苏姨、妹妹如何了。在一个晚上我要求回家看一看，李闯同意了并且安排了全县唯一的一辆吉普车送我回去，当吉普车开着大灯来到徐庄的时候，整个徐庄的人都被惊倒了。这徐家是怎么了，“大地主”徐学仁被清算不久，孙子又坐着很多人见都没见过的吉普车回来了。好多人都围在我家门前看我，我坐在我家堂屋的一张破椅子上，大队书记和小队长等好几个大、小队干部都来了，他们和我聊着天，这要是往常他们望也不望我一眼。我知道他们心里有一个共同的疑问，“地富反坏右”的子女怎么还能这样耀武扬威呢？应该夹起尾巴做人才对啊。

从父亲的眼睛里我也看出他的担忧，等干部们都走后，父亲说：“天狂必有雨，人狂必有祸，不要这样高调，我们可是地主之后呢。”

果然时间不长父亲说的话就应验了，红太阳、井冈山、全无敌全被强行解散，李闯被抓了，我也被赶回了徐庄。

我在县里度过了充满激情而又狂躁的两年，多少年后，我觉得这就是一场闹剧，有些荒唐，更像是一场梦。

当我回到家的那一天，大宝来看我，他对我说了一句话让我回味好久。“我们天生就是种地的，不要想得太多。”我接受了现实，一切又和两年前我离开时那样，我又开始下地干活。

妹妹徐福霖初中毕业后，没有上高中，我知道妹妹是一个聪明的人，她的成绩非常好，后来在队里一次劳动中被一个贫农羞辱，他的儿子和我妹妹初中是一个班，次次考试倒数却上了高中，而妹妹次次第一却在家种田。妹妹回家哭鼻子，我安慰她，是金子总有发光的一天，等着吧。妹妹疑惑地望着我点了点头。

# 我是洋农民

## 一

我非常后悔在县城参加红太阳战斗队时没谈个女朋友，我们的队伍里有好多年轻的女孩子，凭感觉她们中有不少喜欢我的，我是战斗队里的二把手，除了李闯就是我了。队伍里有一个绢纺厂的女工，还两次邀请我去她家吃饭，对于她的种种暗示我装聋作哑。有一天晚上她实在忍不住了，约我到县城的护城河边，在一棵老柳树下，她停下了，望着挂在天空中皎洁的月亮对我说："你二十五六了，也该考虑个人的终身大事了。"我心里一惊，笑着说："革命尚未成功，儿女私情先放一放。"

她也笑了："干革命也需要爱情啊！你觉得工农结合如何？"

我对她的直白十分惊讶，并和她半开玩笑说："很好啊，我们俩刚好工农结合不是挺好的吗？"

她笑了笑说："我可是认真的。"

我不再言语，其实我内心不喜欢这个又矮又胖又黑的女孩。

此后不久，刘四找了李闯想把他的妹妹介绍给我，作为救命之恩的报答。李闯和我说这事问我的态度，我说见面再说吧。还没有到见面的时候，形势就发生了变化，李闯被抓，几支战斗队全被解散了。

回到徐庄后，我的婚姻大事便被提上了议事日程，父亲和苏姨为我的婚事操碎了心。他们不断托人介绍，只是效果甚微。甚至没有促成一次见面，眼看我快三十岁了，在农村三十岁还没成家意味着要打光棍了。

我回家一年之后，终于有一个媒人上了我家的门，父亲和苏姨喜出望外。媒人是一个老太太，头发全白，还拄着拐。

她说要把外孙女介绍给我，父亲和苏姨满口答应。老太太望着我，说话有些吞吞吐吐。父亲和苏姨问女孩情况，老太太说："女孩今年二十五岁，性格好，还有一手好针线活。只是小时候得了小儿麻痹症，腿脚有些不方便。"天哪！就说是瘸子不就得了，我气得转身就出去了，这简直是对我的侮辱，想当年我可是淮江县里的风云人物，绢纺厂正式女工追我都没答应，竟然给我介绍了一个农村瘸子。我打光棍也不能要这样的人。

又过了半年，一件让我意想不到的事出现了。我小学、中学时代的女同学苏慧珠竟然来到了我家。当然她不是来找我的，她是来找她的姑姑也就是我的继母苏姨。

现在的苏慧珠已不是当年那个有些腼腆的小姑娘，我对她开玩笑："你这个'喜儿'来找我这个'黄世仁'了。"

她笑着说："当然了，来找你索债来了。"

苏姨见了苏慧珠后一拍大腿，"哎哟，我怎么把你忘了呢，你不是没说成对象吗？"

苏慧珠说："怎么了？有合适的？"

苏姨说："远在天边近在眼前，你这老同学不是合适人选吗？你们俩都是老大不小了。"

我倒有些不好意思了。

苏慧珠哈哈一笑："你问他愿不愿意娶我这个老姑娘。"

我为苏慧珠的直爽而惊讶！

"愿意啊，就怕你这'喜儿'不敢嫁我这个'大地主'。"

没想到我和苏慧珠的婚事成了，这完全在我的意料之外，也许这就是缘分。

1973年农历腊月初六这一天，我和苏慧珠结婚了，婚房就是父亲和苏姨原来住的房间，她们搬到了我住的房间。苏慧珠手巧，用红纸剪了大红双喜贴到窗户上。我又向大队书记讨要了一些报纸，让苏姨弄了一点糨糊，我和苏慧珠做了一个报纸顶棚。

婚礼很简单，一共两桌客人，一桌是我的好伙伴包括大宝、大头等，我还请了当年红太阳战斗队的李闯、刘四两人。另一桌则是主要几个亲戚和徐姓本家，最近二十几年，好多亲戚不断疏远，有的亲戚还像瘟神一样躲着我们，好久也不来往了。

婚礼当天，李闯和刘四骑着自行车来到我家，几年不见，两人变化很大，再也找不到当年叱咤风云的样子。两人很少说话，只是一个劲儿地喝酒。我敬他俩酒，聊起往事，他们似乎不愿回忆过去。

大宝、小石、大头、福来去迎亲，小石向大队书记借了一辆刚买的凤凰牌自行车用来接新娘，大宝、大头、福来三人各拉了一辆平板车运嫁妆。

晚上又摆了一桌席，招待上路接亲的几人。福来喝高了，盯着新娘看，被大宝一顿数落，他也不恼，只是傻笑着。

我喝多了，我自己都不知道如何上的床，我也忘记了是否送李闯和刘四，总之我喝多了。第二天我醒来时，苏慧珠早已起了床。她为二老烧了洗脸水后做了早饭。

太阳光线透过窗户射进房内，光线是红的，房间里映着红色，这是窗户上贴了红纸的缘故。看到这满屋子的红色我意识到我结婚了，新娘是苏慧珠，这个演过喜儿的同学，哦，对了，我演她的仇人黄世仁，想想也是滑稽，“喜儿”竟然和“黄世仁”结了婚。

苏慧珠进了房门，我看见她穿了大红棉袄，与房间里的红光融为一体，刹那间，我发觉苏慧珠很美，以前，我从来没有发现她漂亮，我们是同学，没想过成为夫妻。

她喊我吃早饭，我头疼欲裂，没有一点胃口，只想喝开水。我让苏慧珠给我倒点开水，她转身出去了一会儿便给我端来了一大碗开水。我接过开水，感觉有些烫，便放在床头的凳子上。苏慧珠坐在床边望着我，我说我头疼，她伸出手摸了摸我的额头，我感觉她的手暖暖的。父亲在房门外喊我们吃饭，我下了床，端起碗一扬脖子把开水全喝了，顿时感到身体舒服了好多。

我喝了一碗稀饭便不想再吃，放下碗筷，起身出去了。天灰蒙蒙的，似乎要下雪，西北风也刮了起来，吹到脸上刀割一样。我又转身回了房内，坐在床上，头依然是昏的，我索性又躺到了床上，开始了胡思乱想，渐渐又有了睡意，迷糊中我看见了母亲洛蒂微笑着向我走来，我想抱住她，想对她说："妈妈，我好想你啊，我已结婚了，您的儿媳还是我的同学呢。"母亲不说话，她摸着我的头就像我小时候一样。

"你怎么了？"我听到了一个熟悉的声音，我慢慢清醒过来，是苏慧珠的声音。我望着她，苏慧珠说我做梦了，一直喊妈妈。

她低下了头，轻声说："我小时候就听说过婆婆，一个非常漂亮的外国人，只可惜没有见过。"

我意识到自己流眼泪了，或许我太想母亲了。为了不让苏慧珠看到，我连忙用被角擦去泪水。

这一天苏慧珠都在陪我，我们聊了许多小学和中学时代的往事，谈得最多的还是初中的那次演出，她演喜儿我演黄世仁，我们本"不共戴天"却成为夫妻。我说："你胆子真大，敢一个人在夜里走路。"她说："我心里也害怕只是没办法了，只能硬着头皮向前走，幸好碰到你。直到今天我都要感谢你，你送的一个白面馒头。从那天晚上开始我就觉得你是一个可靠的人，心地善良。今年我来姑姑家，听说要我俩处对象就毫不犹豫答应了。"

我对苏慧珠说："你和我处对象压力一定很大。"

苏慧珠点点头说："队里有的人说我处了一个洋鬼子，也有人说我嫁了一个地主崽子。"

我轻轻地把苏慧珠拥入怀中。

苏慧珠说："明天要到队里干活了。"我摇摇头说："我们家都是劳动力，不缺你挣这点工分，再说了明天我还要和你一起回娘家呢。"

苏慧珠点点头。

婚后第四天，苏慧珠正式到生产队干活。一众妇女围着她看，福来也凑过去。有的妇女便开福来的玩笑："福来你小子装什么装？是不是偷偷说成了媳妇瞒着大伙？"

"哪可能啊？除非你看上我。"

"去你的，也不撒泡尿照照自己。"

"我现在就撤了啊！"

"还不快滚！你一个大男人来这儿做什么！"

福来灰溜溜地走了，身后传来一阵笑声。

## 二

婚后三个月，正是春暖花开的季节。

青青的麦苗在春风里起起伏伏如同波浪，金黄色油菜花在阳光下散发出阵阵香味，一些蜜蜂在花间忙碌着，燕子掠过柳树梢，飞入寻常百姓家。

在这美好的季节里，苏慧珠怀孕了。

看着苏慧珠渐渐隆起的肚子，我每天都沉浸在幸福之中，我要做爸爸了，想想都高兴。父亲和苏姨也很高兴，特别是苏姨每天还要单独做一点可口的饭给苏慧珠吃。

苏慧珠吐得厉害，吃什么吐什么。

好不容易熬到快要生了，可是这年的秋天本该是丰收的季节却因虫害而减产了。队里分的粮食太少了根本不够吃。

我感到了压力，眼看孩子就要落地了，大人和孩子不能没有营养啊。每天从队里干活回来后我会站在门口抽一会儿旱烟，旁边邻居家一头小黑猪冲我叫唤。现在人吃饭都成问题还能养着猪，哦，对了，我想起来了，他家有三个小孩儿，也不上学了，又没到上工的年龄便专门到田里割野菜喂猪，在人都没吃饱的这些天，这猪倒吃得膘壮。

这黑猪见了我，扬起头发出哼哼唧唧的声音，仿佛对我炫耀它吃得饱而我却饿着肚子。

该死的畜生，我恨不得宰了它。我仿佛看到了盆子里堆满了油晃晃的猪肉，我们一家人开心地享用着，每个人吃得满嘴是油，心满意足。正想着，这头猪突然叫了一声，一下子把我惊醒了，眼前热气腾腾的猪肉没有了，原来这头猪躺下了，大概是睡到了一块碎瓦片上垫痛了。猪又挪了个地方继续躺下了，懒洋洋地，享受着阳光，我恨不得上去用脚把它踢起来。

我无奈地回到了现实，回到房间里，苏慧珠正躺在床上，肚子像一座小山，她一会儿脸向上睡，一会儿侧着睡，翻来覆去，总之感觉不舒服。她还有不到两个月就要生了，家里没有一点儿像样的粮食，总不能月子里挨饿吧，作为一个男人、作为一个丈夫我必须想些办法。这一夜里我想啊想，到哪儿能弄来粮食呢？

找一下李闯如何？我头脑中一下子想起了这个曾经的风云人物。我决定第二天一早就去县城，或许他能有办法给我弄到一点儿粮食。

当我见到李闯时，他正在县砖瓦厂上下砖，灰头土脸的，满头是汗，他刚上好了一辆拖拉机拉的砖，蹲在一个取完土留下的大水塘边抽着烟望着水面发呆。李闯见了我吃了一惊，问我怎么找到这儿？我说是刘四告诉我的，我能找到刘四的家。

当我说明来由后，他哈哈一笑，他这一笑让我有些莫名其妙。

李闯说："你看我现在这熊样子再想想以前是多么的不可思议啊，人走运时挡也挡不住，倒霉的时候也没有任何办法。这砖瓦厂缺少上下砖的苦力，也没有人愿意干这活，你要是愿意的话，我去和领导说让你干一段时间，能赚一些钱，有了钱我再帮你搞点粮票、肉票、油票。"我立马答应了，说："我回去向队里请个假明天就来。"

这时节正是青黄不接的时候，队里也没什么活，收割季节还早，我向队长说明情况，队长同意了还开了生产队的介绍信，其实外出务工要大队开的介绍信，李闯也没说要这个介绍信，我还是带上了。总之证明身份的东西有比没有强。

再次见到李闯时，他正忙着向车上上砖。见到我说："事情妥了，干吧。"我放下被褥和他一起干起来，上完后他把我带到一排简易房子前，用脚踢开一间房子的破门，用手一指，放那儿，我一看屋子里有两张破木床，其中一张床上放着被褥，有些脏，散发着难闻的味道。我把被褥放在另一张破木床上。问他是否住这儿？李闯说他晚上回早上来，骑自行车也方便。

晚上下班后我见到了同住一屋的舍友，他大约四十多岁，头发乱乱的，他问我姓什么哪个地方的，我说姓徐，东方公社徐庄的。他表现出吃惊的样子。原来他舅舅家就是我们庄上的人，叙起来我们还是表亲。他说他姓王，小时候去过不少次舅舅家，竟然还认识福来，我报上我父亲的名字，他更吃惊地说："原来是大户人家，想当年你爷爷徐学仁方圆几十里谁人不知？"接着叹了一口气，"这都是命啊！真想不到徐学仁的孙子竟和我一块儿干活一块儿住。"

突然，他盯着我看，"你不像中国人，好像新疆那边的人，徐学仁、徐祥瑞都是中国人啊，你怎么长成这样呢？"

"我小时候是从意大利来到中国的。"

"哦。"

我有点不高兴了，每到一个陌生的地方都会有人问同样的问题，我都懒得回答了。

我们俩便不再说话。过了一会儿，他提了一只木桶装满水进屋，又从床底下取出一个破洗脸盆，把水倒到洗脸盆中开始脱衣服，脱个精光，开始用黑乎乎的毛巾擦洗身子，洗头。我吃惊地望着他。"现在还是春天，天还冷呢。你也不怕感冒？"

他洗完后对我说："洗洗吧，干了一天的活，身上太脏了，洗过睡才舒服。"

我摇了摇头。

第二天，我和老王到干活的地方时李闯已经到了，我问他为何来得这么早？他笑了，说："醒得早，也没什么事吃过早饭就来了。"

到了晚上，老王依旧去打水洗澡，洗过后问我："你不洗不难受吗？"我确实感到浑身不舒服，便也打来了水开始洗。

我洗的时候老王盯着我看，眼中露出诧异的神色。我想同为男人有什么好看的，他喃喃地说："不一样，外国人与中国人就是不一样。"或许他看出我的身体与他的身体有不一样的地方。洗过后果然舒服，我赶紧上床用被子把自己裹起来防止感冒。

在这砖瓦厂做活的每一天我都担心着苏慧珠，担心她早产，万一她早产了我不在她身边怎么办呢？干了一周后我本想请假回去看一下，但想到回去就要来回两天，少赚两天的钱，想想还是算了吧。

好不容易干到四十天，我算了下苏慧珠预产期也快到了，提出结账不干了，本来要干满整月才能结给我，厂里考虑我的特殊情况加上李闯从中协调，工资还是结了，三十二块钱，八角钱一天。手中有了钱，我一下子踏实了许多，只是有钱也买不到东西，都要票，我赶紧向李闯求助。他果然神通广大，很快帮我搞来了粮票、肉票、油票。

回到家后，家人见了我喜出望外，苏慧珠挺着大肚子说："担心死了，也没个音信。"我笑了笑说："我一个大男人能有什么？"我掏出钱和粮票，他们一看惊讶万分，赚了那么多啊，看来这一趟有收获。

第二天我就去生产队长家借了一辆自行车到公社粮管所买了一袋米，三十斤白面，到食品站买了二斤肉，我打算包一顿饺子让全家人吃个痛快。

离开食品站不远，我突然看到了一个熟悉的身影坐在路边，好像是福来，这小子跑这里来干啥呢？他对面坐着一个女的，衣衫不整，蓬头垢面，一看就是个精神不正常的女人。我下了自行车，喊了一声："福来！"他吃了一惊，抬头望了望我，"哦，福顺，来街上啊？"

我笑着问他："看她干啥？想女人了啊？"那女人望着我俩，一直傻笑着。

福来有些不好意思，站起身来。

"你小子好好干活，好好表现，有适合的为你介绍一个！"

福来露出笑容说："你骑车先走吧。"

我骑上车走了，回头一看，福来慢悠悠地跟在后边走。

# 三

苏慧珠生了，顺产，是个女孩，在家生的，请村里的接生婆给接生的。孩子生下来不哭，苏姨吓坏了。那个接生婆倒提着孩子的两只小脚使劲拍了拍孩子的屁股，孩子“哇”的一声哭了，声音洪亮，我激动万分，我仔细端详着女儿，对，是我的女儿，从她的外貌就可以看出来。高高的鼻梁，眼睛是闭着的，看不清眼睛的颜色，或许和我一样是蓝色的。让我惊讶的是她的头发居然是金黄色的，这和我头发的颜色一样。

苏姨用我买来的米熬成粥给苏慧珠喝，又让我到公社食品站买了四只猪蹄，她把猪蹄洗净剁碎放到锅里用柴火慢慢烧，直到把猪蹄熬得稀巴烂，猪蹄汤浓稠。

苏慧珠吃了米粥后又啃了猪蹄，喝了猪蹄汤，奶水充足女儿吃不完，苏慧珠甚至涨得难受。她胸前的衣服常常被流出来的奶水浸湿，以至于不得不经常换衣服，有时实在涨得难受她甚至把奶水挤到碗里，她开玩笑说让我喝。在此期间，庄上其他生孩子的妇女就受罪了，吃不饱饭没有奶水，孩子饿得直哭，有些妇女干脆抱着孩子来到我家寻求帮忙。苏慧珠看着饿得直哭的孩子，连忙把孩子抱过来把奶头塞到孩子的嘴里，吸着奶水的孩子一下子就不哭了。

我的家简直成了婴儿的乐园，庄上缺奶的婴儿都被他们的母亲抱来了我家，苏慧珠一个一个喂着，哭闹的孩子们安静了下来。苏慧珠不再为奶水涨而发愁了。猪蹄汤喝完了我便去食品站买，几次吃过苏慧珠便厌倦了，她说这种没什么盐的猪蹄汤看着都想吐。

女儿满月的时候，收割的季节终于到了，金黄色的麦子如黄金般迎风摆动，布谷鸟也在远方歌唱。老人们没事沿着麦田转着，望着颗粒饱满的麦子脸上露出满足的笑容。

产妇们吃了新分下来的小麦饼、小麦稀饭后奶水也慢慢充盈了，来我家吃奶的孩子慢慢变少了，我家又恢复了安静。

我看到女儿第一次睁开了眼睛，正如我所料，那是一双蓝眼睛，准确地说瞳仁是蓝色的而不是黑色的。苏慧珠说："这是你的种没错吧，什么样的种长什么样的苗。"

我笑了，"真的，没错。"

我们一家人对这个女儿疼爱有加，只要有空，每个人都会逗她玩，对孩子的名字，我从来没想过，孩子的爷爷喊"大丫头"，我们也喊"大丫头"，到了三岁时大队要登记姓名，总不能叫徐大丫头吧，我便让父亲为孩子取个大名，父亲想了三天想了一个名字：晓春。意思是在春天的拂晓生的。我对这个名字很满意，苏慧珠也满意，女儿的名字就这么定下来了。

## 四

我同母异父的妹妹福霖自初中毕业后便一直在家务农，她头脑灵活，记忆力好得让我吃惊，我要看好多遍才能记住的《毛主席语录》，她看一遍就记住了。每天到地里干活前生产队长让她领读，她从来不用看书直接带领社员背。对于生产队会计算的账她能发现好多错误，一些数字她基本不用算盘就能口算出来，队长夸奖我妹妹脑子好使，想让她做生产队会计，大队书记一口便否决了，说队长思想有问题，贫下中农子女那么多没培养竟然想培养一个地主的孙女，生产队长便打断了这个念头。

福霖每天乐呵呵的，不讲吃不讲穿，该干活时就去干活，该睡觉就去睡觉。她与苏慧珠的关系也很好，干完活回家后一个带孩子一个做饭，其乐融融。冬天的晚上，两人一起在煤油灯下做针线，边做边聊，笑声不断。

妹妹二十岁时开始有人牵线介绍对象，第一个介绍的对象是个木匠，媒人说这个木匠一表人才，很能干，会做八仙桌、五斗橱、大衣柜、箱子、雕花大床等。妹妹问对方什么文化程度，媒人说对方不识字。媒人又补充道："识字能当饭吃？手艺才能当饭吃呢。"妹妹摇摇头道："就怕话说不到一块儿。"

为了给媒人面子，妹妹同意见面了。我和苏慧珠陪同福霖到媒人家见到了那个男孩，那个男孩并非如媒人所讲的那样一表人才，而是皮肤黝黑，甚至背还有些驼。媒人介绍了双方后，便又对双方夸了一番，接着为每个人倒开水，那个男孩一动不动，我诧异这不是表现自己的好机会吗？

屋里又安静了下来，只听到晓春在苏慧珠的怀里“哦，哦”地叫着。为了打破这尴尬的局面，我主动问了那个男孩家里一年能分多少粮食？队里的土地是沙土还是淤土？种什么庄稼？

我问一句对方答一句，答完了就低下头，两只手不安地放膝盖上，看出很有些紧张。妹妹倒显得很轻松，不时用眼睛瞟那男的一眼。

这次相亲以我妹妹不同意而结束。媒人有些生气，妹妹说：“以后在一起生活整天没有一句话，木头似的没法过。”

妹妹的第二次相亲对象是个兽医。媒人说：“兽医是在公社兽医站上班，吃公家饭，技术水平很高，阉割牛、猪出血很少，甚至动物们都感觉不到什么痛苦。对方家庭也不错，父亲也是老兽医，闻名于整个东方公社，猪牛羊再复杂的病一经他手都能治好，甚至有时候还能给人治病。曾经有传说一名孕妇早产，接生婆一时赶不到，刚好老兽医给这个生产队的牛看病，被这家人拉了去，说是人畜一理，救人要紧。老兽医还真把这孕妇从鬼门关拉了回来。”

妹妹见面后发现这个兽医与上次那个木匠相比简直是完全相反，他说话滔滔不绝，可能是每天一直在外面跑，锻炼成了好口才，妹妹都没有插话的机会。

对方没有看上福霖，对媒人说：“她看起来像外国人，带出去会被人嘲笑。”妹妹听后，笑着说：“看来我这辈子嫁不出去了。”

后来几年虽也有介绍的只是都没有成功，妹妹也不急，倒是继父有些急了，有时在饭桌上会说：“二十好几了，不要眼光太高，咱这家庭摆这儿呢？”

妹妹说：“急什么，总之会嫁出去的。”

一晃来到了 1977 年。年底的一天下午收工回家后，福霖神秘地对我说：“今天下午我的一个初中同学来告诉我国家恢复高考了，并且不再讲成分了。”

我惊讶地睁大了眼睛问：“不再讲成分了？”

福霖肯定地回答：“是的，同学说她亲眼看到了报纸上的消息。”

我问：“可你是初中毕业怎能考大学呢？”

福霖说：“老三届都可以，可以报中专师范的。”

我点点头问：“你有把握吗？”

福霖说：“我会努力的。”

第二天，我专门来到大队部找到大队书记，让他帮找一下近期的《人民日报》，大队书记说：“昨天抱回家了，婆娘要做鞋样的。你赶紧去我家看看吧。”

我赶紧跑到书记家里，他的媳妇正在用剪刀剪报纸呢，我上前道：“婶子，快停下，我来找一份报纸。”

“什么报纸？都在这儿，我也不识字，你快找吧。”

我在一堆报纸中翻看着，不一会儿便找到了。

福霖亲眼看到了报纸上的消息，她说：“这消息确凿了，快到报名时间了。”

她以前的书都扔了，也没有复习资料，她却一点儿都不急。

报名后，晚上收工后她会去初中的同学家去，那个同学家里有一些资料，同学的父亲是个初中老师。她们两人一起复习，其实福霖是去看一会儿学习资料。

考试地点是在县城中学，我要送她，她不肯，要自己去，和那女同学一块儿去的，住在女同学亲戚家里。

放榜后，福霖考上了，她那女同学却落榜了，很意外。福霖说她那女同学很用功的，可能太紧张了。

录取通知书来了，考上的是淮州地区师范学校。我们一家人非常高兴，近三十年来，各种好事都与我家无缘，真想不到天上掉馅饼砸到了我家福霖的头上。

我隐隐感觉到时代变了。

春节刚过妹妹就要上学了，我要送她去，妹妹起先不同意，后来考虑到要带被子等不少行李，自己瘦弱的身体不容易背，同意让我送她。由于县里公共汽车还没到我们乡，我从队长家借了一辆自行车。一个春寒料峭的早上我们出发了，从徐庄到县城的这条路不好走，弯弯曲曲，有时还有坡要下来推行，我们兄妹俩说说笑笑也不感到累。中午吃饭的时候我们到了县城。

我们找了一小饭馆一个人吃了一碗面后，便直奔汽车站而去。问了开往淮州的班车时间，下午最早开往淮州的班车还有一个多小时，我要把自行车放在某个地方存着，县城我熟悉的人不少，我想了下决定放在李闯家，自从上次砖瓦厂一别后又有好几年没见了，我刚好也想见见他。我让福霖在车站等着便骑上自行车去人民路东十一巷，那是李闯家所在，到了李闯家，李闯本人不在家媳妇在家，我把车子放下便急匆匆向汽车站走去。

大约一个小时后我又出现在了汽车站，福霖正着急得东张西望，见我进来她擦了擦脸上的汗。

"我都急死了，快开车了啊。"

"没事的，我掌握着时间的。"

检票后我把行李放到车顶上，进到车里和福霖坐一块儿。车子开了，行走在崎岖的山路上，颠簸得厉害。福霖是第一次坐公共汽车，她脸色有些苍白，说自己的头好晕。我尽量和她多说话分散她的注意力。

当晚霞染红西边的天空时，公共汽车才晃晃悠悠地进了淮州汽车站。

我背着行李和福霖出了汽车站，天已快黑了。边走边打听师范学校的所在地，好在离汽车站也不远大约半个小时后我们便到了师范学校，看大门的老人见了我吓了一跳，我已习惯了。

"你……你找谁？"

"带我妹妹来报到。"

福霖向老人出示了录取通知书，老人看了一眼示意进去，只是还向我诧异地望着。

办理好登记等手续后，我送福霖到宿舍，宿舍不大，木头的高低床，住了八个人，其他七个人都已到了，我放下行李。七个先到的女同学又是惊奇地望着我们。我和她们打招呼，让她们好好相处。

她们见我说着淮州话便开始叽叽喳喳议论开来。

“你真像外国人。”

“欧洲那边的。”

“是来自新疆的吗？”

“我确实在意大利出生，很小的时候来中国，现在已是中国人了。”

“那你还会讲意大利语吗？”

“不会了，一句都不会讲。”

我无奈地摇了摇头。

聊了一会儿我便告辞了，福霖问我晚上住哪？我说找个小旅店住，明早乘返回去的第一班车。

福霖说：“我暑假才会回去，家里的事就靠你了。”

我笑了笑说：“你就安心学习吧，家里的事不用你考虑。”

返回县城后，我去了李闯家取自行车，到了李闯家。李闯刚好在家，他说：“知道你要来取车，我今天请了假，没上班。”

“你还在那砖瓦厂上班？”

“离开也有两年了，现在又回到了绢纺厂上班。”

“绢纺厂？”

“是啊，没想到吧？”

“你这是从哪儿跌倒从哪儿爬起来啊。”

李闯笑了笑说：“其实我工作关系一直都在绢纺厂的，到那砖瓦厂只是被处理后安排过去的。”

“刘四呢？”

“他啊，在化肥厂上班，现在不是新建了一个化肥厂吗，不知能造出啥化肥来。”

天也不早了，我推车要走，李闯笑了笑：“你也太见外了吧，我们兄弟好几年没见了，难道不喝几杯就走？”

他连忙吩咐媳妇做饭。

“刘四这小子也应该下班了，我去把他喊来一起聚聚。”说完便出去了。不一会儿刘四便到了，刘四还和以前一样，只是脸上多了一些沧桑感。

我们三人边喝酒边聊，聊起许多往事。李闯突然问我：“你知道现在的县委书记是谁？”

我摇了摇头说：“不知道，真的不知道。我现在连我们东方公社的公社书记是谁都不知道。”

李闯道：“你绝对想不到的。”

我端起一杯酒：“难道是肖复兴？”

李闯和刘四仰起头哈哈大笑。

刘四道：“是他，就是他，东山再起了。”

我疑惑地问：“不是打倒了吗？”

李闯说：“一切都在变化中，包括你我。肖复兴重新上任半年多了，听说还要提拔呢。不过他这个人还不错，没有来找我麻烦。”

我头脑中一下子出现了多年前的画面：县委礼堂里肖复兴正在开大会，李闯上台宣布夺了肖复兴的权……

# 东方欲晓

## 一

1978年的冬天似乎不太冷，往年河里早已结了厚厚的一层冰。到了这年11月底一场雪也没有下，天气晴朗，温暖如春。

年初苏慧珠怀孕的时候，生活条件比五年前怀晓春的时候好多了，这两年一直是风调雨顺的，生产队分的粮食也基本够吃。我们家都是劳动力，没有吃闲饭的人，家里年底也没有透支。

农历腊月初八，早上太阳刚刚出来，我的第二个孩子来到了这个世界上，是个女孩。我的父亲刚好在院子里欣赏那棵老梅树。梅花正在开放，满院清香。我问父亲："给这个孩子取个名字吧。"

父亲望着眼前的梅花说："就叫冬梅吧。梅花香自苦寒来，有傲视群芳之意。"

我同意，就叫冬梅。

冬梅这个孩子长得像我，金黄色的头发，高高的小鼻梁。

这一年的年底，我从大队的广播中听到了党的十一届三中全会召开，国家要进行改革开放，我不懂什么叫改革开放，只是隐隐觉得社会要发生大变化了。

苏姨在家带两孩子，我、苏慧珠、继父都到生产队干活，苏慧珠收工的间歇还要跑回家给冬梅喂奶，有时候苏姨也会抱着冬梅到地里找苏慧珠喂奶。小冬梅长得很快，蓝色的小眼睛，微微上扬的睫毛，看起来很可爱。

让我惊喜的是她的第一句话喊的是：爸爸！这让我开心了好几天。我发觉这小丫头越来越像我，好多队里的人也这么说。

春节后春耕还没开始，我带着晓春上街转转，街上很多人，晓春的眼睛东望望西瞅瞅忙不过来，我带她进了供销社门市部，她看见花花绿绿的糖果便要买，我一摸口袋还有五毛钱，便让营业员全称了糖。

出了供销社又到了街上，经过公社大院门口时，突然听到背后有人喊我，我回头一看原来是小石。小石在部队提了干去年转业回到了地方，在公社人民武装部做部长。

小石说："到我办公室坐坐吧。"

我答应了。

公社大院共有三排房子，小石的办公室是最后一排最东面，红墙红瓦。小石的办公室共两间，一间办公，里面的套间住人。小石为我和晓春倒了两杯开水，对我说："这办公室里也没什么好吃的给孩子。"

我说："不用，坐坐就走。"

小石说自己很少住在这儿，晚上都是回家住的。工作时忙时闲，主要负责民兵训练和青年参军入伍工作。小石转业回来后到我家找过我几次，我们聊了好多过去的事。他一点儿也没变，没有觉得自己是干部了在我这农民面前就高人一等。

在小石的办公室我听到了一个惊人的消息，那就是有些地方已在实行土地包产到户，比如安徽凤阳。我惊讶地问小石："这能成吗？难道允许单干了？"

小石说："改革开放以来好多以前不敢想的政策都实行了，一切都有可能，你想过能把头上的地主成分帽子扔了？福霖不也是上师范了？说不定我们这地方马上也要实行包产到户政策呢？"

从街上回家后，我一直想土地包产到户的事，万一真要实行了，我要种什么呢？还是按政策统一种呢？其实我想种瓜，各种各样的瓜，如西瓜、黄瓜、甜瓜，我爱吃瓜，天生爱吃瓜。我要做瓜农，要把成熟的瓜拉到街上卖。夜里我甚至做了一个梦，我把所有的地全种上了瓜，瓜成熟的季节我每天都拉着瓜上街卖，晓春和冬梅天天吃瓜，还吃坏了肚子。

队里的社员们也都在议论分田到户的事，有的社员说不可能，有的说可能，大队书记坚持说不可能，他说："分田到户都单干了，不是回到过去了吗？"

秋天的庄稼收割以后，小石回家对我说："上面政策已经下来了，我们公社试点实行家庭联产承包责任制。"

我诧异地问："真的？"

小石说："那还有假，我是亲眼看到文件的。"

不久社员中便传遍了，秋种以前大队召开大、小队干部会议，学习上级关于家庭联产承包责任制精神，各生产队组成分地小组，按家庭人口分配土地，地还是集体的由家庭承包耕种。接着分生产队的工具、牲口、树木……

队里上工的铃声再没有响起，铃依然挂在池塘边的歪柳树上。

一天早上，我去自家的承包地路过那棵歪柳树，看到一个人蹲在树下抽着烟，铃在他的头顶上。他一只手拿着烟杆另一只手拿着铃锤，我冲他点点头打了招呼继续向前走，只是一个上午都没有听到铃声响起。

父亲到地里耕地，分地前队里有几个耕地的老把式，吴二算一个，父亲没有排上，吴二是父亲的耕地师父。队里每次耕地都是那几个老把式。这次家里分了地，父亲重新耕起了地，他有些生疏地整理耕具，我们家和吴二家、徐祥生家共同分得一头大黑牛，父亲对分到这头彪壮的黑牛很满意，他甚至吃过饭都要蹲在牛的前面看一会儿牛，摸一摸牛背。黑牛兀自吃草，尾巴一摇一摇的。我明显感到父亲老了，头发发白，精神也不像以前，很少言语。

晚上父亲和苏姨拉磨磨面，他拉着磨苏姨续着粮，面粉从小磨的边缘纷纷落下。那些细细的面粉和父亲的白发一样白。我和苏慧珠想上去拉磨，他不让，要我们歇着。苏慧珠带着两孩子便回了房间。

我留下陪他们，父亲干一会儿真的磨不动了便站着歇会儿，用手擦去头上流出的汗水。我上去换他拉磨便不再言语了。晚风顺着门吹进来，屋子里似乎有了些凉意，发黄的煤油灯在风中摇晃。秋蝉的鸣叫在夜空中随风时隐时现，月亮也躲在云层中不肯出来，孩子在草垛边捉迷藏，欢笑声不断。

属于集体时代的稻谷最后一次分到了各家各户，队里的东西便分完了。十几间队房孤独地站在秋风里，屋里空荡荡的，结满了蛛网。分下的稻谷晒干后要在风里扬干净，生产队唯一的一架风车被各家轮流使用。

生产队宽大的晒场上再一次出现了好多人，欢乐的笑声一阵阵传出来。我也是那一群人中的一员，父亲也是，我从家里扛出来稻谷迎着笑声而去。

## 二

妹妹福霖毕业了。

她本来可以分到县城的小学，可是她要求回到农村，县教育局便把她分到了东方公社初级中学教语文，成了真正意义上的公家人。

读师范的三年她变化很大，读师范前眉梢间的那一丝忧郁彻底不见了，她爱说也爱笑。更让我惊讶的是，以往从来没有听过她唱歌，现在她好像一只快乐的小鸟一样唱歌，甚至还会拉一手好二胡，《二泉映月》《赛马》等名曲都会拉。

除了当班主任带两个班的语文课外，她还带四个班级的音乐课。她教孩子们唱《乡恋》，孩子们跟着她学。学校有一台老风琴，每到音乐课，孩子们便到办公室里抬风琴。

父亲最操心的还是妹妹的婚事，他希望妹妹读师范的时候在学校谈一个。妹妹说："学校不允许谈恋爱，况且毕业了也不一定分到一块儿。"

工作不久，福霖真的谈起了恋爱，不过谈的对象却遭到父亲的反对。她谈了一个赤脚医生，父亲说："赤脚医生终究是个泥腿子，现在你好不容易成为国家干部，怎么能找个农民呢？况且国家正式的女干部那么少。”

福霖说：“只要两人能合得来，什么干部不干部的，赤脚医生治病救人有什么不好？”

我见过那个赤脚医生，高高大大，皮肤白净，还戴着眼镜。那是一次我到东方街上买东西，刚好放学。我看见一个男人骑自行车，而妹妹坐在那辆自行车的后座上，他们俩有说有笑的。

妹妹看见我愣了一下，示意那个男的停下来。

那个男的见了我也是吃了一惊的样子，妹妹向那男的介绍我：“这是我哥。”

那男的主动过来和我握手。

我以前听妹妹说过他，心中有数，心想这便是那个医生了。

有一天晚饭后，父亲和苏姨上床休息了，我、苏慧珠、妹妹在聊天，聊到了她的男朋友。妹妹说那人三十二岁，上过高中，1966年高中毕业，也属于老三届。恢复高考后也想过去考，只是感觉年龄太大放弃了。

我问：“他这么大的年龄为何不结婚呢？”

妹妹答：“他舅舅是大地主，自己家是富农成分，没有人愿意嫁他，耽误了十多年，现在不讲成分了只是年龄又大了。”

苏慧珠问：“对方哪儿吸引你？”

妹妹答：“他心地善良，待我好。”

我问：“你不感觉到你们之间差别很大？你一个正式老师，他是一个农民。”

妹妹答：“我不介意，再说了，我快三十岁了，在这小地方还能指望找到什么样的？”

我和苏慧珠不再言语。

妹妹觉得很幸福，我也想通了，只好她幸福就好。

父亲后来也不再反对。

父亲想年底就让他俩结婚。

年底前一个寒冷的晚上，天似乎还下着雪，妹妹回到家里，她一声不吭，脸色很难看。父亲问发生了什么事，妹妹说没什么。后来在父亲的一再追问下，妹妹说了实情，那个赤脚医生跟一个寡妇好上了，抛弃了她。我们一听就傻了眼，这怎么可能呢？福霖那么漂亮，又有正式工作，心地善良。但是事实就是事实，妹妹很痛苦，我们安慰她："本来对方就配不上你的，这下分了岂不更好？"

从那以后妹妹心情便一直不好。后来有人介绍了县城工作的离婚干部，妹妹不同意，她说不想当后妈。

妹妹的婚事成了父亲的一块心病。

## 三

时间到了1982年，我四十岁，苏慧珠也四十岁。让我没想到的是苏慧珠又怀孕了，苏慧珠自己也没想到这么大的年龄还能怀上。

关于苏慧珠怀孕的消息我们没有对外人讲，父亲和苏姨说这个时候嘴一定要紧，不能对外透露风声，现在计划生育管得紧。

关于计划生育政策我是知道的，一对夫妇只能生一个孩子，超生要结扎和罚款。我和苏慧珠已经有了两个孩子了，再生一定会被处罚，只要让村里知道一定会被引产，这是我所不能容忍的。

眼看苏慧珠肚子一天天变大，冬天还好，马上就要到夏天了，这岂不是暴露了吗？我已有两个女孩了只是很想要一个男孩，一个可爱的男孩。

我问父亲怎么办？父亲说："躲吧，生下来再回来。"

能躲哪儿呢？真要成为"超生游击队"？我又犯了难。

父亲说："他有一个同学的儿子在泗州开采石场，看能不能去那儿，你去那里干活，把媳妇带过去，生下了再回来。"

我说："万一被村里干部发现了，咱家这房子可就保不住了。"

"生还是不生？"

我犹豫了，苏慧珠说："生！"

父亲亲自去了泗州一趟，找到了他的老同学。刚好老同学的儿子也在家，对方也同意了，只是采石场人多嘴杂，万一被举报了他也没办法。

在去泗州前，我和父亲把家中值钱的东西都卖了，包括树木，粮食只留下够吃的。我准备过程中邻居们都投来异样的目光。我打算速战速决。

一个薄雾笼罩的早上我和苏慧珠出发了，我骑车带着她，两个孩子交给了父亲和苏姨照顾。

按照父亲说的地址，我们第二天到了那个采石场，采石场是在一座山脚下，属于村集体企业，父亲同学的儿子是采石场的场长，姓马，大家都喊他马场长。

或许父亲同学的这层关系作用，马场长对我们很热情，把我们夫妻单独安排了一间宿舍，更让我们感动的是宿舍里还配备了煤油炉，自己可以做点饭吃，当然也可以去场子的食堂吃。

不出我的意料，场子里的那些工人见了我非常惊讶，以为来了外国人，围住我像观看怪物一样。

我被安排搬运石块，也就是把被雷管或炸药炸碎的石头搬到车上拉到场里加工成石子。我力气大，也肯卖力，搬运石块也多，多次被马场长表扬。场子上一个月休息四天，实行轮休。不休息照样算工资。苏慧珠暂时还能干些轻活，被马场长安排到食堂做饭。马场长对我们很好，多次邀请我们夫妻到他家吃饭，我们都婉言拒绝了。

日子就这样一天天过去了，苏慧珠的肚子一天天大了起来，这也瞒不住人了，食堂一起做饭的妇女对苏慧珠也很照顾，重的活也不让她干。苏慧珠感觉她们也可靠，告诉了已有两个孩子。那些妇女们说："我们清楚着呢，你都这么大年龄了，肯定不止一个小孩儿了。"

虽说距离不太远，我们的口音与泗州这地方的口音还是有明显的区别，但彼此都能听得懂。

在我们来这个采石场之前，父亲就交代我们，在孩子生下之前千万不要回来，被捉住了那可要引产的。

一天下午，苏慧珠正在宿舍休息，一个女同事急匆匆敲开了门说："快点，快点躲起来，我遇到了三男一女在大门口问里面有没有操淮江口音的一个叫苏慧珠的女人？我估计是来抓你的，告诉他们说没有。他们还在门口没走呢。”

苏慧珠问：“躲到哪儿呢？”

那个女同事说：“跟我来，先躲到山上，晚上住我家去，等那些人走了再回来。”

苏慧珠跟着那个女同事从一个小门上了山。到了一个山洞，那女同事说：“就在这别走，我再去告诉你男人。”说完便走了。到了晚上那女同事又到山上接了苏慧珠到她家住下。

我得知消息吃了一惊，赶紧上山寻找苏慧珠。苏慧珠晚上被同事接回家后我便在山上睡了一夜。夜里山上很安静，山间的风吹来有些凉，我只好无奈地蜷缩在山上，好不容易熬到天亮，我还是不敢轻举妄动，直到太阳慢慢升起时，苏慧珠又来到了我的身边，给我带来了干粮和水。苏慧珠对我说：“这一夜你受苦了。”我摇了摇头说：“是你跟着我受罪。”就这样一直到中午吃饭时，那个女同事来到了山上对我们说：“那些人走了，我悄悄地对场子里的工人交代为你们保密这件事。”

我和苏慧珠连忙说：“谢谢！”我对那个女同事充满感激，但现在无以为报。

肚子已饿得呱呱叫，我和苏慧珠赶紧下山去食堂吃饭。

一场危机就这样过去了。

天气慢慢变热了，山上干活更不容易了，稍微动一动就满身是汗。外地的货车排成队来拉石子，我在山上几乎没有休息时间。

好不容易熬到中午下班，我简单地在单位食堂吃了点饭就向水库走去，这个水库离采石场不远，大约有五百米。有一条山间小路可以到水库边，平日里这条路上很少人走，路上荆棘丛生，甚至还有蛇在小路上游走。

骄阳似火，我的上衣被汗水湿透紧紧沾在身上，恨不得一步就跳到水里痛快地洗个澡。为了尽快到水中，我快速向前走去，离水库还有一段距离时我直观感到有些不正常，水库有不寻常的动静。

我走上前一看，立马吓出一身冷汗。两个小孩儿在水里，小手乱扑，头也在水里一会儿露出来，一会儿沉下去，情况十分危急。我边跑边脱去上衣，脱去鞋子，裤子都没来得及脱就跳入水中，迅速向两个孩子游过去。我首先一只手抓住一个孩子的头发让其头高出水面，另一只手划水向岸边游去，到了岸边我抱起孩子放在岸上。此时我紧张加上疲劳让我浑身酸软无力，我回过头望向水中的另一个孩子，此时已看不见那个孩子的影子，只看见一个隐隐约约的黑影，我再次跃入水中向那个黑影游去，黑影也不见了，我迅速潜下水，下潜过程中我的手触碰到了孩子。我摸到了孩子的头，便抓住了孩子的头发，用脚使劲踩水，我整个人在水中，脑袋嗡嗡的，有一种窒息的感觉。当我提着孩子的头跃出水面时，阳光刺得我睁不开眼，我深吸了一口气，一下子舒服了好多。

我把孩子的头提出水面，感觉孩子没有任何动静，软软的，我心里想这下完了，赶紧往岸边游，可是有些力不从心。我感到前所未有的疲劳，这一阵在水中来回划比在采石场干一天活都累。我的头出现眩晕，眼睛有些花，但是我咬紧牙关向前游，好不容易游到了岸边，我想把孩子推上岸却怎么也提不起力气，我抱住孩子站在岸边，这时有一个人从水库边的小路上经过。我使出浑身的力气喊："救命啊！"对方好像听到了我的喊声连忙跑过来。

他边跑边脱鞋，到了岸边，衣服都没来得及脱就跳下水，没想到他脚底一滑一下子就跌倒在水中，等他爬起来头露出水面时被水呛得咳嗽了好几声。他过来从我手中接过孩子向岸上走，我咧咧趔趄地跟在身后。他把孩子放在岸上又过来拉了我一把，我才上了岸。

两个孩子像两条大白鱼一动不动地躺在岸上。我坐在岸上的草丛中爬不起来，大口地喘着粗气。

被我救上来的第一个孩子还好，我看到他的眼睛在动，嘴巴也在一张一合，而第二个孩子静静地躺在地上一动也不动。那个人连忙把这个孩子倒背在肩上来回跑动，孩子嘴里流出了许多脏水。接着他又把孩子平放在地上，开始给孩子做人工呼吸、按压。不一会儿他就满头大汗，他的两只手依然在用力做着，按压过程中不断有水从孩子的口中吐出。

我身上慢慢恢复了一些力气，只是头还是晕，我坚持站起来走到孩子旁边，用我脱下的衣服擦去孩子口中流出的水。

孩子似乎有了一些反应，我试了试孩子的脉搏，感到了微弱的跳动。

那个人累得满头是汗，问我脉搏如何？并让我按压孩子的人中。

我说："有脉搏了。"

他长舒了一口气，从孩子身上下来，坐在地上用手抹去汗，大口地喘着气。

"你会按吗？"

我摇了摇头。

他又过来把孩子的头转向一侧，用手指放在孩子的鼻孔边试一试。

"有呼吸了。"

那人脸上露出了喜色。

第一个孩子已经坐了起来大声地哭泣，或许是因为害怕。

远处有人焦急地喊着，或许就是这两个孩子的家人，喊声由远到近。我站了起来迎了上去，大声地回应，第一个孩子也在大声答应着。

我看清楚了是两个妇女，她们看见了我们，快速地跑过来。其中一个妇女搂住了第一个孩子，另一个妇女试图抱起地上的孩子，大声哭泣着。

我们两个男人阻止了，告诉她，不要急，孩子已经醒了，问题不大。

孩子慢慢地睁开了眼睛，轻轻地喊了一声："妈妈！"

那个妇女边答应边抹着眼泪。

"感谢两位恩人啊！"

两个妇女向我俩下跪，我俩立马把她们扶了起来。

"孩子还没完全脱离危险期，不要这样。"

孩子的状况越来越好，脸色也由苍白转向红润。

"回家观察吧！"

那个男人对妇女说着便扶孩子坐起，孩子还是坐不稳，妇女便把孩子抱在怀里。

"背在肩上好些。"我把孩子托在母亲的肩上。

第一个孩子的母亲盯着我看，我心里想她又认为我是外国人了。

两位妇女走后，剩下了我和那个男人坐在地上喘粗气。

“你是外国人还是新疆人？”

“我是中国人。”

“不像。”

那人在口袋中摸出一包烟来，全湿了，他有些心疼地扔了。

“在我很小的时候母亲和继父带着我从意大利来到了中国。我是在意大利出生，亲生父母都是意大利人。”

“哦，我说你咋不像中国人呢。”

“你抢救的手段很专业啊。”

“我是赤脚医生，学过。”

“你就是这个村的吧？”

“不是。”

“我是仙岩村的，刚才有事路过这里。”

“你这一身衣服全湿了怎么出去呢？这样吧我就在这山上的采石场干活，宿舍也在这山下，你到我宿舍换我的衣服，改天送过来就行了。”

那人沉思了一下道：“也只好如此了。”

到了我的宿舍，苏慧珠也在，他见我俩浑身上下湿透了，非常吃惊。我连忙说了事情经过，她长舒了一口气：“原来如此。”

本来以为这件事就这么过去了，谁知几天后获救的两个孩子的家长又上山来送锦旗。

这天早饭后，我在食堂吃过了早餐，正准备上山突然听到远处有锣鼓的声音，声音越来越近，我也没在意，上班的点快到了我便向山上的工地走去。第一炮打过了，我正往车上搬石头时，场长办公室的小王气喘吁吁地上山来找我：“有人给你送锦旗了，赶紧下山。”我心里明白了，原来锣鼓声是有人送锦旗。

到了场长办公室，两个获救孩子的父母手捧紫红色的锦旗，见我进来，双手献上。周围的人热烈地鼓起掌来。

“没想到你老哥是做了好事不留名啊。”马场长笑着说，“我们应好好宣传一下。”

“他是个外国人吗？”人群中有人问。

“他可是正宗的中国籍。很小的时候从外国来的，一直生活在中国。”

两个孩子的父母又要给我下跪，我连忙扶起来。

“你就是两个孩子的再生父母啊！”其中一个孩子的父亲说。

“任何人看到了都会下去救的，我不过是碰巧发现了而已。”我笑着说，“另外一位大哥帮忙也很关键的，他是医生救人很专业。”

“我们打听到了并已送了锦旗。”

“两孩子应该认你为干爸爸。”人群中有人说。

“对啊，对啊！”人群中有人附和着说。

“你是两个孩子的救命恩人就认吧。老徐！”马场长也在旁边说。

我笑着说：“好啊，好啊，就不知道这未来的干妈同不同意？”

“干妈在哪儿？现在就去问。”

“在食堂里呢。”

“我去喊她来。”小王又向食堂跑去。

不一会儿小王就领着大肚子的苏慧珠过来了。

有人敲起了锣鼓，震天响，有人连忙制止：“别敲了，别敲了，会动了胎气的。”锣鼓立马停了下来。

“两个孩子要认你们做干爸干妈你同意吗？”马场长问苏慧珠。

“同意！同意！”苏慧珠大声回答。

现场又响起一片掌声。

第二天，乡里的通讯报道员找到了我，意思是想为我写一篇勇救落水儿童的报道，我说不要报道了，也不是什么惊天动地的大事。报道员说已经采访过两个孩子的家长了现在就剩下采访救人者了。

我给报道员介绍了整个事情的经过，再次请求不要报道了，其实我内心还有担忧，现在来这采石场就是躲计划生育生孩子，万一动静整大了不是曝光了吗。

苏慧珠肚子大得不好穿衣服，采石场的食堂也不能去干活了，整天不是待在宿舍里就是出去转。我俩找了村里的医生，医生说不到两个月就到预产期了。

马场长隔两天就要上山一次，检查放炮的位置，各处的安全问题。这一天马场长上山后，爆破工要请假，原因是老婆生孩子。他的岗位谁来顶替呢？整个采石场没有第二人做过这活，也没有人愿意做，因为这活太危险了。人家这是正常请假也不好不准啊，可谁接呢？马场长问了几个人没有人愿意接，他见到我在搬石头便问我否愿意做爆破工？我不愿让马场长为难，总不能爆破工请假整个采石场就停工了。

马场长拍了拍我的肩说：“小心点。”

我点点头。

自此我正式跟着爆破工学爆破，三天后我基本上掌握了技术。

苏慧珠听说我做了爆破工后有些担心，我说这只是临时干一段时间，没事的。

有一天中午我在食堂吃饭刚好和马场长坐一桌。马场长说：“可能你还不知道吧，你上报纸了，我刚才在办公室看新来的报纸看到的。题目我都能记得《“洋农民”勇救落水儿童》。这下全市人都知道你了。”

我心里一惊，这样一来我的家乡淮江那边的人也看到了。我躲在这里岂不是公开了？马场长见我没有说话疑惑地望着我。

“这确实是好事，只是——”

“有什么问题？”

“待会我到你办公室说。”

吃过饭我随着马场长到了他的办公室。坐下后马场长掏出一包烟，给我一支他自己也掏出一支点上吸了一口，烟顺着鼻孔冒了出来。

“马场长，是这样的，我们夫妻投奔你这儿的目的你也知道，就是为了生孩子，这样一宣传不是公开了吗？万一家乡那边的人找来可怎么办？”

马场长一拍大腿。“唉！我怎么没想这么多呢！”他猛吸了一口烟，想了下，“嫂子也快生了，实在不行再转移，我有一好朋友在旁边这个乡的窑场做场长，你们再去他们那躲一阵。”

果不其然，我担心的事还是来了。

一天下午，门卫找到我的宿舍悄悄地让苏慧珠赶快躲起来，说外边有几个陌生人找徐福顺和他媳妇。

苏慧珠赶紧躲了起来。

原来马场长早已对门卫做了交代，凡是来找徐福顺夫妻的外人一律说场子里没有这俩人。

马场长知道后让我们小心，他亲自骑自行车到邻乡窑场他的好朋友处寻求帮助，他的好朋友同意了，我对马场长充满了感激。

在一个月明星稀的夜晚，马场长安排场子上的一辆拖拉机送我们去邻乡的窑场。我以前在砖瓦厂干过，对制作砖坯等活都熟悉，干起来还算顺手。

两个月后，苏慧珠生了，是个男孩，我喜极而泣。只要孩子生下了无论经受怎样的处理也都不管了。

## 四

当火烧云布满天空的一个下午，我和苏慧珠抱着孩子回到久别的徐家大院，我被眼前的一幕惊呆了。

我熟悉的房子不见了，已成为一片平地。徐家大院其他人家的房子还在，还是青砖青瓦一如从前。

我家原有房子地面上出现了一个小窝棚，我来到了窝棚前听到了里面传出了几声咳嗽，这声音很熟悉，应该是继父的。

“爸爸，爸爸！”我冲着里面喊了两声。

里面停止了咳嗽，接着从里面走出了一个白发苍苍的老人。是父亲，天哪，这才几个月没见，父亲苍老了许多，背明显驼了下去。

“爸爸！”我又喊了一声。

“哦，回来了，回来就好。”

“苏姨呢？”

“她去外面拾柴火去了。”

“晓春和冬梅呢？”

“和福霖去学校了，这儿也没地方住。”

“我来看看孩子。”父亲颤巍巍地走过来看苏慧珠怀中的孩子。

“男孩还是女孩？”

“男孩。”苏慧珠说。

父亲脸上露出了微笑。晚风吹来，吹乱了他头上稀疏的白发，他脸色变得凝重起来。

“你们一家回来住哪儿啊？”

正说着苏姨背着一捆柴火慢慢地回来了，她的身体几乎隐藏在柴火之中。她看见了我们立马扔掉柴火，小跑过来，到了苏慧珠跟前，扑了扑身上的灰尘。她从苏慧珠怀里接过孩子，脸上露出了开心的笑容。

“我想死你们了，回来就好，回来就好，生男生女倒无所谓。”

“你抓紧做饭去，娃还没吃饭呢。”父亲对苏姨说

苏姨把孩子又重新放回苏慧珠的怀里，准备做饭。顺着苏姨的背影我发现我家新的锅灶地点，靠着院墙支了一口锅，苏姨把刚才的柴火放在锅灶旁边。

苏慧珠把孩子放到我的怀里也来到锅灶边帮助做饭。

这天晚上我们住到了结满蛛网破烂不堪的徐家祠堂。苏慧珠有些害怕，我不断安慰她，先将就住下，慢慢再考虑建房子。

第二天，我正在打扫祠堂，听到外边有人喊我，我赶紧停下，走出了祠堂。我一看吓了一跳，几乎所有的村干部都来了。

村支书说：“你们现在儿子也生下来了，接下来就要接受处理。”

我点了点头表示服从。

村支书说：“明天准备到乡里做结扎手术。”

我说：“孩子刚满月，能不能迟几天过去做。”

许多村干部笑了。

村支书说："有的人孩子生下几天就做了，你这时间已够长的了，赶紧准备吧，另外准备五千块钱罚款。"

我头"嗡"的一下懵了。

"我尽力吧。"

"当务之急是要把结扎手术做了。"

"好的。"

当这些人要离开的时候，村妇联主任笑着说："到你家看看大胖儿子。"

苏慧珠对村妇联主任的到来似乎有些紧张，那个主任先看看我熟睡的儿子，又向苏慧珠交代了明天手术的有关事宜。

晚上苏慧珠紧张睡不着，翻来覆去，我安慰她，做手术是要用麻药的，不疼。她还是紧张，我就陪着她说话，就这样一直折腾天快亮了，她才睡了一会儿。

天刚亮，村妇联主任和计生主任便到了祠堂门口。

苏慧珠在低声哭泣，村妇联主任赶紧安慰她。

我借了一辆架子车跟着去了，到了乡卫生院，我跑前跑后交费，联系手术医生，折腾了好一会儿苏慧珠才进了手术室，我在手术室门口等着。刚到医院时计生主任和妇联主任跟着，可等到苏慧珠进了手术室后两人便不见了踪影。

"不要动，准备打麻药了。"

我听到苏慧珠开始大声哭。

"哭什么，有什么好怕的，又不会死人的。"

手术室传出来那个医生不耐烦的声音。

受到训斥后的苏慧珠停止了哭泣，手术室里传来了手术器械放到盘子里的声音，砸药水瓶吸药水的声音。

手术结束后，我把苏慧珠抱到架子车上，盖好被子。这时村计生主任和妇联主任又出现了，他们与医院进行了交接。我听到了计生主任对妇联主任低声说，这个月的结扎指标终于完成了。

我们到家时苏姨已为苏慧珠做好了饭，她把饭放在小竹篮里提到了徐家祠堂。父亲抱着我的儿子，儿子在他的怀里嘤嘤地哭着。可怜的儿子一天都没吃奶了，一定是饿坏了。

苏慧珠赶紧让我把儿子接过来放在她的身边，她解开上衣把奶头塞到儿子的小嘴里，儿子立马停止了哭泣，幸福地吃着奶，吃饱了，便安静地睡了。

# 去云南

## 一

东方乡办起了砖瓦厂。

徐福顺有幸成为砖瓦厂的第一批工人，说起他能够进乡里的窑厂也多亏了一个人——田小石。小石作为乡里的领导负责筹办砖瓦厂。

省里、市里、县里都提出要大力发展乡镇企业，增加乡镇财政收入。东方乡的党政领导专门带队到镇企业办得好的江苏苏南的苏州、无锡、常州等地考察一番。乡领导经过研究认为东方乡建砖瓦厂比较合适。原因在于现在农民经济得到了改善，不少农民开始了“草改瓦”，扒掉草房建砖瓦结构房子的越来越多。通过调查了解东方乡农民建房所需砖瓦大多从县砖瓦厂或附近乡镇砖瓦厂购买，如建了砖瓦厂既增加了乡里的财政收入又方便了本乡农民购砖瓦建房。

乡党委同时研究决定由乡人大主席团主席担任筹建负责人，牵头组织选址、建设、招工等全部事宜。在选址上田小石专门请了县国土局的专家来到东方乡测试土壤结构，最后选址在仙岩村，主要仙岩村的淤泥土壤适合烧砖瓦。

经过近一年的筹办，砖瓦厂基本上建得差不多了，二十四孔窑与县砖瓦厂规格一样，高高的大烟囱直插蓝天。田小石又开始考察制砖机、制瓦机等机器设备。他想带上一个技术员和一个熟练的工人一起去，技术员是有了，专门从外地聘请的，熟练工人还没有定下来，其实附近乡镇砖瓦厂的工人很多而找一个熟练的不容易。小石想到了徐福顺，他知道福顺在砖瓦厂干过，一定熟悉机器的性能，便决定带福顺一起去。晚上下班回家后，田小石专门到祠堂找了徐福顺。福顺听明来意笑着说："我确实在砖瓦厂干过两次，不过时间也不长。"小石说："干过就行，最起码了解什么样的机器好用。"

考察过后机器设备也都订了，接下来便是招工人，消息传出报名的人蜂拥而至，因名额有限一些人甚至托亲拜友找关系要进厂上班。

徐福顺也想到厂里上班，他找到了小石，小石笑着对他说："本来还打算聘请你做车间主任的，你倒自己找上门来了。"

"我能行吗？"福顺挠了挠自己的头，"我做笨劳力还行，做领导可不行的。"

"试着干，没有人天生就干得好的。"小石笑着说。

机器设备运到厂里后，制砖坯也开始了，被委任为制坯车间主任的徐福顺带领工人们在窑的附近一个大空地开始取土。

这第一锹土由谁来挖呢？徐福顺请田小石来挖，对于仪式他知道领导们很讲究。田小石哈哈一笑说："没想到你这粗人还粗中有细，这样吧，我请乡党委书记李书记来挖。"

田小石专门在取土点旁边召集了砖瓦厂全体职工参加的取土仪式，乡党委李书记亲临现场并发表了热情洋溢的讲话。李书记说："东方乡砖瓦厂的建成是一个里程碑式的大事，也是乡里经济腾飞的开始。现在正值深秋也是丰收的季节，希望东方乡砖瓦厂能有一个硕果累累的明天。"他还说，这次取土仪式是一次提前演练，下次还要举行隆重的点火仪式，到时会请县里的领导参加。

当乡党委李书记挖下第一锹土时人群中响起了热烈的掌声。

徐福顺望着李书记挖出来的第一锹土竟忘记了鼓掌，他呆呆地望着直到整个取土仪式结束。李书记和小石走后，福顺立马从李书记刚才挖的那锹土中抓起一把用手反复搓着，那淤土有黏性，一点也不散开，是制砖瓦的好材料，他把土放在鼻子边闻了闻，是多么熟悉的味道。他把手一挥，开挖！众人开始挖土。

工人们喊徐福顺为“洋主任”，他一点儿也不恼，笑眯眯地答应着。挖出来的土要用拖拉机拉到制砖瓦场地，开拖拉机的司机是吴大宝，吴大宝也是找了小石进的厂。吴大宝有三个孩子，两个儿子一个女儿，不过他三个孩子都是赶在国家计划生育政策实行前所生，没有被处罚。他的父亲吴义全年后感觉不舒服，浑身没力气，不想吃饭，到乡卫生院检查又查不出毛病，后来吴大宝带父亲到县医院检查，结果查出了肝癌，医生说这病治不好，治也是白花钱，想到哪儿玩就到哪儿玩，想吃啥就给他吃啥，总之活不过今年。吴大宝不忍心父亲在家等死，他带着父亲到处求医问药，连偏方都试了个遍，病却不断加重，为父亲治病花了不少钱，借了不少债，吴义全还是于一个月前撒手西去。吴大宝三个孩子上学负担本来就重，现在为父亲治病又借了不少钱，压力很大。他听说乡里办了砖瓦厂便找了小石，小石知道大宝开过拖拉机便安排他在厂里开拖拉机搞运输。大宝一听很高兴，他天生不喜欢干重活，开拖拉机不用出力他倒喜欢。

福顺指挥众人往拖拉机上堆土，大宝一趟一趟运土，一伙人干得热火朝天。正干着活徐福来也跑到了取土的地方。大宝拿徐福来开玩笑。“福来！也想来干活吗？来吧，赚点钱好娶媳妇，听说现在不少光棍都跑云南讨媳妇呢。”

福来也不言语，微笑着看大伙干活。他脸大约好多天没洗了，有着一道道灰的痕迹。头发也好多天没理没洗了显得又脏又长。

“听说你前晚爬李庄张寡妇家的墙头，后来被她家的狗咬了一口？”有一些工人认识福来拿他开起了玩笑。

他也不恼，笑着说：“我倒看见你从她家出来是真的。”

正说着田小石过来了，他看见徐福来便笑着问：“福来你也来了，是不是想到这儿做工？来这儿做工赚了钱，说不定哪个小寡妇就看上你了。”

福来也不回答转身便要走，福顺见状忙过来拉住他。“你要真想干，就和小石哥说一声，他是这儿的领导。”

小石见福来脸有些红似乎不好意思便说："你要想干呢，明天就过来和他们一起取土，只是丑话说在前，不能嫌活重撂挑子，赚钱不容易。"

"那我明天来试试。"福来低声说，声音小得只有他自己能听见。

## 二

砖坯进窑后，准备点火烧砖了，上次取土仪式上李书记说的点火仪式也在紧锣密鼓地进行着。

乡党委经过研究，点火仪式定在元旦这一天，有从头开始之意。

李书记邀请了县长参加点火仪式，县长也给面子，带领政府办和乡镇工业局等相关单位负责人来到东方乡砖瓦厂，乡直机关全体人员、各村三大员也被通知参加了仪式。窑厂前场地上站满了人。仪式由乡党委李书记主持，县长发表了热情洋溢的讲话，他说作为东方乡的龙头企业必将带动东方乡经济的腾飞，希望东方乡干群心往一处想，劲往一处使，把砖瓦厂做成全县、全市乃至全省的明星企业。他要求乡党委政府要带领群众走上致富之路。

县长亲自点火，把火把点着后交给了烧火师傅，现场响起了一片掌声。红砖垒起的高大烟囱里冒出了一缕白烟，丝丝缕缕飘向了蔚蓝的天空。

现在火已经烧了整整三天，田小石这三天里没有回过一次家。他知道这第一窑能否成功很重要，这三天只要有空他就跑到窑门口看师傅烧火，围着窑一圈一圈地转，仔细察看情况。第四天，田小石照例围着窑开始转圈察看，当他到窑门口抬头看高高的烟囱，他似乎发现有些异常，没有烟飘出来，他又到窑门口看到师傅正在烧火。他把这一情况告诉了师傅，师傅仔细一看确实如此。他上上下下查看了一番又没发现什么问题，也不知道怎么办了。田小石一看这不行万一出了问题可怎么办，这一窑砖可就报废了。

他立马骑车到乡政府打电话向县砖瓦厂求援，要求来个技术员，县砖瓦厂的技术员下午便坐着公共汽车赶到了东方乡，田小石早已在乡政府等候，他又借了一辆自行车给技术员，两人一人一辆自行车直奔乡砖瓦厂。

福顺听说砖窑出了问题，田小石请来了县砖瓦厂的技术员，收工休息时便到师傅那儿看看。福顺见到小石便问："出了什么事？"小石道："县砖瓦厂的技术员正查看呢。"这时技术员和烧砖师傅从窑上下来。

"刘四！你怎么会在这里？"福顺见了县砖瓦厂来的技术员吃惊地大叫道。

"你们认识？"小石惊讶地望着他们俩。

"我们是认识多年的老朋友了。"刘四笑着说，"刚才查看了一遍问题不大，通风道可能被堵了烟出不去，清理一下就可以了。"

"如果清理不及时会有什么样的后果？"小石问。

"最严重可能发生爆炸呢。"刘四说着便让师傅找工具清理通风道。

经过大约半个小时清理，烟囱里又开始冒出了白烟。

小石对刘四说县里来的专家就是不一样。小石想留刘四吃晚饭，刘四婉拒了，他说家里还有好多事急着回去，吃过晚饭也没有车回去了，现在回去还可以赶上最后一班公共汽车。小石见状也不好说什么，安排徐福顺送刘四到街上等车。

临行前小石从办公室里拿出一条烟，用报纸包好放在刘四工具包里。"一条烟，这地方也没啥好送的。"刘四推辞不过还是要了。

福顺问刘四："什么时候成了技术员了？"

刘四笑答："好几年了，李闯离开县砖瓦厂便推荐了我去，当时我不想在化肥厂干便跟烧窑师傅学了这手艺。"

不知不觉两人骑车便到了东方乡政府，刘四还了自行车后和徐福顺一起到了街上，刚好公共汽车从远处过来，刘四上了车冲着福顺摆摆手："兄弟，后会有期，再见！"

公共汽车一溜烟跑了。

## 三

徐福顺不知不觉在乡砖瓦厂干了一年，手里也积攒了一些钱。上次计划生育罚款问题他找了田小石，小石又和分管计生的乡领导打了招呼，最终减少至两千元。在砖瓦厂干了这一年，徐福顺刚好积攒了两千元，便交了罚款，拿了结清的收据，一块心病也消除了。

现在徐福顺一家还住在祠堂里，他在盘算着重新建房。

当福顺把自己的想法对小石说时，小石非常支持。他说："一家人不能老住在祠堂里，得有自己的房子，我们就是生产砖瓦的，材料这块不用担心，你现在没有钱购买可以赊啊，用自己工资抵就可以了，我可以写条子。至于建房工钱你自己考虑。"

徐祥瑞对于儿子建房表示支持，他说："这几年养猪养鸡还有点积蓄，你全拿去，工钱估计也差不多够了，建房的时候请几个大工，我们都可以做小工减少开支。"

福顺说："你和苏姨都这么一大把年纪了，还要让你们干重体力活说不过去。"徐祥瑞微微一笑，"我们徐家过去飞黄腾达过，都是先人们辛勤劳动得来的，不是偷来的也不是抢来的，现在又遇到了好时代，我相信只要我们肯吃苦就一定会过上好日子。"

开春时候，徐福顺在自家被扒房屋的根基上正式建房。

原先的房子是青砖的，这次徐祥瑞打算用红砖，寓意红红火火，福顺表示同意。拉砖的活儿由吴大宝干，他原先在砖瓦厂负责运输，后来砖瓦厂运输改革，拉砖瓦不再由厂里安排而面向市场由私人搞，私人赚运费。吴大宝用一年在砖瓦厂赚的钱又借了一部分买了一辆手扶拖拉机搞起了运输，现在农村建房的人多，拉砖瓦生意很红火。

建房这些天徐福顺专门请了假，购料子、处理建房过程中的问题忙得不亦乐乎。苏姨边带孩子边负责做饭，徐祥瑞和苏慧珠负责打水、和灰、上料子，做起了小工的活，各人分工明确。

上梁这一天，天气晴朗，风和日丽。徐祥瑞买了一挂大鞭炮，从房梁拖到地上，鞭炮响起撒下许多点着红点的馒头、硬币、糖果，徐庄的孩子们如过节一般嬉笑着在地上抢。

徐祥瑞上街买下纸钱前往徐学仁墓前祭奠，他用镰刀割去坟上杂草，又用锹添了新土。他从竹篮里取出纸元宝、用打火机点着后念念有词："爸爸，我们家终于建了新房，您走后这么多年我们家一直不顺利，现在国家政策变了，我们地主后代不再低头做人了，也能够挺直腰杆了。盼您老能够保佑我们全家平安幸福。"徐祥瑞念叨完了又趴在地上磕了三个头，他看纸钱还没烧尽便找来一根树枝扒拉了几下直到全部烧尽。

祭奠结束后徐祥瑞坐在坟旁边的草地上拿出烟袋锅抽起了烟，他回想起了自己这一生，像大海中的波涛一样起伏不定。少年时代家里富有，无忧无虑，因为婚事与父母闹翻远渡重洋，遇到了自己心爱的女孩，却又遭遇意外离他而去，好不容易白手起家有了自己的皮具店，遇到了洛蒂，却又被父亲写信骗回国，本来打算回国过一段日子就返回意大利，结果国内内战，父亲被清算，邮路断绝……自己失去了与意大利的一切联系，他不知道皮具店还在不在。改革开放初期他可以与意大利通信了，写了好多信都石沉大海。他的思绪似乎又回到了意大利米兰，皮具店还在大教堂附近，生意火爆，店里的伙计们都老了又换上了一批年轻的，只是店主还是卡洛的名字，他们都在等着他回去。突然一只喜鹊的叫声惊醒了他，他望着远处树上的那只喜鹊一下子回到现实。下午上工时间快到了，房子应该能上瓦了吧，他起身向家的方向走去。

房子建好后徐福顺和苏慧珠便从祠堂搬了回来。晓春已上了初中，徐福顺让她住校，不能再给姑姑添麻烦。冬梅还在乡中心小学上学，本来福顺想把她转回徐庄小学上学，福霖不同意，她说自己一个人带个孩子在身边挺好，冬梅还小并且中心小学的教学质量要比徐庄小学好多了。这样一来福顺也不好再说什么，原来以为房子建好了有地方住就把孩子接回来，既然福霖想带在身边就带在身边吧，也算有个伴，她不至于太寂寞。

## 四

福来要去云南娶媳妇。

最先传出这消息的是他的老父亲徐祥生，徐祥生快七十岁了，整天无所事事，只要赶集日必然上街听个书啥的，自己家的庄稼也不用心打理，好在地不少，好歹种下都够吃的，儿子福来以前也是如此，成天不务正业，后来到砖瓦厂上班才有所好转。

徐福来也四十二岁了，在农村这个年龄讨不到老婆基本上就一辈子打光棍了。对于好吃懒做的徐福来，没有女人愿意嫁给他，对于女人他也只有看看的份了。其实三十岁以后他基本上就不抱什么希望了，他把这辈子讨不到老婆的原因归咎到父亲身上，父亲是个老流氓、强奸犯，谁愿意嫁给强奸犯的儿子呢。现在的徐福来心底又燃起了希望，他听说了本地不少老光棍竟然有了女人，后来一打听都是从云南一带讨过来的。当然了要出一大笔彩礼钱。现在徐福来通过一年的砖瓦厂工作，手里也有了几千元的收入，他有个特点不爱乱花钱，其实也没有让他花钱的地方，在厂里食堂吃饭，也不买新衣服，工资基本都存着。厂里也有不少工人劝他去一趟云南，徐福来不敢去，他长到四十岁最远的地方也就到过县城。

徐福来回家和父亲徐祥生商量这事，徐祥生像看怪物一样上下打量了一番儿子："你敢去云南？那地方离咱这有好几千里远吧。听说那儿还打战的。"

"我想要女人。"

"你要命要紧还是要女人要紧？"

"要女人要紧。"

"你有钱去吗？"

"有。"

"有？"

"嗯。"

徐祥生再一次吃惊地盯着儿子，他不相信这个脑子似乎不正常的儿子手里会有钱，他认为儿子和自己一样不务正业，甚至认为儿子去砖瓦厂也就是能多看几个女人。

“有人带你去吗？”

“没有。”

“那怎么办？”

“想跟别人一起去的。”

“找到了吗？”

“正打听。”

第二天，徐祥生便把这件事告诉了村里人，村里人一传十，十传百也就慢慢传开了。

刚好村里有一个老光棍小时候患过小儿麻痹症成了瘸子，又姓李，村里人称他为“铁拐李”。“铁拐李”因残疾讨不到老婆，只是此人头脑灵活，早年学过木匠，改革开放后贩过老鼠药到过不少地方，他对走远路不怕。“铁拐李”手里也有点钱便有到云南娶妻的想法，他亲自去砖瓦厂找到了徐福来，两人一拍即合，相约一起南下云南。

徐福来从东方乡信用社把存的钱全部取出来，到东方街手艺最好的裁缝铺做了一身深蓝色的中山装。两人认真准备一番便出发了。此前“铁拐李”打听到一个老光棍刚从那边带回一个女人，他便要了地址和那边联系人姓名，还专门请这个老光棍写了一封信带着。

## 五

徐祥生看着儿子带回来了一个大姑娘，惊讶地瞪大了眼睛，他做梦也没想到他这四十多岁好吃懒做的儿子还能讨到老婆，并且还是一个黄花大闺女。

他们家还住在徐福顺家土改时分的那间破房子里，原来自家后建用于福来结婚的草房子一直没人住也破败不堪了。

原先两个光棍住这房子里还凑合，现在儿子带了媳妇回来，再住在一块儿也太不像话了。那个女孩问：“这就是你家吗？你不说你们家很富有吗？还不如我们家的竹楼呢。”徐福来对这个女孩说：“我们家还有一处房子呢。”徐福来所指另一处房子指那三间破草房。

徐福来赶紧把那三间破房子整修一下，便搬出以前土改后爷俩住的徐家大院老房子。留下徐祥生一个人住那里。

女孩似乎很失望，感觉被骗了，哭着要回家。福来笑着说：“你回啊，你也没有钱，两条腿走回去吗？”

两人到祠堂住下后，晚上女孩不脱衣服就坐在床上，徐福来干着急，也不好霸王硬上弓，一天如此，两天如此。

第三天，福来找到“铁拐李”，想打听一下“铁拐李”的情况。“铁拐李”一听福来的叙述哈哈大笑。

“想当初我媳妇的父亲看不上我，我心里还伤心着呢，现在看来我还是幸运的。”“铁拐李”说他们夫妻生活很好，这娘们很配合，又开玩笑说，“你别看我手脚不便，但那方面功夫不差。”听了“铁拐李”一番话，福来心里很不是滋味。他想请“铁拐李”老婆过去做做女孩思想工作，两人毕竟都是一个寨子里的人。

“铁拐李”的老婆同意过去看看。

女孩见到“铁拐李”的老婆像见到了亲人，扑到她怀里放声大哭起来。两人边抹眼泪边聊着，说着方言，“铁拐李”和徐福来一句也听不懂。

眼看已近中饭时间，徐福来赶紧骑自行车上街买菜，回来后和“铁拐李”开始做饭，这两光棍自己做饭多年，一会儿便做出好几个菜上桌。徐福来喊两个女人上桌吃饭，女孩不肯上桌，“铁拐李”老婆硬把她拉到桌子边。

徐福来打开一瓶白酒，四个人四杯酒，女孩不喝甚至不怎么动筷子。“铁拐李”媳妇倒是好酒量，一杯杯下肚。

下午，徐福来送走了“铁拐李”夫妻后便上床睡觉，他喝多了酒，等到他口干想喝水醒来时夜已深。他摸到火柴点着了煤油灯，房间一下子亮了起来，那女孩依然在床上坐着。徐福顺下了床到水缸边用碗舀起一大碗水咕噜咕噜喝了下去，顿时觉得全身舒服多了。他又走回房间，看到女孩把头埋在两腿间。

“你当初不想和我过，就别和我回来啊，我好找别人，现在你和我回来了，全村的人都知道你是我的老婆，又不和我睡觉，我还不如以前打光棍呢。”

那女孩也大体听懂了徐福来说的话，抬起头。

“我爸爸说是和你来这儿做工的，不是来和你结婚的。”

“啊？”

福来大吃一惊，他觉得这也太不可思议了，明明自己娶了老婆，却说不是自己的老婆。他心里顿时十分恼火。

“可是你爸爸收了我两千块钱彩礼了啊。”

“我不知道。”

福来感觉自己被欺骗了，他长这四十多岁从来都没有挺直腰杆做人，小时候，因为父亲犯事，自己被人指指点点，他这个强奸犯的儿子一直低头做人。长大后他就感觉自己这辈子不可能有女人了，不会有哪个女的会嫁他这个强奸犯的儿子。他开始自暴自弃，只要饿不死就行了，在生产队也不好好做活，成为全村人取笑的对象。甚至家长教育孩子都以他为反面典型。改革开放后他本来对一切新变化也不感兴趣，但对福顺脱掉地主帽子会从内心不接受，他认为只要是共产党当家，地主后代还是地主后代，永远也不会掀起大浪来。福顺到砖瓦厂后他的观念变了，他发现大家都在赚钱只有自己没变。有一天夜里他看着熟睡的父亲，满头白发，身体也不好，心里放下了对他的怨恨，他决定到砖瓦厂看能不能做工，如果要他说明社会接纳了他，如果拒绝他，说明一切都是假象。没想到砖瓦厂还真的接纳了他，从那一刻起他就下定决心要真正做人了。他有了工资，有了存款，只是他还对拥有女人不抱希望。后来他听说了不少老光棍从云南带来了女人，他的内心也燃起了希望的火苗，到云南后能带来这个女孩他感觉是在做梦，现在感觉都是在梦中，不曾想却是这个结果。他越想越生气，趁着酒劲他想做一回男人。他一把抓过女孩的头发把她压在身下。女孩想把福来推开但推不动。女孩渐渐累了，不再反抗，只是在低声哭泣。

第二天，徐福来起来后感觉自己做错了事，便对坐在床边的女孩说："你去村里乡里报告吧，我等公安来抓我。"

女孩却一动不动，过了一会儿，女孩起身下了床，到水缸边舀水向锅里倒又到锅后边开始烧火。

徐福来到了灶台前看到正在做早饭的女孩顿时泪流满面。

早饭做好了，女孩装了两碗放到了桌子上，自己端起碗开始吃起了，徐福来也端起碗，感觉喉咙被什么堵住了吃不下去。

徐福来又到砖瓦厂上班了，他把新婚的媳妇也带了去，厂长照顾他为他俩专门安排了一个小房间。

# 祸福相依

## 一

徐福顺到东方乡砖瓦厂三年了。

这三年也是他活得最有意义的三年。第一年上班的工资收入交了儿子的计划生育罚款，了却了一件大事。第二年上班的工资收入建了三间大瓦房，一家人不再住外面的祠堂，有了自己的房子。第三年上班的工资收入购买了一台手扶拖拉机，解决了家里耕种问题，有空时还能搞运输赚点钱。

现在砖瓦厂效益越来越红火，烧出的砖瓦质量好，名气也打响了，周边几十里的农民建房都来东方砖瓦厂购买砖瓦。烧出来的砖瓦不够卖，甚至要提前交钱预订，有时还要找关系。拉砖瓦赚运费生意也非常火爆，有的农民买了手扶拖拉机不到半年就赚到了买拖拉机的钱。大宝在东方乡砖瓦厂干了三年运输后辞职开始自己干，不到两年时间就建起了二层小楼房，这也是徐庄第一家建楼房的农民。现在徐福顺也向厂长提出了辞职，原因是自己年龄也大了干制作砖坯体力跟不上，想跑跑运输。厂长笑着说，本来还打算报你做副厂长的，已经和田小石主席汇报过了，只是他现在被提拔到另一个乡做乡长了，新的分管领导还要熟悉一段时间，让等等再研究。福顺笑着说：“感谢组织信任，时代真是变了。我的负担确实重，三个孩子上学，父母年龄已高，现在家里收入已不够开支，我还是想自己干运输，时间也宽裕一些好照顾家庭。”

厂长同意了，让福顺写一份辞职报告。

现在的福顺成了一名专业个体运输户，每天奔波在周边乡村，辛苦程度不亚于做砖坯，收入也确实可观，是在砖瓦厂上班收入的两倍以上。

一个狂风大作的下午，狂风吹起黄沙天地间一片昏暗，时值深秋，路边树上的枯叶被狂风吹向了空中如纷飞的蝴蝶。有雨点落下，开始时下得小接着越下越大，天地间迷蒙一片。徐福顺开着拖拉机正给一户人家送砖，他赶紧停下车取出雨衣穿上继续向前行驶，前方可见度很低，几乎十米开外就看不清楚东西了。

正行驶着，徐福顺隐约看见前方路面上有一团红色的东西，他想可能是别人丢下的垃圾，心里还暗暗地骂一句：谁不长眼把垃圾扔在路中间。他放慢了速度想从旁边绕过去，到了旁边他吃了一惊，不像是垃圾倒像个人。他立马停下车，下了车到近处一看，他顿时惊得手都有点发抖。

一个穿着大红雨披的小女孩躺在雨水中，脸色苍白，双目紧闭，一头乌黑的长发浸泡在雨水中，头发下面的雨水有淡淡的红色，可能是血。

徐福顺第一感觉这可能是一起车祸，而肇事者已经逃跑了。必须立即送医院，这时徐福顺头脑中闪过一个念头。他蹲下身抱起小女孩，又回到拖拉机上把小女孩靠在自己的胸前，尽管这样驾驶有点麻烦但也只好这样了，救人要紧。他开着拖拉机向东方乡卫生院赶去。当拖拉机开进卫生院院内时，雨依然下着而医生正准备下班。他抱着小女孩出现在医生的面前，医生吓了一跳，立即组织抢救。医生初步检查后认为小女孩伤得很重，但卫生院的设备条件有限，必须迅速转县医院并进行了电话联系。医生问徐福顺与小女孩的关系，徐福顺摇了摇头说：“不认识。”

医生问：“小女孩是你撞的吗？”徐福顺又摇了摇头。医生认为这是一起严重的交通肇事便报了警。

警察把徐福顺带到派出所。

“请你把事情经过说一遍。”一个警察严肃地问徐福顺，另一个警察做着笔录。

徐福顺简单把看见小女孩的经过描述了一遍。

“有目击证人吗？”

“没有。”

“那如何证明不是你撞的呢？”

徐福顺吓了一跳，没想到警察怀疑到他身上了，现在也是有口难辩了。

“难道我能见死不救吗？我这是做好事啊。”

“我愿意相信你，可是没有目击证人。”

“我是学雷锋做好事的。既然你们怀疑也没关系，总之我是清白的。”

谈话笔录做完后，徐福顺想把砖送给买家。警察告诉他拖拉机暂时还不能动，等到调查清楚了才能开走。

随后一个星期徐福顺便待在家里，这也是警察要求的要随时等候传唤。还好父母和妻子理解他。庄上也有人说各种风凉话，有人说徐福顺这是闲得骨头疼，多管闲事，自找的。也有人说，不是他撞的为什么要救她，肯定是他撞的，还有人说徐福顺想出名，几年前上过报纸还想上报纸。

这件事过去大约十天警察通知徐福顺拖拉机车可以开走了，真正的肇事者已抓到了，是根据肇事车辆上有小女孩的头发和血迹查出来的。徐福顺长长地舒了一口气，总算不被冤枉了。当他跑到乡卫生院开手扶拖拉机时买主已催了好多次，甚至正在建的房子也被迫停了下来。当拖拉机发动的时候，福顺百感交集，做了好事没想到会是这个结果。

把这趟砖送给买主的第二天上午，徐福顺正在砖瓦厂拉砖，远远看到了一辆吉普车开到了砖瓦厂，从车上下来几个人，有的扛着摄影机，有的拿着照相机，有的拿着本子。这些人到了砖瓦厂就打听起徐福顺这个人来，厂里的工人用手一指，正在上砖的那个人就是。这些人看到一个长着外国人模样的人在干苦力感到不可思议，这简直又是一个新闻点。

徐福顺对这些人的到来很诧异，这伙人的耳朵怎么这么灵呢。

“请问你是一个外国人吗？”

“请问你当时看见小女孩被撞到地上是怎么想的呢？”

“你不怕赖到你头上，认为是你撞的人吗？”

“在调查期间你不能出车这些损失怎么办？”

面对记者们的狂轰滥炸，福顺一一回答了所有的问题，最后恳请记者们不要报道了，当时自己就想着救人，真的没有想到太多。

有的记者了解到多年前徐福顺就曾经下水救过人，再次救人表明他一贯爱做好事，是全县、全市人民学习的好榜样。

没过几天，市报、县报都在报道徐福顺救人事迹，电台、电视台也播出了采访报道，甚至省报也以醒目的标题《“洋农民”徐福顺再次救人》进行了大篇幅报道，甚至关于徐福顺的家庭情况都成了报道的热点。一时间徐福顺成了红人，甚至还被县里专门请去中小学做事迹报告。县里给了徐福顺两千元的见义勇为奖励，这也弥补了他的误工损失。为了弘扬正能量，县里还专门设立了见义勇为基金，专门奖励那些见义勇为的人。

## 二

最近一段时间，徐福顺的运输生意特别忙，农村现在掀起了“草改瓦”热潮，砖瓦的需求量大增，徐福顺有时忙得回不了家就在砖瓦厂休息。

这又有三天没回家了。

这天刚送完砖回家天已经黑了。刚到家苏慧珠便着急地对徐福顺说儿子发烧两天了，一直也不退烧，到村里诊所输了液也没用。徐福顺说这发烧退烧需要一个过程的，过几天就好了。

儿子晓光躺在床上无精打采，福顺用手试了试儿子的额头，真的好烫。他取来一条毛巾用开水烫了一下，拧干放在儿子的额头。

第二天一早福顺要去拉砖，临走前又试了试儿子的额头，还是烫。他让苏慧珠继续喂药，等这趟砖送完就回来。

下午回到家，儿子的烧依然没退，徐福顺这下才紧张起来。他开上手扶拖拉机拉着儿子奔向乡卫生院。

卫生院的医生抽了血，化验结果血象异常，特别是白细胞严重偏高。医生让徐福顺带儿子赶紧到县医院做进一步检查。

晓光对爸爸说感到全身无力好难受，苏慧珠说儿子这两天基本上没吃什么东西了。

徐福顺当即决定带晓光到县医院看看，通过化验，医生说孩子的白细胞明显超出正常范围，有患白血病的可能。福顺一听立刻懵了，怔怔地发呆，医生说到大医院检查下再确诊。

看着晓光被疾病折磨的痛苦表情，福顺眼里流出了泪水，他后悔自己为了赚钱忽略了儿子的健康。他转过身，不想让儿子看到他流泪，但儿子还是看到了。儿子问严重吗？福顺慌忙说没事，马上就会好的。

白血病是多么可怕！六岁的儿子啊，你怎么会得这样的病呢！

第二天，他便和苏慧珠带儿子到省城大医院进一步检查，这也是县医院的医生建议的。

当福顺拿着一系列检查报告再次见到血液科门诊医生时，医生仔细看了一下各种检查报告，说根据已检查的结果初步诊断是白血病，医生安慰福顺说这并非不治之症，建议做骨穿检查最终确诊。

这不啻一声霹雳，苏慧珠当时就哭了。福顺倒显得很镇定，他问医生如何治疗。医生说目前国内治疗白血病最好的几个地方，一个是苏州，还有就是北京、上海的几所大医院，这些医院在治疗白血病方面比较权威。

福顺和苏慧珠商量后决定到苏州，苏州离家比较近。县里、省里的医生也都推荐苏州的这家大医院。还有一个原因，福顺很久以前听说大头也在这家医院上班，是一名外科医生。有熟悉的人在里面也好关照。福顺自结婚就没有看到大头了，他只知道大头从省城的医学院毕业分配到苏州的这家大医院上班，当年结婚请他喝喜酒费了好大周折才找到他的联系方式。

到了这家医院，通过打听大头果然在这家医院，还是外科主任。福顺见到大头后，大头很热情，主动和血液科主任联系，安排了住院，要知道这家医院血液科病房很紧张，通常不找关系要排很长时间才能住上院。科主任亲自为福顺儿子诊断，建议做骨髓穿刺手术确诊，只是这个手术成人都很痛苦，何况是一个六岁的孩子。

福顺夫妇经过考虑决定让儿子做。

手术的前一天，福顺问儿子："儿子，明天就要做手术了，有些痛，你害怕吗？”

儿子说：“不怕，我能坚持。”

手术时小家伙表现得很坚强，一声不吭，做完后回到病房，福顺夫妇看到儿子心痛得直掉眼泪。

报告出来了，医生看了穿刺报告后确诊是一种急性髓系白血病 M2，说有治愈的希望，要先做化疗，有条件的话再做骨髓移植，总体费用也比较高，要大几十万甚至上百万元，要徐福顺做好思想准备。对于配型，医生建议兄弟姐妹的骨髓配型成功率较大。

福顺让苏慧珠在医院照顾儿子，他回去把正在读高中的晓春和读初中的冬梅带到医院进行检查配型情况。

晓光开始进行化疗，呕吐、头昏等不良症状随之而来，他坚强地忍受着，看到父母难过的样子，甚至安慰起父母来。

晓春和冬梅的检查报告出来了，晓春与弟弟配型达到十个点，属于高分率的配型，医生说用晓春的骨髓移植成功高，完全有彻底治愈的可能。这个结果让福顺一家非常高兴，但高昂的费用也让他们一家发愁。

徐福顺这几年跑运输积攒了一些钱，只能勉强够移植费用，后期还需要大量治疗费用，有很大缺口。

时间过得很快，又一个月过去了，苏州开始转冷。街道两边银杏树上的银杏叶开始飘落，铺满了地面，金黄金黄的，人走上去沙沙作响。

移植前的一切准备工作也在有序进行中，徐福顺回了一次家，把冬梅送回家，让她继续上学，也帮晓春请了假。

从学校回来后他坐在门前的凳子上发呆，深秋的徐庄一片丰收的景象，金黄的柿子挂满了枝头，空气中飘荡着瓜果的香味。

在他离开的这段日子里，家中的水稻和玉米是大宝、福来等好心的邻居帮助收割的，父母年事已高，无法做重活。

晚上吃饭时，徐祥瑞问：“治疗费用够不够？”

“不够，主要差移植后的治疗费用。”徐福顺眉头紧锁，叹了一口气，“我想卖掉一部分粮食，家中的粮食够吃就行。”

徐祥瑞点了点头表示同意。

“我这儿还有三千块钱你拿去吧，这也都是你和媳妇平时给我们的零花钱，没舍得用。”苏姨起身到箱子里拿钱。

“不用了，你们身体也不好，平时买点东西多补补身体，我们照顾也不周。”

“这是需要用钱的时候，我们要钱干吗！也帮不上什么忙。”

福顺感到鼻子一阵发酸，他努力不让自己的泪水流下来，这是多么好的父母啊。

苏姨还是把钱塞到他的手中。

吃完晚饭，福顺一个人坐在屋里发愁，屋外传来狗叫声，一个人紧接着走进屋来，福顺抬眼一看是福来，忙起身。

福来告诉福顺他小媳妇怀孕了，福顺笑着说：“对于你来说是天大的喜事啊。”

福来说：“当年多亏你和乡亲们拉一把，要不真的就废了，现在小媳妇也对我好，我打算明年春天回云南一次看看她的家人。”

福顺递给福来一支烟，福来点着烟吸了一口说：“侄儿的事大伙都听说了，砖瓦厂全体职工在厂长的带领下正组织捐款，我是听说你回来了就过来看看你。侄儿是个好孩子，他一定能够挺过这一关的。”

临走前福来从口袋里掏出一千块钱放到福顺手里说：“这是我的一点心意，请一定收下。”福顺不收，福来急了，“这是给侄儿的救命钱，我只有这一点力也只能尽这点力。”

福顺推辞不过只好收下了。

第二天福顺起床准备前往苏州，徐庄的村民们陆续来到福顺家，有的拿出五十块、有的拿出一百块塞在福顺的手中，福顺看着这群善良的乡亲们眼睛湿润了。

市报、县报的记者们听说两次救人的英雄家里遇到这么大的困难时又在报纸上进行了报道，掀起了捐助热潮。短短几天福顺便收到了十多万块钱的爱心捐款，而捐款还在持续。

苏州的报纸也给予了报道，不少热心市民纷纷到医院看望他们一家，临走时都捐了数量不等的钱款。

这些爱心捐款已足够徐福顺儿子手术和后期的康复费用了。

晓光真是一个懂事的孩子，知道第二天便要手术了，面对父母的紧张和不安不断安慰他们："没事的，我能坚持住，放心好了。"

晓春是一个外向的孩子，刚上高一，她继承了父母的优点，蓝色的大眼睛、金黄色的头发像爸爸，白白的皮肤像妈妈。她对父母说："我的身体素质那么好，相信我的骨髓一定会让弟弟配型成功。"

晓光和晓春被推进了手术室，当手术室的大门关上的一刹那，徐福顺和苏慧珠的心也提到了嗓子眼。

接下来是漫长的等待，每一分每一秒看起来都是那么漫长。

徐福顺和苏慧珠坐在手术室门前的长椅上，眼睛盯着手术室的门，门上"手术室"三个红字显得那么刺眼。

一个小时过去了，徐福顺显得有些烦躁不安，他站起身来在过道里来回走动，过一会儿又重新坐到椅子上望着手术室的门。

医护人员从手术室进进出出，福顺也不敢上去问情况，直到一个护士喊："徐晓光、徐晓春的家属，病人手术做完了，很成功。"

两辆手推车被缓缓地从手术室推了出来，徐福顺和苏慧珠赶紧迎了上去，两个孩子手术后显得很虚弱，脸色苍白，眼睛紧闭。护士不让他们靠近怕造成感染，他们看着两辆手推车进入了无菌病房。

手术后几天晓春便出院了，本来福顺想送她回去，她说："我已上高中了，能自己回去，也能省一个人路费。"

福顺把晓春送到车站，她微笑着向父亲摆摆手，便进了站台。

回到医院，主治医生通知，晓光可以回到普通病房了。刚好大头也过来了，他说已经了解，晓光手术很成功，再住些日子观察一下便可出院了。

徐福顺和苏慧珠很激动，他们对大头说："非常感谢院方和这么多好心人的关心和帮助。否则单凭我们夫妻俩很难扛过来。"

晓光的精神状态一天比一天好，他甚至下了床在病房里跑来跑去。早上阳光从窗户射进来，照在晓光的脸上，小脸红扑扑的，可爱极了。

出院的前一天，大头来到了晓光的病房，对福顺说："来苏州一次不容易，明天出院后可以带孩子到苏州园林转一转。"

福顺笑着问晓光："知道苏州最出名的地方吗？"

晓光说："寒山寺。"

"何以断定？"

"老师教过一首唐诗，其中有一句'姑苏城外寒山寺，夜半钟声到客船'。里面不是有寒山寺吗？"

众人大笑。

大头问："想去实地看看吗？"

晓光说："想。"

大头对福顺说："我明天刚好调休，陪你们一家去寒山寺，也看看其他苏州园林，晚上到我家吃顿饭。"

福顺说："不必了吧，不给你添麻烦，你休假也要陪家人。"

大头笑道："我们两家可有渊源了，过去我爸给你们家做长工，后来我俩成了同学，现在我依然还要'服务'一次，不过不是地主与长工的关系了。"

苏慧珠笑道："他这个'地主后代'可让他吃了不少苦头呢。其实他也不是真正的'地主后代'，他是意大利人的后代。"

福顺说："时代变了，我们也跟着变呢。我没想到能到中国来，也没想到能成为'地主后代'，更没想到能得到这么多人的帮助。"

## 三

徐福顺望着砖瓦厂高高的烟囱发呆。

热闹的砖瓦厂仿佛一下子安静了下来，那些来来往往的人，那些喧闹的声音仿佛一下子就消失了。往日这个烟囱一直冒着烟，这段时间再也看不到有烟出来，它仿佛一个失血巨人一般干枯，没有一点生气。那些砖坯高高地堆起如一道道密不透风的墙，砖坯风干发后苍白静穆。一只乌鸦在空中盘旋，如黑色的幽灵，渴望发现一只猎物，那骇人的声音随着风飘荡去了远方。

徐福顺掏出一包烟抽出一支点燃，眯着眼打量着这个砖瓦厂，感慨时间过得真快，仅仅十年时间，这个砖瓦厂便成了今天这个样子。他经历了创建到如今的落幕，想当年小石让他做制坯车间主任，当年真可谓是意气风发，浑身有着使不完的劲，现在自己也老了，跟不上这变化迅速的时代。现如今草房已所剩无几，砖瓦房也早已普及，导致送砖瓦的次数越来越少，年轻人纷纷到沿海城市打工去了，留在村里的人年龄越来越大。一连几天都接不到一单活，徐福顺对生活有着茫然，不知道接下来的路该怎么走。家里的事也让他闹心，主要是两个女儿不听话。

大女儿晓春高中毕业没考上大学到广东打工去了，徐福顺本来还想让女儿复读一年，晓春不同意。福顺不明白她为什么不想复读，后来才了解，她在高中偷偷谈了对象，对象姓张，也没考上大学，打算到广东打工，他们是相约前往广东。今年春节，晓春回到家里说和小张要结婚了，福顺一听就傻了，虽说现在是自由恋爱，但也要听听家长的建议啊。福顺听晓春说这个小张是单亲家庭，下面还有个弟弟，母亲因病去世多年，现在父子一起生活，并且听说父亲腿脚不便身有残疾。从内心来讲，福顺不愿女儿嫁入这样的家庭，自己小时候就是单亲家庭，母亲和继父结婚后经过痛苦颠沛流离来到了中国，他希望女儿找一个双亲都健在的家庭。

晓春说："这都什么时代了，还讲这些东西。"

徐福顺说："我要不同意呢？"

晓春说："那我就永远不回这个家了。"

徐福顺一想，还是算了吧，万一真不回来了，不是白养这个女儿了吗？

到了国庆节放假的时候，晓春回来了，不过是挺着大肚子回来的。她哭着对苏慧珠说："小张有外遇了，我们要分手了。"

苏慧珠说："不行！你这么大的肚子，没多久就要生了，以后还怎么做人！怎么嫁人！"

徐福顺气得不想理女儿，便对苏慧珠说："这就是当初不听我的话的后果！"

苏慧珠说："总之是自己的女儿，生气也没用，赶紧想个办法吧。"

徐福顺叹了一口气道："我心里也急啊，自己闺女这样没有出嫁，我也丢人啊。这样吧，你和我明天去男方家一趟吧。"

苏慧珠觉得有道理，说不定小张父亲还不知道呢，向他父亲施一施压。便向女儿要了男方地址。

第二天一大早，福顺骑上他新买的摩托车驮着苏慧珠直奔小张家所在的张圩镇，这个镇在县城最北端，距离徐庄近八十公里，徐福顺知道这个乡镇是全县出了名的穷乡僻壤。好不容易打听到小张家的住处，一个名叫张庄的小村庄。徐福顺向村民一打听，村民说这个庄子上你看见有二层楼的那家就是。福顺站在村庄前面小山坡上一看，整个村庄只有一户是二层楼，显得鹤立鸡群，找到了这户人家一问果真是小张的家。小张的父亲老张见到徐福顺很吃惊，没想到在这偏僻的小村庄竟然看到了外国人来找上门，当听到徐福顺讲一口流利的土话时就更吃惊了，别说是很难见到老外，更没见到老外说一口土话。老张看起来大约四十多岁，显得精明强干。老张听了徐福顺的诉说后大吃一惊，他说儿子从来也没给他说过这事，这个孩子自小就没了母亲，性格有些孤僻。其实为了照顾儿子的感受，他至今也没有再找老婆，就是等到两个孩子成家后再考虑。老张说自己是个木工，长年在上海做装修，两个孩子平时都住校，只有春节期间回来见上孩子们一面，孩子们都不愿和他交流，而他也只有满足孩子们物质上的需求。这阵子上海的活不忙回家来收收庄稼，平时基本上不在家。

徐福顺问："这事怎么办呢？"老张说："我明天去一趟广东，把这小子叫回家，该定亲就定亲，该结婚就结婚，我们张家在这地方也是大姓，不能让别人看不起。"

去小张家大约十天后，老张便带着小张来到了徐庄，见到徐福顺后，老张说是来商量订婚的事。小张几乎没说什么话，只是默默地站在一边。晓春倒是很高兴，挺着大肚子忙前忙后。

福顺说："既然是明媒正娶也要有个媒人啊。"老张笑着说："也是，也是，虽然是自由恋爱，结婚还是需要个媒人的。"

小张看起来很时尚，留着中分头，穿着一件大红衬衣，下身穿着一条发白的牛仔裤，更引人注目的是腰上竟然别着一部寻呼机，要知道这可是一件稀罕玩意儿，别看小也要好几个月工资才能买到。

结婚的日期也定了下来，1996 年的元旦。小张和晓春也没说几句话，他没事的时候都是在摆弄他的寻呼机。

订婚后福顺一家人的心才慢慢放下了，距离结婚的日子也就剩两个月多一点时间，要准备的事还很多。

晓春对父母说，自己不要一分钱的嫁妆，也不要什么准备，到时人过去就行了。苏慧珠不同意，认为女方家不陪嫁妆会让男方家瞧不起。

婚礼这一天，本来早上还是晴空万里，中午就变得乌云密布了，小张专门前来接新娘，他穿着一身崭新的深色西装，胸前佩戴着礼花。婚车是两辆红色的普桑轿车，这在徐庄来讲还是第一次。晓春专门到东方街上化了一个新娘妆，头上还加了头饰，由于怀孕，店里的新娘旗袍根本穿不上，她索性就到裁缝店里定做了一套新娘礼服。结婚当天来参加婚礼的好多妇女见了晓春的这身打扮都暗暗地捂着嘴笑，从来没见过这么大肚子的新娘。

天要下雨了，一挂大鞭炮炸响，主持人宣布开席，喝酒的亲朋好友匆匆吃过饭便散席了。婚车出发前又一挂鞭炮响起，鞭炮声中婚车出发了，还没到村头倾盆大雨便落了下来，车上装饰的花和双喜都被雨水冲掉了。

"终于嫁出去了。"苏慧珠望着远去的婚车低声说。

"姐姐还会回来吗？"晓光站在妈妈身边问。

"傻孩子，怎么会不回来呢？过几天就会回来的，你的命还是姐姐给的呢，永远不要忘了姐姐对你的好。"

晓光点点头，有些茫然地望着远方。

三天后，小张带着晓春回门，这也是当地的风俗。晓春穿着粉红色的套装，高高隆起的肚皮使得她走路有些蹒跚。小张还是穿着结婚当天的西装，还是不说多话，见到每一个成年男性都掏出烟来递上一支。他们为爷爷奶奶、福顺老两口分别准备了礼物。

晓春看起来心情不是特别好，见到熟悉的乡邻笑起来似乎有些勉强，眉宇间仿佛有一丝淡淡的忧伤。

结婚过去了一个月，天已变得寒冷，雨一场接一场下着，树上枯黄的叶子被风吹得几乎不剩什么了，偶然会发现一两片枯黄的叶子在风雨中孤零零的，毫无一点生机。

经过多天的阴雨，雪还是下了起来，起初是雪粒慢慢地越下越大，成了鹅毛大雪，纷纷扬扬，下了三天三夜。

冬天农村基本上也没多少事，大家基本上都窝在家里。雪停下的那天下午，一辆摩托车向徐庄驶来。由于雨雪路滑，车子不断打滑，速度很慢。

骑车的是一个年轻人，穿着一件蓝色的羽绒服，羽绒服上被溅上了许多泥水。到了庄上，他看到出来扫雪的人开始打听什么，然后直奔徐福顺家而来。

“嫂子摔倒了！正在医院抢救！”这个蓝衣青年不是别人，正是小张的弟弟，他带来的信息对徐家人来说不啻于一声惊雷。

“她住在二楼，夜间起床上卫生间，楼道雨雪湿滑摔倒了。”

“你哥呢？”

“我哥哥去了广东，当时楼上就她一个人住。”

“浑蛋！”徐福顺气急了，“自己的老婆快生了还去广东。”

苏慧珠低声哭泣，徐祥瑞闷头抽着烟。

“赶快准备一下，过去看看。”福顺对苏慧珠说道，“把家里的钱全带上。”

到了县医院，老张在医院，他说儿子正在从广东赶回的路上，晓春还在手术室抢救。

不一会儿，手术门开了。医生脸色凝重地宣布：“孩子保住了，大人没保住。”

苏慧珠眼前一黑，一下子就昏了过去。徐福顺一把抱住苏慧珠，泪水止不住地流了下来……

## 四

徐福顺一家人这个春节一直沉浸在悲痛之中。

失去晓春让一家人很长时间都没有从悲痛之中走出来，徐庄的乡亲们也不断前来安慰一家人，妇女们不免陪着苏慧珠流泪，福顺大多时候只是沉默地抽着烟。

或许是悲伤过度，老爷子徐祥瑞病倒了。

徐祥瑞每天咳嗽、喘，直不起腰来，最近也不怎么吃饭。福顺要带他去医院，他也不同意。后来还是在老伴的劝说下才同意去医院。

通过一番检查，医院的检查结论是肺癌晚期。医生认为，治疗已没有太多意义，回家吧，生存期最多也就半年。

本来家人想瞒着徐祥瑞，怕他有心理负担。徐祥瑞说：“你们也不要瞒着我了，我的病我自己心里清楚，我这一生什么没经历过？早已看淡了，能活到现在已经知足了。”

徐福顺想想也是，便告诉了他真实病情。徐祥瑞笑了笑说：“我现在最大的遗憾就是没有再去意大利看看。我意大利的皮具店也不知道怎么样了。”

检查过后一个月，徐祥瑞的情况越来越差，有时疼得受不了就吃几片止痛药。又过去了一个月，他的意识有时清醒，有时模糊。饭基本上不吃了也根本吃不下，他感觉自己时间不多了。在一个旭日初升的早上，阳光透过玻璃窗射进屋里，屋里每个人脸上都是金黄色的，屋外飘来了油菜花的香味，沁人肺腑。徐祥瑞精神仿佛也好了许多，他把徐福顺喊到床边。

“关于你的身世我想你大概也都清楚，我想你心里一定恨我，你的母亲也是，当年尽管她表面上不说，我可以看出。有些事情都是经过了才会后悔，后悔也没有用了。”阳光照射下徐祥瑞脸上一片金光，他断断续续地说，“本来打算能给你留下点财产的，结果什么也没有留下。我几十年前在意大利有个皮具店，回国之前店里的生意很好，回国后交给别人来打理，后来邮路断了，几十年没有联系，改革开放后我给那边也写了好多次信，只是都没有回音，或许地址全变了，如果店还在你们还可以继承一点财产。你的外婆估计也不在了，你的姨妈们应该还在，如果有机会去意大利可以去找她们，这也是你母亲当年的遗愿。”

“你也不想这样，没有办法。”福顺道。

“不是，其实有些还是可以改变的，假如我回国后发现你爷爷欺骗了我，当时完全可以立即返回意大利，只是我想好不容易回来一次就想陪你们爷爷奶奶一些日子，后来你们的母亲又怀孕，不好长途跋涉，接着内战，你爷爷被清算，想走再也走不成了。其实我也有私心，和你们的爷爷一样，改革开放后，你们可以去办签证去意大利寻亲，我把所有的资料都藏起来了，我知道没有了资料你们办不成签证，也就不会离开我了，可以为我养老送终，现在我要走了……”徐祥瑞的目光突然黯淡了下来，阳光射过来的光线已偏离了他的脸，他的脸变得灰暗起来。

福顺吃了一惊，他不相信自己的眼睛，眼前这个垂死的继父，心里有那么多的秘密，他不想问，觉得也没必要问，只要他想说的东西，一定会和他说的。

徐祥瑞闭上眼睛，呼吸困难让他张大了嘴巴，他显得痛苦异常。福顺让他好好休息，不要再说了。

过了一会儿，徐祥瑞努力地睁开眼睛，他用眼睛的余光扫了一眼枕头边那只精致的牛皮小箱子。

“我所有秘密都在这只箱子里。包括你母亲的护照以及你出生的证明等资料，有了这些资料你回意大利就方便了。”

福顺大吃一惊，他一下子想到了好多往事，想到母亲洛蒂，母亲当年多么想回意大利，回到她母亲身边。还有夏日的晚上，母亲摇着扇子给他讲家乡的故事。

徐祥瑞让福顺从烟袋上取下那把小钥匙放在手中说：“等我走了后这把钥匙就归你了。”他好像完成了一件大事，又闭上了眼睛，眼角流下了两行混浊的泪水。他的手握着福顺的手，慢慢地，手变凉了。

射进窗子里的阳光已消失了，屋子里一片昏暗，哭声传出了屋子，和油菜花香搅和在一起，弥漫在徐家大院空气里。

徐福顺用颤抖的手打开了那只精致的小箱子，放在最上面的是两张黑白照片。第一张是母亲和继父的结婚照，继父着西装打领带，风度翩翩，母亲微笑着依偎在继父的怀中一副幸福的模样。第二张照片是年轻的母亲带着自己在一座大教堂前，一群鸽子在母亲的脚边啄食。徐福顺的泪水一下子就流了出来，母亲依然是他印象中的模样，那么年轻，头发卷曲，扬起睫毛，微笑时脸上有两个凹进的酒窝。他想起自己小时候母亲经常拿出这张照片看，有时闭上眼睛，有泪水从眼角流了出来，那个印象一直深深地刻在自己的脑海里。

福顺想到自己五十多岁了，而母亲依然年轻，不曾老过。

所有资料上都是外文，徐福顺不认识这些奇怪的文字，但他知道凭着这些资料一定会找到意大利的亲人。他决定等继父的丧事办完了就去办护照、办签证，他要去意大利，去那个似乎遥远而又神秘的国度，那个留在记忆中模糊不清的世界。他又想起了那个遥远的春天，母亲去世的那个下午，院子里弥漫着玫瑰花香味，母亲让他有机会一定回意大利看看外婆和姨妈们。

丧事办完后，当他迈进意大利驻上海总领馆时，他激动得腿都有些发抖。工作人员接待了他，这些和福顺有着相同长相特征的人以为福顺是意大利人，用意大利语和他说话，福顺摇了摇头，表示听不懂，对方又用英语和他说话，他依然摇了摇头，对方也轻轻地摇了摇头。徐福顺说话对方也听不懂，还好一同去的冬梅用普通话进行了翻译，对方懂了，面带微笑。他递上了资料对方看了半天，问还有没有在意大利能联系上的亲属？徐福顺说没有。对方无奈地摇了摇头说，非常同情徐先生的遭遇，只是按规定目前提供的这些资料不具备办理签证的条件。探亲必须提供在意亲属的姓名和住址及联系方式等证明材料，而这些徐福顺提供不出来，让福顺再好好打听，并祝好运。

徐福顺似乎有些沮丧，冬梅安慰他回去慢慢再想办法吧。

徐福顺说只好这样了。

# 峰回路转

## 一

徐庄要修公路了。

最先把这个信息传递回来的是县交通局局长田小石，小石前年从乡党委书记任上平调到县交通局任局长，家也搬到了县城。他回徐庄的次数越来越少，只有节假日回来看一看老母亲，父亲田世万已过世好几年了。本来他要把老母亲接到县城和他一起生活，老母亲不肯，说过不惯城里生活，小石只好作罢。前几天他从县城回来和母亲过中秋节，见到了徐福顺，告诉他县里要修淮东县乡公路并且经过徐庄的消息。

小石说："要想富先铺路，改革开放快二十年了，我们徐庄还没有富起来，交通不便占了很大因素。现在县里斥巨资铺设县乡道路就是要解决乡亲们出行难的问题，让外面的投资者尽快来到乡镇投资兴业。这条县乡公路规划经过徐庄，只是这个徐庄路段有鸡公山要建隧道，建隧道投入过大，如果资金不足，县里有可能要改道，不经过徐庄。"

福顺说："好不容易盼来的一条道路怎么能说改就改呢，你是局长一定要为家乡争取啊。"

小石笑道："不是我不想争取，归根到底还是资金问题，如果地方把鸡公山建隧道包下了问题就不大了，这样吧，我同乡里说说看。"淮江人都知道全县一南一北两个最穷乡镇，南有东方乡，北有张圩镇，主要这两乡境内有山，出入不便，甚至外乡姑娘不愿意嫁进来，本乡姑娘不愿在本村找，导致两乡的光棍汉越来越多。前几年这两乡不少讨不到媳妇的男青年都去云南、四川等边远地区出大笔彩礼娶媳妇。

徐庄村的群众听说要修路各个兴奋异常，村支书召集村组干部开会讨论建鸡公山隧道的事，乡里已经表态，乡里财政也困难，为了争取不改道只能出机械和炸药等材料费，人工要村里出。村支书让各组回去征求意见，每组出十个劳力，以工代赈，由村集体用山上的林木出售解决劳务报酬。

徐福顺现在也属于村里的贫困户，苏慧珠体弱多病，两个孩子一个在县城上高中一个在读初中。当组长征询他的意见时他毫不犹豫就答应了，家里现在没收入，至于运输也好长时间没有生意了，地里的庄稼收割完了基本上就没事了。徐福顺说："就是不开一分钱工资我也要去干，为村里出点力，今后去县城也方便些。"

几个月后，焦急等待的徐庄村民们终于等来了好消息，经过徐庄的淮东路按原有的方案进行，不作变更，只是鸡公山隧道要由地方承建。

隧道开建动工时间定在 1998 年 5 月 1 日，就是国际五一国际劳动节这一天。开工这天，鸡公山下彩旗招展，锣鼓喧天，乡里组织了一场开工仪式。徐庄村民全都来到了现场，乡党委书记发表了热情洋溢的讲话，阐述建设这条公路对发展地方经济的重大意义。一挂长长的鞭炮放响后，乡党委书记宣布鸡公山隧道正式开建。

炸药雷管运到了现场，村里安排了专人看护，至于放炮这项技术性很强且危险的活，工程部请来了专业爆破人员。

"轰"的一声巨响，震得地动山摇，伴随着放炮的巨大声音，碎石四散。安全员在爆破点的四周用绳索拦起来，危险区域不让人靠近，安全员忙着疏散围观的群众。炸出来的碎石随即被清理出来，工人们连忙把碎石装上卡车。

一辆辆卡车随时待命，爆破停下来后，碎石随之被运走用于铺设路基。

隧道越打越深，运出来的碎石越来越多，卡车来回穿梭忙个不停，整个隧道工地尘土飞扬。

多日无雨的天气显得异常干燥，地里的麦子也都毫无生机，耷拉着头，蜻蜓在空中胡乱地飞舞，以往空中经常有鸟儿飞过，现在鸟儿也似乎躲入山林之中不再出来。水库里的水位下降很多，有的河流几乎干涸了，据说这是淮江有气象记录以来最为干旱的一年。

到了8月中旬，天变阴了，乌云密布，冷风嗖嗖，终于要下雨了。闪电过后伴随着骇人的雷声从云层中传了下来，一声接一声。

雨终于下了，刚开始下得小，后来下得越来越大，以至于倾盆大雨。天地间全是水，仿佛把前些日子攒下来的雨全下了。池塘里、水库里都装满了，原先几乎断流的河流也装满了水，县里、乡里防汛指挥部的同志日夜在河堤上巡逻，防止决堤。

大雨一直下了三天还没有要停下来的迹象，铺路工程指挥部的领导心里有些着急，雨这样一直下的话工程就不能按期完工了。

一排卡车停在鸡公山隧道口，车身的尘土被雨水冲刷得很干净，像新车一样。干活的工人们都回家了，窝在家里聊天吹牛。

一星期后雨终于停了，天还没有放晴，阴沉沉的，压抑得让人喘不过气来。入夜，蛙声四起，此起彼伏，宛如一首交响乐。

工程指挥部传出指令做好开工准备，不然真的就赶不上进度了。

用来开隧道的雷管炸药全存放在隧道内，也按照安全的要求进行了处理，安全员在山脚下搭了一个窝棚，看护这批雷管炸药。

金灿灿的太阳出来了，从鸡公山上的树木中缓缓升起，天地间一片金黄。一只只鸟儿从树林中飞出来，在田野上空悠闲地飞过。

鸡公山隧道工程部通知全体施工人员到工地开会，徐福顺准时到了工地现场，工程部负责人宣布为了赶上施工进度，立即复工。

负责放炮的爆破工准时到位，装好了雷管炸药准备引爆。

随着指挥员一声令下：引爆！爆破工点燃引线后迅速撤离至安全位置，只等那“轰”的一声巨响。

过了正常爆炸时间，隧道里面依然没有动静。又过了一会儿还是没有爆炸，爆破工判断是连阴天炸药受潮了，哑炮了。工程指挥员不好贸然下结论。爆破工也不敢到里面查看，太危险了，万一突然爆炸了后果将不堪设想。

指挥员要求全体施工人员站在安全线外，不得轻易进入隧道。这样一直下去也不是办法，但他不好强行命令炮手前去查看，万一出问题了他也担当不起，一时间全体人员就这么站在指挥员的旁边。

“你们中有人干过爆破吗？”指挥员问。

“报告领导！我以前干过这活。”徐福顺从人群中站了出来。

指挥员一看这洋人模样的工人吃了一惊，以前工人们戴着安全帽，尘土飞扬，每个人脸上都沾满灰尘，分辨不出各个人的具体特征，倒没注意这个人。

“你怎么长这样？新疆的？”

“啊？”

“他是自小从意大利过来的，是我们村的人。”村主任向指挥员解释道。

“哦，你以前干过爆破？”指挥员问福顺。

“十几年前干过，在山上炸石头。”

“你敢到里面查看吗？”指挥员问。

“敢！大伙总不能这么耗着，总要有人去查看的。”

指挥员点点头。“那就安排你到里面查看一下，一定要小心，这么长时间过去了都没响，估计哑炮了。”

原来的爆破工有些不好意思，忙低着头躲到人群中去了。

徐福顺戴好安全帽，猫着腰小心翼翼进了隧道。

洞内的光线越来越暗，走了一会儿便黑得伸手不见五指，他打开了手电筒，黑暗的洞中出现了一道光柱，整个洞也亮了起来。洞里的地面上高低不平，有炸过后凸起的尖石。为了安全，徐福顺爬着前行，他的衣服磨破了，膝盖也被尖石划出了血，他继续前进，头脑中只有一个念想：尽快排除安全隐患。他手电的光柱定格在洞的尽头，看到了，那一包灰色的炸药包正安静地躺在那儿。他慢慢向炸药包靠近，用手电仔细寻找引线。

“找到了。”福顺发现了引线。为了安全起见，他慢慢匍匐前行移动。手指接触到引线的一刹那，他感到手被烧了一下。“不好！引线还在燃烧！”他心里一惊，下意识地向一块大石头后翻滚，头脑一片空白。

洞外的人听到洞内“轰”的一声响，各个吓得脸色苍白。

“徐福顺！”村主任边向洞内冲边大喊，“快救人！”

众人纷纷向洞内冲去。

众人奋力把乱石下的徐福顺扒了出来抬到洞外，徐福顺血肉模糊。

“快抬上卡车，送县医院！”指挥员吓得手和腿直抖，说话也不利索了。

众人把徐福顺抬上卡车，卡车迅速向县医院开去，村主任和福来等几个村民也上了卡车一同前往。

## 二

“这是什么地方啊？”福顺仿佛从睡梦中醒来，他感觉自己做了一个梦，自己还是小时候的样子，在米兰的街头玩耍，和小伙伴在河道里的小船上玩，望着蓝天飞过的鸟、飘过的云，在大教堂的广场上喂鸽子，春风伴着花香吹在脸上暖暖的。

这时他感到有点不舒服，睁开眼，吓了一跳，完全是在白色的世界里，白色的天花板、白色的床单、白色的墙壁，穿着白大褂的医生和护士。

福顺感到有点不舒服，想转一下身结果无法动弹，这才感觉到全身都痛。他想抬一下手，结果发现两只手被纱布紧紧地缠住。

“他醒了。”旁边一位年轻的护士惊喜地说。

村主任从门外走进来，他眼睛红红的，看到醒来的福顺，露出了笑容。

福顺努力地回忆着过去的事，他想起来了，在隧道里查看炸药找到了引线，之后就什么也记不清了。

住院医生过来了，他对福顺说：“在医院好好养病，生命最重要，其他都是次要的。”

苏慧珠坐在床边，不停地抹着眼泪。

福顺闭上眼睛。

我为什么会躺在这儿？这个疑问一直在他的脑中盘旋，却一直找不到答案。

“我为什么会躺在这儿？”他问出了声。

“你被炸伤了。”苏慧珠轻轻地说。

福顺心里想，可能是查看炸药时被炸伤的。

“我伤得怎么样？”

苏慧珠不再说话，病房里一阵沉默。

“好好养伤吧，别的就不要想了。”村主任说。

吊瓶的点滴一直在滴着，从早到晚。护士换药的时候，看了看瓶子上的标签问了一句：“徐福顺吗？”

“是的。”每次徐福顺都是机械式地回答。

来看望的人一批接着一批。

最先来的是田小石，这个县交通局的局长在办公室主任以及公路站站长、项目负责人的陪同下来到了病房。

面对昔日的儿时玩伴，田小石似乎在想说什么，思考了一下说：“既然到了这里就要配合医生治疗，别的就不要想了，这次事故我也有责任，这是一次血的教训。”他转过身对身后的公路站站长、项目负责人说：“一定要吸取教训，不能再发生安全事故了。”

几位下属纷纷点头。

田小石接着说：“徐福顺的表现可以说是英雄的行为，冒着生命危险主动前去检查，置自己的生命于不顾有几个能做到？要大力宣传报道！”

福顺对田小石过来看望表示感谢。

田小石临走时掏出一个信封放在福顺的枕头边，说：“这是五百元慰问金，住院的一切费用由我们交通局承担，按工伤处理。”

接着亲友们、乡亲们纷纷来看福顺。当着他的面没有人谈他的伤势。

福顺遇到的最大麻烦就是吃饭和上厕所的问题，苏慧珠给他喂饭、帮助他解决大小便的问题，福顺对她心存感激。

日子就这么一天天过去，福顺能坐在病床上和病友聊天，只是手还被纱布缠着，他感觉手似乎不灵活了，缺了点什么。

福顺永远记得这个特殊的日子，也就是拆线的那一天，1999年的元旦，他手上的纱布拆开了，当他看到自己手的那一刻惊呆了。先拆的是右手，只剩下三根手指，他倒吸了一口冷气，三根手指还能拿东西吗？唉，只要能拿筷子吃饭就可以了。医生又开始拆他的左手，伴随着纱布撕开的声音，他似乎有些紧张，闭上了眼睛。当他睁开眼睛的时候，看到自己的左手只剩下两根手指，这生活还能自理吗？今后该怎么办？医生看出了他的焦虑，对他说："人最宝贵的是生命，除了生命什么都不重要。你现在虽然少了五根手指，但你还有五根啊，对你的生活有一定的影响，但不是决定性的影响。"

医生在轻轻地为他清洗创口，酒精擦上去应该很痛，但他一点也感觉不到痛。他一直在想今后该怎么办？家中的农活还能干吗？

福顺慢慢接受了这个现实，其实也没有办法，已造成的后果，这也是无法改变的。

还没有出院的时候，淮江电视台、淮江广播电台、《淮江日报》的记者们已经对徐福顺进行了采访。对于他来说已经是第三次接受采访，不再像第一次接受采访时那么紧张。当记者问他当时大胆前往洞内查看是怎么想的？徐福顺说："当时没想那么多，就是觉得自己以前干过这活有一点儿经验。"

"其实你完全可以拒绝进洞察看的，这也不是你的职责。"记者问。

"是的，总之要有人面对这个危险，当时爆破工不敢上，我只有上了。"徐福顺回答。

又有记者问："你没感到危险？不怕吗？"

徐福顺回答："怕，肯定是怕，但总归要有人去查看。"

记者问："你没感觉到你这是英雄主义吗？"

徐福顺答："我从来没想过自己要当英雄。"

记者笑着说："你已经是一个英雄了，并且连续做了三次英雄。"

不久，淮江的两报一台连续做出报道《"洋农民"徐福顺三做英雄》。全县掀起了学习徐福顺的英雄精神。一些学校、机关也邀请徐福顺做报告、做演讲，一天到晚忙个不停。

徐福顺的个人经历也引起了众多媒体关注，省电视台记者也来采访，省电视台记者关注点是他的传奇经历。记者问他还想回家吗？徐福顺说："怎么不想呢？上次继父去世后我去意大利上海领事馆办探亲签证，由于没有意大利亲友的证明没办成，这一晃又好多年过去了，我很想回去看看，一来是了却母亲当年的遗愿去意大利见见亲人，二来我也想去童年生活过的地方看看。"省电视台拍摄制作了专题片《思故乡》，播出后引起了全省轰动。

回到家后，徐福顺所做的第一件事就是到自家的庄稼里看看庄稼长得怎么样了。他蹲在麦田里用残缺的手指轻轻地拨弄着麦苗，感到十分亲切，像久别重逢的老朋友。

快过年了，隧道终于打通了。隧道打通这天他也来到了工地，不过不是他自己来的，是项目经理邀请他过来的，让他见证这一胜利时刻。

东方乡党委通过研究决定聘徐福顺为护林员，主要负责鸡公山林木安全，防火防盗，做好日常巡逻。

徐福顺知道这是党和政府在照顾他，现在手残疾了也不能开车，运输跑不成了，甚至重一点的农活也无法做，做护林员比较适合他，关键有一点收入，生活还是要继续，苏姨也老了，现在家里的活儿全压在苏慧珠身上了。

## 三

1999 年对于徐福顺来说是不平凡的一年，他成了新闻人物，省电视台专题片播出后不久，央视记者也来采访了。专题片《"洋农民"丹尼尔》在央视国际频道播出，徐福顺成了红人，他的传奇经历成了街头巷尾人们议论的话题，甚至不少人看过节目后专程前来淮江县看望徐福顺，徐福顺在意大利那边也引起了关注，一些媒体也进行了报道，一些华人华侨纷纷寻找徐福顺在意大利亲人的线索。

4月初，柳树吐芽，春风拂面，燕子斜着翅膀从波光粼粼的水面上一掠而过，田野里油菜花不知不觉地开了，大地一片金黄。一个星期天的上午，徐福顺正坐在门口的凳子上欣赏春光，一辆乌黑的轿车从远处开过来停在了他家的门口，从车上下来了三位不速之客，来人见了坐在凳子上的徐福顺连忙上前，其中一人自称是意大利华人协会会长郑子民，来自意大利，表明能够给徐福顺提供帮助找到在意大利的亲友。

徐福顺近来接待不少不速之客，似乎已习以为常，只是第一次接待来自意大利的客人，他连忙把三位请到屋里。

郑子民个头不高，看起来不到一点七米，留着平头，显得精神十足。他说话有些慢条斯理。他们一行三人开着一辆黑色的普桑车过来的，另一个人据郑子民介绍是米兰华人商会的李会长，还有一个人是司机曹师傅。

福顺一家人都在。冬梅高中毕业没考上大学，她觉得成绩不好也没有去复读，就一直在家里帮助父母做做农活，打算年后就去工厂上班。晓光刚上高二，周日也在家里。

“我看了你的相关报道，对你的坎坷经历深表同情，你的英雄行为也很让我感动。我在意大利多年，对这个国家比较熟悉，意大利人和中国人一样家族观念很强，很重视亲情关系，我们一行过来看看你主要就是想给你力所能及地提供一些帮助，希望你能够早日回到意大利探亲。”郑子民说完，端起茶杯喝了一口接着说，“请你把能证明你身份的资料，包括父母的结婚证，以前的护照等全部复印一份给我带回去，我在意大利的报纸上登寻人启事，同时发动华人朋友圈进行寻找，我相信一定会找到的。”

“非常感谢郑先生能够提供帮助，我们非亲非故，真是难得。”徐福顺眨巴着他那深蓝色的大眼睛诚恳地说。

“我也是淮江人，乡里乡亲的，同时都与意大利有渊源，更重要的是你是英雄，你多次救人做好事感动了我，我觉得一定要让英雄得到好报，这也是中华民族的优秀传统。”郑子民说得很诚恳。

“在米兰的华人很多，特别是江浙一带做生意的人很多，他们好多人就像你的继父一样很久以前就在意大利做生意，后代也一直在那儿，基本上也就在意大利扎根定居了，只不过您的继父回来了。”李先生慢条斯理地说，他从口袋里掏出一包雪茄抽出一支，用打火机点燃。

徐福顺这次受伤以后就彻底戒了烟，当然也想不起来给别人发烟。

“如果找到了，我们就可以去意大利了吗？”晓光坐在凳子上歪着脑袋问。

“当然了，你们一家都可以去意大利探亲，当然了，如果符合条件还可以在意大利定居。”郑子民笑着说。

“这个教堂还在吗？”徐福顺拿出了母亲带自己在教堂门前喂鸽子的照片。

李会长接过照片，仔细看了看说：“在，在啊，这个大教堂是米兰的标志性建筑，也是整个意大利的著名景点。”

“希望有生之年能够再去一次，看看大教堂。”徐福顺喃喃地说。

“会有希望的，一定会有希望的。”郑子民先生说。

“爸爸，爷爷的皮具店不是在米兰的大教堂附近吗，不知还能不能找到？”冬梅笑着问，“如果找到了，我们家说不定就发财了，家里也不用这么困难了。”

一屋子的人都笑了。

“我们米兰的华人很多，说不定就能找到你的亲戚，不过你们回来都五十多年了，时间太久了找到也有难度。”李会长笑着说。

“这样吧，时间也不早了，你抓紧把这些资料到街上复印一份给我们，我要带到意大利帮助你们寻找。”郑子民说。

徐福顺赶紧让冬梅到东方街上打印复印店去复印。

在这场见面中苏姨和苏慧珠一直都没有说话，她俩只是静静地听着。

苏姨七十多岁了，今年以来老是忘记事。有时刚放的东西就不知道放哪儿了，对本庄上的人甚至很熟悉的人总是记不住他们的名字。她对福顺说了这事，福顺认为这是年龄大的缘故，人老了记不住东西很正常。

苏慧珠头发大半已经白了，家里这一连串的变故让她过早地白了头，特别是晓春的突然离开对她的打击很大，白发人送黑发人，那么好的孩子说没就没了，她至今都无法接受这一现实。上次福顺被炸伤送往医院的时候，她感觉整个天都要塌下来了。最终结果还是好的，只是少了五根手指，保住了命。当时她就在心中祈祷只要把命保下来哪怕瘫痪了她也会照顾一辈子，有人在毕竟有个依靠。现在意大利方面来人她既高兴又担忧，高兴的是如果找到了意大利的亲人也就了却了徐福顺一辈子的心愿，担忧的是如果找到了亲人，徐福顺回到了意大利生活，自己和孩子过不去又怎么办呢，那不是和离婚一样吗？

冬梅从街上复印资料回来了。郑子民整理好复印资料把原件还给了徐福顺，让他保管好，这些资料办理签证的时候都有用。

眼看要到吃午饭的时候了，徐福顺让苏慧珠抓紧准备饭，准备留郑子民一行吃饭。郑子民婉言谢绝了，他说等找到了亲人专门过来好好喝一顿。

## 四

徐晓光高中毕业了，考上了个大专，他不想去读，说读了也没用，这年头本科生都不好找工作了，不如学个手艺早出来赚钱。

徐福顺不同意，大专也是大学，姐弟三人都高中毕业，起码也得有个上大学的人啊，不管学得怎么样，学个“羊角风”还能吓人呢。

就这样，在家人的逼迫之下晓光上了这所淮州财经职业技术学院财会班，毕业后意味可能成为会计。其实晓光真正感兴趣的是刷油漆，小时候家中做家具，他看到漆匠刷油漆时会目不转睛地看着，甚至油漆散发出来的刺鼻的味道他都觉得是一种享受。这气味太好闻了，简直比妈妈炒菜的味道还好闻。

他看着漆匠用两把腻刀搅拌着腻子，如玩一团橡皮泥，反复揉搓，轻轻一抹就把缝隙抹平了。

腻子干了后用砂纸反复打磨，直到整个板面平得像一面镜子。他最喜欢看见漆匠做成各种好看的图样，有花、鸟、虫、鱼，梅、兰、竹、菊等，栩栩如生。家具上过亮漆后用手一摸平滑舒服。

现在的晓光对财会实在是不感兴趣，甚至对基础会计的借贷原理压根就听不懂。有借必有贷，借贷必相等，什么玩意儿。在课堂上他常常会发呆走神，想一些乱七八糟的东西。

刚入学的时候，班主任竟然让他做班级团支部书记，这让他很意外。他想难道自己有什么特别之处吗，好像也没有，唯一特别之处就是长得和别人有些不一样。他的眼睛是蓝色的，头发是黄的，有外国人的特征，但鼻子不高，个头也不高。这样的面孔也是全校特殊的存在，几乎全校的人都知道财会班有个长得像老外的徐晓光。

学校迎元旦晚会，他上去演外国人不用刻意化妆。他上台演了《罗密欧与朱丽叶》中的罗密欧，举手投足也很有外国人的味道，他是一个好演员同时也是一个好干部。每周二要给同学们上团课，按时完成学校团委下达的任务。更让他满足的是他还组织了一次无偿献血活动，这也是学校成立以来组织的第一次无偿献血活动，引起了轰动，活动开展很成功，甚至《淮州日报》还作了报道。

比起做学生干部，最让他痛苦的还是考试，第一学期期末的高数他仅考了五十九分，还是班主任说了情，说是团支书工作任务重耽误了学习，勉强算六十分，这才不算挂科。

晓光对自己的家族也有所了解，父亲对他说过一些。对于自己的长相小时候还有过不开心，有小伙伴骂他是杂种。后来长大了慢慢接受了，长相是父母给的，长什么样就什么样。上大学时甚至有年轻人追求时尚刻意染成黄头发，戴蓝色的美瞳，而自己纯天然长成这样不是更好吗！

只是他对油漆还是念念不忘，在图书馆，他借阅的也都是油漆方面的书籍。他经常做梦自己成了一名油漆大师，给家具以及墙面做漂亮的漆面。他甚至学习化妆，化妆与美容和油漆有相似之处。打粉底相当于做腻子，画油彩相当于做漆面。

有一天他从图书馆借到了一本彩色的西方油漆工艺画册，简直太美了，那工艺的细节处理简直是完美到挑不出一点毛病。他盼望自己有一天能到西方国家现场看一下就好了，特别是意大利，虽然父亲就是一个意大利人，但他盼了一辈子至今也没能回意大利。本来觉得这只是一场梦，永远也不可能会实现，他接触过的人没有一个人出过国，甚至没有人去过首都北京。直到有一天郑子民的出现才让父亲这个梦又有了实现的可能，父亲能到意大利他也就有了去意大利的可能性，说不定也就有机会欣赏一下那些让人着迷的艺术品了。

“我有一半是意大利血统，相当于半个意大利人。”有时候他会想到这些，他知道这没有什么用，自己的国籍是中国，即便父亲出生于意大利。

距离上次郑子民到家里已过去了快一年，到现在什么消息也没有。可能父亲在意大利的亲友都找不到了，毕竟时间也太久了。

## 五

县乡公路通车那天，徐福顺受邀参加了通车仪式，他感到很自豪，尽管他为这条路失去了五根手指。

县长说，这条路通了必将迎来地方经济的腾飞，现在已有不少公司有意前来投资兴业。参加通车仪式的群众以为县长只是说说而已，短时间内应该看不到什么希望。结果过了一个星期，一家名为长征鞋业的公司就在东方乡举行了开工仪式，东方乡当地不少群众议论这事时，才说原来县长不是吹牛。

长征鞋业有限公司厂房就建在这条新建的县乡公路旁边，公司的隔壁原为东方酒厂，生产白酒，二十世纪八九十年代也曾经红火过一阵，后来衰落停产，红砖砌筑的大烟囱依然孤独地站在那儿，只是不再冒烟了，一排排厂房寂静无声，或许也在默默回望那曾经辉煌的岁月。这破败的厂房成了麻雀的天下，成群的麻雀飞来飞去，黑压压的一片，数也数不清。

长征鞋业有限公司新厂房让大家开了眼界，全部用钢结构支撑，甚至没有运进来一块砖。各种吊车、铲车来往穿梭。厂房建设速度很快，甚至一个月不到两栋高大的钢结构厂房都已建好了。

接着厂区的水泥路也在紧张有序地进行，建设速度再一次让大家开了眼界。没有看到一包水泥，进厂只看到白色的成品水泥车进出厂区，从车上伸出长长的管子直接把水泥抽到路基上，几个人在路两边立好模具，工人再把抽出来的水泥用刮杆刮平，路就做成了。

招工也开始了，制鞋工要求年轻女性，冬梅报了名，经过面试被录取了。面试的人说，像她这样年轻又是高中毕业的工人很少，厂里也需要这样的工人，她还被委任为小组长，参加了前期的技术培训，培训地点在温州总公司，这也是冬梅第一次出远门，对于她来说既紧张又兴奋。

上培训课程的老师全部是温州总公司的技术骨干，刚开始冬梅认为不就是在缝纫机上做衣服一样吗？能有多复杂呢，家里就有缝纫机，母亲经常使用，有时候她衣服破了自己也上去补。到这里培训后才知道完全不是这么回事，一双成品鞋子要经过这么多道工序，从设计、制版、裁剪、质检等，每一道工序都不是那么简单的。

冬梅对这一道道工序充满了浓厚的兴趣，她认真跟老师学，到车间看工人具体操作。总体培训结束了，每名参加培训的工人要选择其中一项作为自己将来的工作岗位，冬梅选择了设计。她认为设计最能体现技术含量，也充满了想象力，一双鞋子好不好看关键看设计。

培训回来后冬梅看到厂房已投入了使用，机器设备也进了厂，她也正式走上了工作岗位。工作紧张而忙碌。她所在的设计部人不多，十几个人，设计部主任是从总公司过来的，二十四五岁，精明干练，说话利索，他姓蒋，叫蒋文思，部里都喊他蒋主任。冬梅可以说对他崇拜得五体投地，背后称他为蒋才子，别看年轻，设计出来的鞋子新颖前卫，甚至能和国际国内大品牌相媲美。

冬梅在蒋文思的指导下进步很快，上岗几个月不到便能独立设计出一款鞋子来，这也让蒋文思对她另眼相看。

长征鞋业有限公司投产后，由于价格不高、样式新颖深受顾客喜爱，销售呈现火爆态势。每天来拉货的车络绎不绝。公司里的工人大多都是东方乡本地人，充分吸收了当地人就业，也增加了当地的财政收入。大宝也新换了一辆卡车专门为公司拉货，徐庄的一些年轻人纷纷到公司应聘，公司的生产线又上了一条，一时产销两旺。

据回乡的田小石讲，现在东方乡的财政已由全县倒数一跃成为正数第二，仅次于县城的座下镇。

一年后，二十二岁的冬梅已升任设计部副主任，冬梅知道这与蒋文思大力举荐分不开，她其实对“当官”兴趣不大，只是想学一些技术。

现在设计部已传出蒋文思与徐冬梅恋爱了，说得有板有眼，有人甚至说下班后看到他们拥抱在一起。

直到 2 月 14 日情人节这天，蒋文思当着设计部众人的面把一束花送给徐冬梅，徐冬梅高兴地接受了，这件事才相当于“官宣”了。

冬梅现在已下到车间，她自己要求到车间一线锻炼，据说是想多学一些技术，没人知道冬梅心里在想什么。

## 六

据上次郑子民来到徐福顺家半年后，徐福顺接到了郑子民从意大利打来的跨国电话，郑子民很激动，他说经过一系列努力，意大利那边已找到了徐福顺的一个疑似亲戚，目前正在核对中。郑子民说年底他还要回国一次，如果核对清楚了，一起把相关证明资料带回来，办签证前往意大利就方便了。

徐福顺也很激动，有一点消息总比没有好，他立马把这个消息告诉了苏慧珠。苏慧珠笑着说：“但愿这次是真的。”

当徐福顺向苏姨说这事时，她没有什么反应，只是“哦，哦”两声。她的阿尔茨海默症越来越厉害了，刚放下的东西就忘记放哪儿了，还认为被人偷走了。她还经常藏东西，把自己认为重要的东西藏在床底下，藏在装粮食的口袋里，有一次甚至把福顺装有父母照片、结婚证、护照资料的那只小皮箱藏了起来，吓得福顺赶紧找，找了好久也找不到，最后还是在猪圈里找到的，皮箱已被猪啃得面目全非，还好里面的资料完好无损。她渐渐记不住人的名字，现在只能记得徐福顺和苏慧珠，甚至连孙子叫什么都记不清了。

苏慧珠带她到乡卫生院找医生看过一次，医生说："年龄大了记忆衰退很正常。"苏慧珠说："和她差不多大的老年人也不这样啊。"

医生说："个体不同啊，人与人是不同的。"

后来，徐福顺和苏慧珠又带着苏姨到县人民医院找了神经科的医生诊断。医生说："她这是阿尔茨海默症，多发于七十岁以上的老年人，这还只是早期症状，发展严重时生活都不能自理，目前也没有好的治疗方法，做好心理准备吧，平常多留心防止乱跑找不到家。"

从县医院回来不久，苏姨像换了一个人，一改平时和蔼可亲的模样，变得异常暴躁，常常一个人在院子里自言自语，甚至大骂已故的丈夫徐祥瑞，说这个老地主对她不好，让她跟着受了几十年的罪，更让徐福顺夫妻难以忍受的是老太太竟然骂他们不孝，让她受罪，甚至还历数了许多例子。

徐福顺不好说什么，作为继子和继母的关系，他自我感觉已做得很好了。更要命的是她还经常吃过饭后坐在门前的小凳子上向过往的邻居哭诉，搞得好像福顺两口子真的虐待了她。

苏姨的病情越发严重，她经常一个人毫无目的出去转但找不到回家的路，刚开始走不远都有好心人送回家来，后来她越走越远，徐福顺和苏慧珠一次又一次地把她找回来，后来发展到跑到外乡去了，以至于别人也不知道她的家在哪儿，当地好心人把她送到派出所，民警问她的家在哪儿，她也记不清，民警问她儿子叫什么名字，她也说不出，只说儿子长得像外国人，黄头发蓝眼睛。大概徐福顺这个特殊人物在周边乡镇有一定的知名度，民警也都知道是徐庄人也就把她送回了家。

徐福顺和苏慧珠两人只好分别盯着她，甚至在她的口袋里写上字条注明家庭住址和联系人。毕竟两人年龄也不小了，时间长了精力也跟不上了。夜里夫妻两人一个负责上半夜一个负责下半夜，老太太的精神似乎很足，每晚在房间里自言自语到半夜。

一个风雨交加的秋夜，老太太失踪了。

这是下半夜发生的事，下半夜由苏慧珠负责看护，她白天干活夜里实在困，不知不觉竟然睡着了。等她醒来一看老太太不见了，她吓得一下子睡意全无，赶紧叫醒了徐福顺。两人打着伞拿着手电筒家前屋后找了一圈还是没有找到，又扩大到整个徐庄，天黑又下着大雨，两人深一脚浅一脚地到处探寻依然没有找到，打算天亮再找。

大雨下了整整一夜，沟、渠、池塘都满了，整个世界一片汪洋。

天晴了，太阳耀眼，明晃晃地照在水面上，波光粼粼，青蛙和蛤蟆的叫声从夜里持续到白天。

天刚亮的时候，福顺两口子便开始了寻找，一天下来没有任何结果，甚至没有人发现老太太经过，也没有人把老太太送回家来。福顺意识到问题比较严重了，赶紧让徐福霖、徐冬梅请假回来一起寻找。

两天过去了，没有消息，三天过去了，依然没有消息。

冬梅说到县电台、电视台播寻人启事，又打印了一些寻人启事到各村庄张贴，五天过去了依然没有消息。

“我做了一个梦，她人在家的西南方向十五公里。”苏慧珠说。为了证实她的梦，徐冬梅到了离家西南方向十五公里的地方，结果是大片的庄稼，问了附近村庄上的人，也都说没看到。

“还能掉水里了？”徐福顺有一丝不祥的预感。

他找来了一根长竹竿在水塘里、河边扒拉寻找，后边跟了一群看热闹的孩子。又一连找了两天，最后在一条小河边一个小孩子说：“看，水里好像有个人！”

徐福顺过来一看，心里便有了数，虽看不太清楚，但像个人，“那团蓝”与苏姨失踪前穿的一模一样。福顺用长竹竿扒拉了一下，“那团蓝”便动了一下，这下可以肯定的是一个人，并且极有可能是苏姨。他坐在岸边思考了一下如何办。秋天的阳光暖暖地照射在水面上，岸边水草茂盛，孩子们在岸边嬉戏，不时会听到有青蛙“啪”的一声跳入水中。这条小河平时并没有多少水，往年这个时候已干涸，只是这次下大雨才涨了水。

这条河地处野外，距离村庄很远，平时也很少有人会到这里来，徐福顺怎么也不会想到苏姨能到这里来。福顺决定脱掉鞋子下水一探究竟，当他下水后水一下子便与腰齐平了，他慢慢地继续向前走，孩子们停止了嬉戏，每个人睁大眼睛望着徐福顺。

当徐福顺的手接触到那个蓝色的物体时，他的心哆嗦了一下，这是人的衣服，他轻轻一拉却没有拉起来，他使劲一拉“那团蓝”便慢慢地漂浮上来了。“啊！”他的心一紧，这不是这几天苦苦寻找的苏姨吗？她面朝上浮在水面上，手里紧紧地抓着一把水草，手已被水泡得苍白，手指上父亲给在她六十岁生日时买的金戒指还戴在手上。手依然保持着抓水草的姿势，双眼紧闭。这是在水中经历了多么痛苦的死亡过程，福顺想起小时候那次溺水的经历，那种绝望、恐惧、无助，在水中无法呼吸大口喝水拼命挣扎的痛苦感受一辈子伴随着他。他在水中抱起苏姨泪水止不住地流下来。

办完苏姨丧事后，家中似乎一下子安静了下来。以前苏姨在世时每天唠唠叨叨，两人每日紧张看护忙个不停，现在闲着倒觉得不适应了。麦子已种下地，地里基本上也没什么活了，作为护林员的徐福顺每天按时到山上巡逻，只是他有时一个人会静静地坐在树下发呆，回忆很多往事。

# 寻亲记

## 一

2001年元旦过后的第三天，郑子民再次来到了徐福顺家。

这次真的是给他家带来了好消息，福顺在意大利的亲戚真的找到了。郑子民这一年来一直在努力查寻，只要有一点线索都会前去了解。郑子民的女儿郑晓晓在米兰开了一家酒店，说来也巧，有一天一个名叫弗兰切丝卡的女人到酒店吃饭，她头发已全白了，满脸皱纹，饭后她随手拿起一份店里的晚报，从精致的手提包里取出一副老花镜戴上，看着看着她的眼睛停留在一则寻人启事上。

“天哪！丹尼尔，真的是他吗，五十多年了，他还活着？”这个女人取下老花镜不断用纸巾擦拭流出的眼泪。

她立即从手提包中取出手机按报上的联系方式拨打了电话，接电话的是郑子民，郑子民接电话后也是很激动，凭感觉这次有戏，他让弗兰切丝卡在店里等一下说马上过来。

见面后，弗兰切丝卡对郑子民说，五十多年前她有一个姐姐叫洛蒂和中国丈夫去了中国，说好了不超过一年就返回意大利，结果中国发生了内战，刚到中国还有通信后来就音讯全无了，姐姐有个儿子叫丹尼尔，与这报上的名字一致。这个丹尼尔也是由意大利去的中国与姐姐一家经历很相似，她怀疑这个丹尼尔就是她的亲戚丹尼尔。

郑子民问她兄妹几人，小时候住址等情况，只是家庭住址不一致，弗兰切丝卡说她们一家一直住在米兰。郑子民了解徐福顺的母亲家是在波多浓内市，母亲只是成人后才到米兰，并且是和第一任丈夫相识后才到的米兰。郑子民问弗兰切丝卡的姐姐去中国之前做什么工作的，弗兰切丝卡说当时她还小记不清了，回去问她另外的三个姐姐了解更多情况。郑子民留下了弗兰切丝卡的联系方式。

当天晚上郑子民便接到了弗兰切丝卡的电话，她说经过和三个姐姐核实，她们家小时候是一直住在波多浓内市后来才搬到米兰，姐姐洛蒂离开意大利之前在米兰开花店，中国姐夫在米兰开皮具店，他们的店相距不远，在大教堂附近，那些房子早拆了。

一切信息都很吻合，弗兰切丝卡是徐福顺的姨妈无疑了。

终于找到了。

郑子民请弗兰切丝卡姐妹四人拍一张照片他要带回中国给丹尼尔看一看，弗兰切丝卡欣然同意。

郑子民从皮包里取出照片递给徐福顺，徐福顺接过照片一看，依稀有记忆中的模样，他又想起了五十多年前码头送别的场景，外婆和几位姨妈都来了，多么伤感的场面。徐福顺眼泪一下子就流出来了，当时外婆摸着他的头，小姨拉着他的手舍不得他走，当他们一家上船的那一刻，他看到外婆背转身抹眼泪，通过郑子民了解，疼爱他的外婆也于好多年前去世了。

“想回意大利吗？”郑子民问。

“当然想了，做梦都想。”徐福顺说。

“办签证所需要的亲属证明我都带来了，弗兰切丝卡四人每个人都写了，我想这次你一定会顺利办到赴意大利的签证。”

徐福顺站起身用他剩余五根手指的双手紧紧握住郑子民的手。

“真的太感谢您了，郑先生，为了我的事您费心了。”

“您是淮江的英雄，我们这个海外华侨也只是为英雄出了点微薄之力而已。希望您能早日到意大利探亲。”

一家人都为这个喜讯而兴奋不已。徐冬梅主动要陪爸爸到意大利驻上海总领馆办签证，这次办理很顺利，意方看了所有资料后认为完全符合办理条件。

从上海回来的路上，徐福顺不是很兴奋，似乎有心事。徐冬梅问："爸爸，签证办下来了，这不是你多年的愿望吗？怎么感觉你不开心？"

徐福顺叹了一口气苦笑说："傻丫头，你不知道这一趟意大利之行要多少费用吗？咱家现在没有这笔钱啊，我出事后这几年家里也没有收入了。"

"我有工资存款，已存了四五千块钱了，全给您。"

"你刚上班不久，存下的钱留自己结婚用吧，到时候我没有钱给你买嫁妆的。"

"我不需要嫁妆，对方不也讲究这些。"

"你怎么知道人家男方不讲究，你有男朋友了？"

徐冬梅点点头。

"这么大的事怎么不和父母说呢？"

"现在才明确下来。"

"男方做什么的？哪里人？"

"我们是一个公司的，他是温州人，是一个部门的领导，姓蒋。"

"这个星期天带回家给我们看看。"

"好的，就不知他是否愿意。"

徐福顺回到家不久又接到郑子民的电话，问什么时候来意大利。徐福顺说话有些吞吞吐吐，郑子民问："不是办好了吗？"

徐福顺说："是。"

郑子民问："何时过来？"

徐福顺："这——"

郑子民问："还有困难吗？"

徐福顺说："来回要一大笔钱，暂时拿不出，等以后经济条件好转再说吧。"

郑子民思考了一下说："我再来想想办法吧，在华侨中发动捐款。"

徐福顺说："我们一起努力吧。"

到哪儿筹措这么多钱呢。以前没有希望去时想着去，现在有了希望去结果又因经费问题而不能成行，这到底怎么办呢？徐福顺为去意大利的路费而发愁。

## 二

徐冬梅在一个温暖的周日带着男朋友蒋文思回到了徐庄，徐福顺见他一表人才，谈吐不凡，很是满意。中午吃饭甚至还专门找了几个人作陪，席间，蒋文思几杯酒下肚后也放下了矜持之态，说话也变得随意起来。

"听说你们温州这几年经济发展挺好，什么原因呢？"

"思路决定出路，我们温州的领导思路灵活，思想解放，敢闯敢干。"

几人点头称是，又一波敬酒。

蒋文思喝得面红耳赤，说话也有些不利索。有人给他递上烟，他竟然把烟拿倒了，用打火机怎么也点不着。冬梅见状赶忙从他手中夺过香烟说："你不是不抽烟吗？"蒋文思似乎有些不高兴："抽着玩有什么。"

席间有一个年纪与蒋文思相仿的小青年想戏弄一下他。只见他站起来端起酒杯道："蒋主任年轻有为，能否帮我搞出一批便宜鞋子？我想在淮江城里开个鞋店。"

"这是小事一桩，老总跟我关系铁，肯定会给你最低价。"

说罢，两人一碰杯后一饮而尽。

"听说冬梅是你的徒弟，你们这是师徒恋啊，你的手艺从哪儿学的呢？"徐冬梅的一位同学端起酒杯站了起来。

"我在北京服装学院上的学，跟全中国顶级大师学的，得到了真传。"

"那你在我们淮江能处于什么水平？"

"我敢说第二没有人敢说第一。"

"厉害！厉害！"那人竖起大拇指与蒋文思一饮而尽。

蒋文思说话已口齿不清，一直保持微笑的姿态。对来与他敬酒者甚至来者不拒，徐冬梅劝他：“少喝点，你看你喝高了。”蒋文思不予理会，继续喝着。他突然想到自己也该敬一下长辈们的酒了，于是他站起来端起酒杯，对徐福顺道：“叔叔，我敬你一杯酒。”这时，旁边有人说：“按我们这地方的风俗应该敬两杯酒的。”

“好好，就敬两杯酒。”说罢，他一口喝干，放下杯子，想用筷子夹菜却怎么也夹不起来。

有人在偷偷地笑。

徐冬梅连忙用筷子夹起菜放到蒋文思面前的碟子里。

蒋文思干脆不吃菜了，又端起了酒杯。

“叔叔，我敬你……第二……杯。”

一杯酒又喝下了肚。

徐福顺用三指端起酒杯抿了一口放下了。他似乎对蒋文思的喝酒表现有些不满意，但又不好说。

“叔叔，我在你家喝酒，喝……喝……喝干。”

徐福顺很惊讶，他似乎对蒋文思这种不敬的行为有些生气又不好发作。

蒋文思真的喝高了，他捂住胸口一副要吐的样子。

徐冬梅见状，赶紧过来扶起蒋文思向外走。蒋文思走路踉跄，搂住冬梅的肩，似乎整个重心都压在她的肩上，以至于冬梅有些吃不消。

刚到门外，蒋文思“哇”的一口吐了，吐了徐冬梅一肩膀。徐冬梅气得满脸通红，赶紧扶着蒋文思蹲下，自己跑回房内换衣服。

换好衣服后又出来扶起蒋文思到房内床上休息，又用毛巾擦吐在衣服上的脏物。

这场酒宴就这样结束了，徐冬梅感到很没面子。

快到天黑的时候，徐冬梅喊蒋文思起床回公司，她觉得第一次到家里来，在家里留宿有些不合适。

蒋文思和徐冬梅是骑摩托车一起回来的，冬梅见蒋文思还没醒酒不能骑车，建议把车放家里一起步行去公司，总之也不太远，蒋文思不同意，他说能骑车，没事，发动了摩托车。冬梅小心翼翼地上了车，结果没开多远一下子摔小沟里去了。幸好沟不深也没水，不过蒋文思的裤子还是摔破了，蒋文思的酒也似乎一下子摔醒了。

车也推不上来，冬梅又跑回家喊了父母一起过来推，好不容易才推上路，蒋文思又发动了摩托车，让冬梅坐上车，蒋文思慢慢往前开，他不相信这十几分钟的车程就能难倒他。

## 三

晓光毕业了。

让他感到意外的是，毕业前夕学校吸收他入党了，他感到很激动，6月底正常毕业生都离校了，学校让他们这批预备党员留下来进行入党培训。

学校院内昔日朗朗的读书声再也听不到了，道路两旁的梧桐树好像也变得无精打采，树上的蝉鸣声此起彼伏。面对空荡荡的校园，晓光似乎有些伤感。

全校一千八百名毕业生共吸收入党二十六人，在培训开班典礼上，校党委书记说，这二十六人代表这届毕业生的精英，有优秀学生干部、学习标兵、一等奖学金获得者等。徐晓光白天在学校的会议室培训，晚上回到宿舍，八人间的宿舍此时只剩他一人了，他感到有些孤寂，只好拿起吉他弹一些熟悉的校园歌曲。

7月1日那天学校举行集中宣誓仪式，面对党旗，校党委书记带领大家宣誓："我志愿加入中国共产党……"

从学校毕业回到家后，徐福顺问儿子什么时候上班啊，徐晓光说："我不想当会计，我想做油漆工。"

"做油漆工？"徐福顺当即黑下了脸，"你一个大学生做小学生都能做的活？"

"我喜欢，如果不让我做就不上班。"徐晓光对父亲说。

其实在学校最后一学期也有一些企业进校园来招聘会计，徐晓光从来不去，他不喜欢甚至讨厌会计，到最后毕业他都感觉到自己很侥幸能顺利毕业。

徐福顺对儿子的性格是了解的，他也没办法，儿大不由爹啊。先让他在家一段时间吧，如果工地上有油漆活需要小工先让他做着看，或许感到累就不去了，还是乖乖地到企业做会计吧，坐办公室多好，风不打头雨不打脸的。

有时候徐福顺对儿女有些失望，觉得自己没本事管不住儿女。比如徐冬梅都怀孕了才回来跟她妈妈说，那个蒋文思竟然让冬梅打掉孩子，说不想结婚。后来还是请田小石找公司老总向蒋文思施压才同意领证，直到现在还没有举办婚礼。眼看肚子慢慢变大，不能又像当年她姐姐晓春一样，快生了才举行婚礼，不能再出丑了，必须近期就把婚礼办了。近来冬梅回家较少，徐福顺去公司找了她两次，让她抓紧催小蒋，实在不行就去男方家一次。上个星期天，冬梅回家说蒋文思又和公司的另一位漂亮的小姑娘好上了，有一次两人在蒋文思的宿舍里被她抓个正着。

听到这话，徐福顺气得直跺脚。“这个人是你选的，第一次带到家我就没看好，谁第一次上门把酒喝成那样啊！简直是丢我的人！”

徐冬梅不说话，只是低低地哭泣。

“你回去告诉那姓蒋的，下个星期如不拿证我就亲自去一趟温州，找他父母谈一谈。”

好在终于把证领了，徐福顺老两口也松了一口气，至于举不举行仪式那就随便他们了，现在不是流行旅行结婚吗，他们就去旅行结婚吧。

晚上，大宝来徐福顺家串门，见到晓光问：“什么时候上班啊？大学生。”

晓光笑着回答：“不上班了，就在家待一辈子。”

“开什么玩笑呢，是不是找到什么好工作了？”大宝问。

“你有什么信息吗，你在各处拉货知道得多。”徐福顺叹了一口气，“他想做油漆工。”

“啊？做油漆工，这不是大材小用了吗，我认识的工地做油漆的老板可多了。”大宝似乎很惊讶，“如果真的要去，我明天就可以去问。”

“谢谢叔叔，我真的想去。”徐晓光说。

大宝摇了摇头。

徐福顺又叹了一口气。

## 四

8月的一天下午，正在地里看庄稼的徐福顺被苏慧珠喊了回去，说是有人找他。

福顺回到家一看，来了几个陌生人，对方说是来自一个叫辉煌的广告公司，来的目的是请徐福顺拍一个广告，一个关于剃须刀的广告，给一定的报酬。

“我一个老农民能拍什么广告啊？”徐福顺笑了，他用手挠了挠金黄色头发。

“我们就需要一个老外来拍，才能体现效果。”对方说。

“还是算了吧，我也不是什么明星不知如何拍的。”徐福顺拒绝了，他对这样的新鲜事物天生具有抗拒性。

“拍就拍吧，就和演戏一样有什么大不了。”苏慧珠一听有报酬就极力让徐福顺拍。

“是啊，是啊，很简单的，演戏一样。”对方笑着说。

“能给多少报酬？”徐福顺问。

对方一个人微笑着竖起两根手指。

“两百？”徐福顺问。

对方摇了摇头。

“两千？”苏慧珠疑惑地问。

“是的，想不想拍？”对方笑着问。

“那就拍吧，还犹豫什么。”苏慧珠听说能有这么多酬金一下子就来了精神，这可是普通人两三个月的工资啊。

福顺无奈地答应了，对于他来说钱太重要了，去意大利探亲的路费还遥遥无期呢，配合演就演一出吧。

对方说在家里不能拍，各种设备没法运过来，要跟着去城里拍。徐福顺答应了，对方又拿出一纸合同要求签字，徐福顺用他那残存的三个手指夹着笔签了字。

由于徐福顺的胡须太短对方要求他要蓄须，两个星期不能刮胡须以保证拍摄效果。

两个星期后那家广告公司来车把徐福顺接了过去。

在拍摄前广告公司的员工让他洗了头，胡子没有刮，这是拍摄的需要。公司为他新买了西装，化妆师为他认真化了妆，一个英俊的外国男士出现了在众人面前。只是气质这块还欠缺，公司一位类似导演的人对他反复交代后，拍摄正式开始。

徐福顺用三根手指握着一款崭新的电动剃须刀剃浓密的胡须，拍摄过程中还不能让对方看到残指。

一遍又一遍，搞得徐福顺筋疲力尽。有时剃须刀刚接触到胡须便被叫停，现在的徐福顺脸上保留着没刮完的胡须看起来很滑稽。

徐福顺已感到厌烦，早知道不赚这两千块钱，感到简直是来受罪的。

经过两天，拍摄终于告一段落。对方说，由于蓄的胡须已刮完，需要再等两星期，等胡须蓄好再接着拍。

天哪！徐福顺简直要被折磨疯了。他对公司的人提出不要两千块钱酬金，不拍了。对方笑着说："那不行，合同签了，根据合同约定单方面终止合同要赔付一大笔违约金。"徐福顺没辙了，只好照办。

两个星期后，又折腾了一天才终于拍好。

徐福顺发誓今后再也不拍这种广告了。

剃须刀广告刚拍过不久，淮州市的一家服装公司又找上了门，这家公司想请徐福顺做个广告。公司主要做西装出口，需要有一个西方人拍个广告。经历了剃须刀广告事件后徐福顺本打算再也不拍广告了，但这家服饰公司给的报酬太诱人了，四天时间给五千块钱。这简直让徐福顺无法拒绝。苏慧珠也劝徐福顺再接一次，福顺想为了寻亲费用再接吧。于是又签了合同，对方又把徐福顺接到淮州，把上次拍广告留下的长胡子又刮了，理发、洗澡，整妆，试衣，在专门的摄影棚里一会儿这个姿势，一会儿那种姿势，一天下来全身筋骨痛。四天时间里不知拍了多少张照片，同样的姿势录像机、摄影机轮流上阵。福顺经常把这次拍广告的事拿出来讲，他很骄傲，仿佛自己就是一个明星似的。有一次与人聊天又提到了拍广告的事，对方说："大品牌当时请大明星做广告都花几十万几百万块钱，你怎么才五千块钱广告费？被人家宰了！"徐福顺笑着说："人家是明星，我是普通老农民，给我五千块钱就不错了，他们上哪儿找像我这样便宜的洋明星？"

"有人请你做广告你还会接吗？"

"接啊？怎么不接呢？"

"你以为你还有拍广告的价值？"

"有啊。"

"哈哈……"

出人意料的是，几天后淮江县城一个搞英语培训的老板找到了徐福顺，承诺只要他坐在讲台后不说话，一天给三百块钱还包吃喝。不明就里的徐福顺到了现场，原来老板让他假装英语教授，当他坐在讲台后，一个学生上台问英语语法问题，他摇了摇头，他其实一个英语单词都不会。

"这不是利用我来欺骗学生吗？"

徐福顺气得拂袖而去。

自此他不再接任何广告。

## 五

田小石退居二线前又回了一次徐庄看望母亲，他见到了徐福顺说："我到二线后就有了大量时间，不像以前那样忙了，退休后我会回到徐庄生活好好陪伴妈妈，妈妈这一辈子太不容易了。"

福顺又想到了自己的母亲，那个留在记忆深处的美丽的母亲，那个离开自己快五十年的母亲。

“听说你要回意大利寻亲，准备得怎么样了？”田小石问。

“唉！”徐福顺叹了一口气说，“签证是办下来了，只是来回路费还不足。”

“这样吧，我向有关企业说一下，在二线前凭我这老面子看能不能为你拉一些赞助，你影响力不错，在我们淮江口碑很好。”

“小石，那就太感谢你了。”

在田小石的努力下，一家企业愿意出三万元赞助，这样一来这来回路费也够了。

刚好郑子民也来了电话，说经过他努力已募捐了足够资金可以前来探亲了。

徐福顺一想，两边都筹足了资金，本来是我一个人去，现在够两个人去的费用了。

他对郑子民说打算和儿子一起去，郑子民在电话中迟疑了一下说：“两个人去，费用就不够了。”徐福顺说：“在淮江也拉到了赞助，够一个人来回的。”郑子民说：“两个人来也好，也能相互照应。”

徐福顺实在不想让儿子在工地上做油漆工，又脏又累危险还大，带他到意大利见见世面，也寻找一下机会。

来回费用解决了，困扰徐福顺的问题也就解决了。

几天后徐福顺带着儿子徐晓光去上海意大利领事馆为儿子办了签证。

动身前，徐福顺带着妹妹福霖以及儿子晓光、女儿冬梅专门到了父母墓前，摆上鲜花进行祭拜，按当地习俗出远门前要祭拜过世的亲人，祈求他们保佑平安。

“妈妈，我就要去意大利了，这也是你当年的心愿，这次我带着儿子晓光一起去，你和爸爸在天之灵保佑我们平安顺利！”

飞机从上海浦东国际机场起飞了，随着飞机的抬升，他有些头晕。这是他第一次坐飞机，明显感到有些紧张，而儿子晓光则有些兴奋，他打开飞机舷窗的窗帘望着下方的云朵如棉花般缓慢地移动。

“爸爸，你看，那些大山都在我们的下边。”

徐福顺睁开眼透过舷窗望向窗外，他面无表情，对儿子的话没有回应。过一会儿又闭上了眼睛把头靠在后面的椅背上。五十多年了才有了这次归程，本来第二年就可返回的，可时事弄人，这一耽搁就是半个世纪啊。母亲、继父、弟弟永远也回不到意大利了，想到这些徐福顺心情有些难过，特别是母亲，是多么想回到意大利啊，母亲临走之前对他说的话他一直深深地记在心里。福顺的眼角流出了泪水，他想起了母亲，这个可怜可敬的母亲。

飞机在米兰国际机场缓缓降落，瞬间的失重感让他感觉到自己很轻，轻得如一根羽毛。人啊，不就像一根羽毛吗，飘着飘着也就消失了，一切的生命终归尘土，许多年以后没有人会记起，徐福顺心生感慨。当飞机着陆的那一刻起，徐晓光激动地对父亲说："爸爸，我们终于到了意大利。"徐福顺还是没有说话，望着窗外，飞机在跑道上跑着，停机坪上停着的一架架飞机一闪而过，阳光照在飞机上白晃晃的，有些刺眼。飞机慢慢停止了移动，乘客们纷纷解开了安全带站了起来，喇叭里也传出了播报的甜美声音。

终于踏上意大利的土地，走下飞机后，徐福顺忍不住高兴地喊了起来："我终于回来啦。"这可是他五十多年前生活的地方。郑子民早早就在机场乘客出口处等候，他高高地举着一块牌子，上面写着：徐福顺。徐晓光在众多的牌子里一下子就发现了，他拉着父亲向那块牌子走去。

"欢迎！欢迎！终于再次回到了意大利！"郑子民上前握住了徐福顺的手。

"还得感谢您郑先生，没有您的帮助我也回不来。"徐福顺说着拉过儿子，"还不向郑叔叔问好？"

"郑叔叔好！"徐晓光赶紧向郑子民问好。

当地华侨还有许多记者来到机场迎接和采访徐福顺父子一行。

郑子民把徐福顺父子俩带到自己的车上，"我们先去酒店，住的地方我已经给你们安排好了。"

车子沿着黑色的柏油马路向前行驶，徐福顺透过车窗望向窗外，这完全是异国风情，高高低低错落有致的巴洛克建筑如同一幅幅油画，与自己外貌相似的意大利人在马路上悠闲地走着，这好像在梦中。

车在一处雄伟的建筑前停了下来，外墙上有着精美的浮雕，浮雕上有人有动物。穿着大红衣服的侍者微笑着站在旋转的玻璃门前。

“我们到酒店了。”郑子民停下了车，打开了车的后备厢，取出了行李箱。“安顿下来后先休息一下，我带你们吃饭，晚上我带你们到波多浓内市，我们当地的华人华侨为你举行了一个欢迎宴会。”

徐福顺再次表示感谢。

“宴会上你还要讲几句话，要准备一下。”郑子民说。

“我不会讲话，也不知讲什么好。”徐福顺似乎有些紧张。

“说一说自己的感受就行了。”

晚上6点，郑子民带着徐福顺父子准时出现在了波多浓内市一家高档酒店的宴会大厅，大厅金碧辉煌，大厅中间是一个巨大的水晶灯，发出淡黄色的光。灯下宾朋满座，透明的高脚杯里倒上了紫红色的葡萄酒。男士们身着西装打着领结，女士们则穿着款式各样的颜色各异的晚礼服。大厅里的音响放着舒缓的音乐。徐福顺穿上了上次拍广告公司给他买的西装，郑子民为他打上了领结。他已剃去浓密的络腮胡子，整个人显出如绅士般的风度和气质。

组织者还邀请了波多浓内市的市长先生参加宴会并致辞。

市长先生缓缓走上台上致辞：

“尊敬的各位女士、先生们，大家晚上好！今天我们市政府举行晚宴隆重欢迎一位远道而来的客人，他来自遥远的东方文明古国——中国，其实他也是一位意大利人，具体地说是我们波多浓内市人，他就是丹尼尔先生，五十多年前他离开了意大利前往中国，现在他回来了，我们欢迎他的归来！”

台下响起一阵热烈的掌声。

“丹尼尔先生的母亲洛蒂女士在我们波多浓内市长大，她也是一位伟大的母亲，为了爱情远赴中国，最终客死他乡，由于多种原因丹尼尔先生一直留在中国，直到今天他回来了，回到了他的故乡，故乡的大门永远为他敞开……我们追求和平，只有和平我们才能友好相处，现在我们用热烈的掌声欢迎丹尼尔先生讲话！”

“我很高兴也很激动重新回到意大利的家乡，这是我出生的地方，我五岁的时候离开了这里，去了中国，在那里我生活了五十多年，我成了一个地地道道的中国农民，我学会了种地，也学了一点手艺。我母亲到中国不久就去世了，在临终前母亲让我有机会一定要回到意大利寻亲。小时候我对回意大利没有太多的感觉，但年龄大了后就特别想回来看看，有一种思乡之情，我这次来主要为了满足母亲当年的遗愿，同时也看看我小时候生活过的地方……”

徐福顺讲着一口淮江话，郑子民站在旁边充当翻译。

徐福顺想到了母亲，他动情地说：“我的母亲洛蒂生前最大的愿望就是回到意大利，当时尽管我还小，但我感受到她特别想回国的那份心情。我印象中她经常拿出在意大利拍的照片看着，流着眼泪。和我在家里常说意大利语，担心我忘记了母语，母亲去世后我身边便没有人讲意大利语了，现在我一句意大利语都不会讲。母亲去世时还不到三十岁，母亲让我将来有机会一定要重回意大利看看亲人，看看米兰大教堂……”

大家静静地听着徐福顺的讲述，尽管当地报纸都报道过这个人的传奇经历，但徐福顺亲口讲述他的经历还是吸引了众人的目光。

“我在意大利出生，成长在中国，现在快六十岁了，可以说大半生都在中国度过。到中国经历了内战，爷爷作为地主被清算后我甚至吃饭都成了问题，我也感谢中国的继父母把我养大，他们有一口吃的都先让我吃，我感谢他们，尽管后来我知道爷爷和继父是想让我留下传宗接代有些自私，但我还是爱着中国。我在中国得到了很多帮助，邻居在我困难时给了我帮助，为我捐款。我受伤后政府为了照顾我给我安排了护林员的工作。中国实行改革开放后发生了巨大的变化，我的家乡也发生了很大变化，有许多外国人在我的家乡投资办厂其中包括意大利商人，今后我也想为两地交往贡献一点力量，或许作用很小……”

徐福顺的发言赢得一片掌声。

郑子民也上台介绍了寻找丹尼尔先生在意大利亲属的过程以及筹措这次探亲经费过程。他说："丹尼尔先生身有残疾，生活很困难，为了这次探亲成行，意大利的华人华侨以及意大利各界朋友纷纷解囊，伸出援助之手。"郑子民希望在座的丹尼尔家乡的各界人士能够继续为丹尼尔先生提供帮助，让他走出困境，为中意两国交往做出更多的贡献。

按照行程安排，徐福顺第二天见到了他的四位姨妈，在一个幽静的乡下村庄入口处，阿德丽亚娜、奥罗拉、安布拉、弗兰切丝卡早早就在路上等候了。见到徐福顺父子，亲友们纷纷拥了上来，大声地叫："嗨，嗨，丹尼尔！"掌声笑声汇成了一片。郑子民来不及翻译介绍，姨妈们一个个上来拥抱徐福顺父子，四位姨妈脸上挂满了欢喜的泪水，徐福顺哽咽着用瑞安方言叫着："姨妈，姨妈……"在场所有亲人都上来与徐福顺父子一一拥抱。阿德丽亚娜已七十多岁了，她头发发白，抱住徐福顺不松手："我可怜的妹妹啊，我当初不让你去中国，你不听我话把命也丢了，我可怜的孩子，手怎么成这样了。回来就好了，就不要回去了啊。"她松开徐福顺不停地抹眼泪。

弗兰切丝卡拉住徐福顺的手问："丹尼尔，你还能认出我吗？我们小时候经常一起玩呢。"

徐福顺说："怎么会没印象呢，我们还一起在教堂里玩过呢。"

奥罗拉说："丹尼尔，你就不要回去了，我为你找个工作，也为你儿子找份工作，你们就在意大利工作生活。"

"我还有老婆、女儿都在中国，我在这边她们怎么办呢？"徐福顺说。

"按你现在的条件可以申请在意大利居住，以后再让妻子和女儿也申请过来生活居住。"安布拉边擦拭眼泪边说，"回来定居多好，我们都在一块儿也好相互走动，相互有个照应。"

"赶快到家里去啊，不要总在外面站着。"弗兰切丝卡说。

一行人向一栋乡间别墅走去，这是弗兰切丝卡的家，她从一所贵族学校校长位置上退下来后就购置了这栋乡间别墅。

房子里已经有好多人在等候了，阿德丽亚娜赶紧向徐福顺一一介绍众人，郑子民允当翻译。有姨侄儿、姨侄女，姨夫等，人太多徐福顺都记不明白，客厅里已放好奶茶，各种葡萄酒、比萨等。

吃饭是在附近的一家酒店，整整三大桌人。他们频频举杯，为亲友相聚干杯，为丹尼尔重返意大利干杯！

饭后亲友们交谈到深夜才依依不舍地告别。

晚上弗兰切丝卡让徐福顺父子俩住到她的别墅里，徐福顺婉拒了，他不想麻烦她。弗兰切丝卡说："我有一个重要的东西要交给你。"她从房间里取出一个精致的小盒子，打开盒子后从里面取出几张发黄的纸说："这是你母亲洛蒂出生的证明，现在由你保管了。"徐福顺接过证明，装在那个小盒子里，放在口袋里。"谢谢你姨妈，母亲的一切材料对于我来说都是个宝贝。"

父子俩到镇上找了一个小旅馆住下了。

第二天天刚亮，徐福顺父子坐着郑子民的车前往米兰。他要看看魂牵梦萦的大教堂，广场上的鸽子。

当气势宏大的教堂印入他的眼帘，徐福顺忍不住哭了，他想到小时候母亲每天拿着这张教堂的照片看着，不断祷告着。

徐福顺望着高高的尖顶，成群的鸽子上下飞翔，他陷入了回忆。

"爸爸，听说爷爷的鞋店、奶奶的花店也在这附近？"晓光问。

徐福顺从回忆中回到了现实，他开始向四处张望。

"以前的老房子早已拆了，看，就在那边。"郑子民指着不远处的那一排楼房说，"以前的小平房三十多年前就拆了，至于你父亲的皮具店店长我也一直在找，没有得到任何有用消息。"

"我爸爸没死之前一直念叨他的皮具店，说当年的生意是如何的好，希望我将来到意大利后能找到这店，这也是他唯一可能为我留下的财产。"徐福顺无奈地说。

"说不定你父亲安排管理的店长见许多年老板没消息就把店盘出去卷款跑路了。"郑子民顿了一下笑着说，"按道理说，管理人也是中国人，在国内也有联系啊。"

"父亲也去找过，只是这家人搬走好多年了也没有消息。"徐福顺说。

进入教堂，一场婚礼正在举行。

新娘一身洁白的结婚礼服，新郎一身黑色的西装，打着黑色的领结，一群伴娘伴郎跟在后边。这种场景他似乎见过，那是五十多年前继父和母亲的婚礼，福顺印象很深，当时他还和弗兰切丝卡在教堂里玩。

出了教堂，徐福顺和儿子站在广场上望着鸽子啄食，久久不愿离开。

不知不觉五天就过去了，郑子民和一些华侨表现得很热心，分别陪同，翻译，带徐福顺父子在各个景点参观，这让徐福顺父子很感动。

徐晓光见到了意大利米兰博物馆精美的艺术品赞叹不已，看到了毕加索等大师的作品后说："这里真是艺术的天堂。"

第六天上午郑子民又来到徐福顺旅馆的房间，他对徐福顺说："我要举行一场捐助酒会，专门为你们捐款。"

徐福顺一听很感动："我这次能够来意大利与您的帮助支持是分不开的，现在还要专门为我搞捐助，我感激不尽，不知如何报答。"

郑子民说："你是我尊敬的英雄，又是家乡人，我作为华人协会的会长也算尽一点力吧。"

捐助酒会如期举行，几十张桌子都坐满了客人，当地电视台还进行了实况直播。郑子民作为组织者，酒会开始前照例进行了一番激情演讲。接着请徐福顺上台做了答谢，徐福顺讲话的主要内容和上次在波多浓内市那次讲话内容差不多。郑子民让人抬上了大红捐助箱，出席者开始依次往箱子里投钱，徐福顺鞠躬感谢。

酒会结束，记者专门对徐福顺进行了采访。

"你今后如何打算？可能留在意大利吗？"

"我的签证期限是一个月，我打算最近就要返回中国。"

"在意大利生活不是更好吗？"

"意大利是好，来意大利跑一趟，感觉蛮好，开了眼界，见到了许多亲友，满足了母亲的遗愿，也满足了我重返小时候生活的地方看一看的愿望。但我在这儿过日子不行，话听不懂，路不认得，西餐也吃不惯，我想我还是适应中国，在中国待了几十年了也习惯了，邻居对我很好，政府对我也很好。”他举起开山放炮炸残的双手，“我也离不开老婆。没她，洗不了澡，穿不成裤子！”

米兰市市长给郑子民打来了电话，市长将于第二天在市政府会见他们一行。第二天上午徐福顺父子和郑子民一行人来到市长办公室，市长站在那里欢迎徐福顺，当场赠送给徐福顺用红缎扎着的祝福银牌，还有印着市徽和宝剑的瓷盆。市长告诉徐福顺："我通过新闻媒体知道了你的传奇经历，也知道你回来探亲。你是在米兰出生的，可以申请居住意大利，如果愿意留下来，我们愿意提供帮助。”

徐福顺谢绝了市长的好意，他说："这次来意大利得到了很多好心人帮助，在此表示感谢，我会把这份感激深深地埋在心底。米兰是我出生的地方，我在这里度过了难忘的童年生活，只是我在中国长大，我习惯了那里，在这儿语言不通，生活也不习惯。”

到意大利后的第九天，徐福顺执意要回中国。

在离开意大利的前一天，徐福顺和儿子又一次专门打车到了米兰大教堂，他久久地望着高大的教堂。

“别了，大教堂，别了，意大利。”他在心里默念着再次流下了眼泪，

他看到广场上许多人在喂鸽子，他想起了小时候母亲和自己喂鸽子的情景。他买了一包鸽子粮，交给儿子晓光。

“喂一喂这些可爱的鸽子吧，说不定会和我们回到中国呢。”

晓光笑了，抓起一把鸽子粮撒向空中，一粒粒鸽子粮落到了地面上，空中的鸽子纷纷落下抢食。

“咕咕，咕咕。”

鸽子发出欢快的叫声，这声音和五十多年前一样。

黄昏中广场上一个小男孩牵着年轻母亲的手看着鸽子在抢食，脸上带着笑容，多像当年的自己。